KB128347

독재자

12 완결

초판 1쇄 인쇄일 2019년 11월 19일 | **초판 1쇄 발행일** 2019년 11월 22일

지은이 조휘 | **펴낸이** 곽동현 | **담당편집 팀장** 이범수
편집부 정요한 홍현주

펴낸곳 (주)조은세상 | 출판등록 제2002-23호
주소 경기도 연천군 미산면 청정로1355
TEL 02)587-2966 | FAX 02)587-2922
E-mail bukdu@comics21c.co.kr

ISBN 979-11-6432-571-9 | ISBN 979-11-89785-63-5(set)
값 8,000원

독재자

조휘 대체역사장편소설

ALTERNATIVE HISTORY FICTION

완결

12

북두

(주)조은세상

조휘 대체 역사 장편소설

NEO ALTERNATIVE HISTORY FICTION

CONTENTS

1장. 발렌슈타인

1장. 발렌슈타인

황제군 좌익을 점령한 한국군은 발렌슈타인이 있는 중군 방향을 향해 뇌격을 쏘아 댔다. 그러나 중군에 있는 누군가가 맞길 바라며 쏜 것은 아니었다. 황제군 좌익과 중군의 거리가 1킬로미터를 상회해 뇌격이 아니라 그보다 성능이 좋은 무기로 공격해도 중군에 피해를 주기는 힘들었다.

하지만 이렇게 함으로써 황제군 중군이 그들의 측면을 지켜 주던 좌익이 적에게 넘어갔단 사실을 알게 만들 순 있었다.

그러나 발렌슈타인은 의외로 별로 당황하지 않았다. 발렌슈타인은 바로 한국군이 점거한 좌익 방향에 예비 부대를 몇 겹으로 배치해 방어를 강화하는 정확한 해결책을 제시했다.

방어를 강화한 다음엔 중군과 우익을 재촉해 덴마크군과 만스펠트의 용병 부대를 집요하게 공격했다. 발렌슈타인은 야포와 머스킷을 가진 총병을 적절히 활용해 가며 적을 몰아붙였고, 결국 그날 저녁엔 적을 5킬로미터 가까이 후퇴시키는 데 성공했다.

아마 이준성의 한국군이 좌익에서 위협을 가하지 않았다면, 덴마크군과 만스펠트의 용병 부대는 퇴각에 그치는 것이 아니라 전멸당했을지도 몰랐다. 그만큼 발렌슈타인의 지휘는 출중했다.

씁쓸한 표정으로 덴마크군과 만스펠트의 용병 부대가 황제군에게 패해 정신없이 뒤로 퇴각하는 모습을 지켜보던 이준성은 두 가지 선택지를 놓고 깊은 고민에 빠졌다.

하나는 퇴각한 다른 부대와 보조를 맞춰 같이 퇴각하는 선택이었다. 황제군 좌익을 점거했다고 해도 다른 부대가 5킬로미터 가까이 물러난 상황에서 계속해서 좌익을 점거할 순 없는 노릇이었다.

그리고 두 번째 선택지는 당연히 지금 점거한 황제군 좌익을 계속 사수하는 것이었다. 그러나 만일 발렌슈타인이 다른 부대를 추격하는 대신 한국군을 포위하는 결정을 내리면, 이준성으로서는 곤란한 일이 생길 여지가 많았다. 물론 패하진 않겠지만, 4~5만에 달하는 적에게 둘러싸여 전투를 치를 마음은 없었다.

그렇다면 답은 하나였다.

이준성은 바로 해병 1여단장 정봉수를 불러 명령했다.

"날이 어두워지는 대로 놈들에게 줄 선물을 남겨 놓고 퇴각한다. 퇴각할 땐 기도비닉을 철저히 준수해라. 만약 소리를 내거나 소란을 피우는 자가 있다면, 엄하게 다스릴 것이다."

"예, 전하."

정봉수는 부하들을 지휘해 그들이 점거한 좌익 곳곳에 부비트랩을 설치했다. 그리고는 날이 완전히 저물었을 때, 은밀히 고지를 내려와 덴마크군이 쫓겨 간 북서쪽으로 이동했다.

물론 황제군 역시 한국군을 감시하던 정찰병을 통해 한국군이 진채를 비웠단 사실을 바로 알아냈다. 발렌슈타인은 즉시 부대를 두 개로 나눠 한 부대는 한국군이 점거한 좌익을 다시 탈환하게 하였다. 그리고 다른 부대엔 퇴각하는 한국군을 적당히 추격하다가 다시 복귀하란 명령을 내렸다.

그러나 이준성 역시 발렌슈타인이 어떻게 나올지를 충분히 예상한 바였기 때문에 이에 대한 대비를 미리 해 둔 상태였다.

한국군이 비운 좌익 고지에 도착한 황제군은 이곳저곳을 닥치는 대로 수색하며 숨어 있는 한국군을 찾아내려 하였다.

그러나 그들이 수색 중에 건드린 물건 밑엔 신관이 달린 지뢰 5호와 천뢰 5호, 다이너마이트, 은철뢰가 잔뜩 깔려 있었다.

더구나 각 부비트랩 사이에 인계철선마저 이어져 있어 한 쪽이 폭발하면 다른 쪽 역시 폭발하도록 만들어져 있었다. 곧 좌익 고지에 밤을 대낮처럼 밝히는 섬광과 화염이 치솟았다.

한데 한국군을 추격하던 황제군 역시 곤란한 처지에 빠졌긴 매한가지였다. 한국군의 꼬리를 놓치지 않기 위해 속도를 막 높일 무렵, 갑자기 하늘에 작은 태양 같은 게 나타나 번쩍였다. 한국군이 백리를 이용해 발사한 조명탄이었다.

낙하산이 달린 조명탄이 천천히 떨어져 내릴 때, 퇴각했을 거라 믿었던 한국군이 갑자기 나타나 뇌격 등으로 엄청난 화력을 퍼부어 황제군 추격 부대 선봉을 거의 궤멸시켰다.

조명탄이 내는 빛 때문에 황제군은 고스란히 노출당한 상태지만, 한국군은 어둠이 만든 그림자에 숨어 멀찍이서 상대를 공격했기 때문에 애초에 상대가 되지 않는 싸움이었다.

이에 황제군 기병 부대가 앞으로 나서 보았지만, 그들을 반긴 것은 한국군이 아니라 미리 바닥에 깔려 있던 지뢰 5호였다.

펑펑펑펑펑!

지뢰 5호가 폭발할 때마다 사람과 군마가 비명을 내지르며 바닥을 뒹굴었다. 한국군의 매서운 반격에 소스라치게 놀란 황제군은 더는 추격하지 못하고 사상자부터 수습했다. 적이 더 강한 반격을 해 오기 전에 도망치기 위해서였다.

발렌슈타인의 의도를 철저히 분쇄한 이준성은 만족한 표정을 지은 후에 퇴각해 있던 다른 부대와 합류했다. 한국군이 덴마크군 옆에 있는 고지에 새 진채를 세우려 할 때였다.

크리스티안 4세가 파견한 덴마크군 지휘관이 한국군의 무사 귀환을 환영하며 몇 가지 소식을 전해 왔는데, 이번 전투에서 신교군 좌익을 맡은 만스펠트의 용병 부대가 가장 심각한 손해를 입어 병력이 거의 절반으로 줄어든 상태라 하였다.

심지어 대장 만스펠트마저 황제군의 집요한 포격에 크게 다치는 바람에 한국군이 합류하기 얼마 전에 끝내 전사했다.

이준성은 덴마크군 지휘관과 크리스티안 4세를 찾아가 시급한 문제 몇 가지를 논의했다. 처음보단 확실히 풀이 죽은 모습인 크리스티안 4세는 어색한 미소를 지으며 이준성을 환영한 다음, 용병 부대를 어떻게 할 것인지를 물었다. 용병 부대는 이미 전력이 급감해 일익을 담당할 형편이 아니었다.

이준성은 새치가 듬성듬성 난 턱수염을 쓸어내리며 제안했다.

"용병 부대를 반으로 나눠 귀국과 우리가 흡수하는 게 어떻겠소?"

크리스티안 4세 역시 그게 가장 좋은 방법이라 생각했는지 반론을 제기하지 않았다. 결국 만스펠트의 용병 부대 중 보병은 덴마크군이, 기병은 한국군이 각각 흡수하기로 양측 정상이 합의를 보았다.

이준성은 크리스티안 4세와 1시간여 동안 앞으로 어떻게 할 것인지를 상의한 다음, 용병 기병 부대와 함께 진채로 돌아갔다.

크리스티안 4세가 내놓은 전략은 간단했다. 어차피 덴마크군과 한국군은 사용하는 전략과 전술, 무기 체계가 다른 탓에 서로 협조하며 싸우는 게 불가능한 상황이었다. 그렇다면 아예 임무를 나눠 수행하는 게 가장 효과적일 수 있었다.

이에 따라 전가의 보도라 할 수 있는 망치-모루 전술을 주 전술로 선택했다. 즉, 한쪽이 적의 주력을 붙잡아 주면 망치를 맡은 다른 쪽이 적의 측면을 공격하기로 합의한 것이다.

망치-모루 전술은 수천 년 동안 이름만 들어도 알 수 있는 명장들이 사용해 온 전술로, 제대로 통하면 엄청난 효과를 거둘 수 있었다. 심지어 미군을 주축으로 한 연합군은 무려 20세기 말에 벌어진 걸프전에서 이 망치-모루 전술을 현대전에 맞게 재해석해 응용하여 승리를 거두는 위엄까지 보여 주었다.

물론 병력이 많아야 적의 주력을 한동안 붙잡아둘 수 있었기 때문에 덴마크군이 모루를, 한국군이 망치를 각각 맡았다.

한데 진채로 돌아가는 길에 반가운 얼굴을 만났다. 바로 만스펠트 밑에서 기병 지휘관으로 일하던 한스 폰 브란덴부르크였다. 그는 브란덴부르크-프로이센 공국의 통치자인 게

오르크 빌헬름 폰 브란덴부르크 선제후의 배다른 동생이었다.

그러나 어머니의 신분 때문에 가문의 유산을 물려받을 기회가 없단 사실을 깨달은 한스는 일찍부터 집을 나와 떠돌아다녔다. 그러다가 실력만 좋으면 언제든 작위를 받을 수 있는 직업 중 하나인 용병 지휘관으로 일하던 그는 실패로 끝난 팔츠 수복전에서 이준성과 같이 싸운 경험이 있었다.

그 당시 이준성과 한국군이 보여 준 놀라운 실력에 매료당한 그는 만스펠트에게 한국군과 우호적인 관계를 맺는 게 어떻겠냔 제안을 했지만, 자존심 센 만스펠트가 받아들이지 않았다.

한데 그 만스펠트가 황제군의 집중 포격에 당해 전사하는 바람에 그 밑에서 기병을 지휘하던 한스는 용병 부대 보병은 덴마크군이, 기병은 한국군이 흡수한단 양측 정상의 합의에 따라 다시 한 번 이준성 밑에서 종군하는 기회를 잡았다.

말에서 내린 한스가 유럽식 경례를 올리며 미소 지었다.

"또 같이 싸우게 되었습니다."

이준성은 피식 웃었다.

"우리가 인연이 전혀 없진 않은가 보군."

한스가 덥수룩한 금발 머리카락을 긁적이며 웃었다.

"그런 것 같습니다."

"자네 부대는 천마기동여단과 같이 움직이게. 후방에서

천마기동여단을 지원하는 단순 임무라 그리 어렵진 않을 것이야."

한스가 기쁜 얼굴로 대답했다.

"맡겨만 주십시오."

다음 날 이른 아침, 새벽 일찍 일어나 전투 준비를 마친 양측 군대는 발렌슈타인의 황제군이 있는 고지로 다시 진격했다.

그러나 이미 전날 전투에서 자기가 평범한 상인 출신 지휘관이 아니란 사실을 신교 측에 보여 준 발렌슈타인은 신교 동맹군의 허를 날카롭게 찔러 왔다. 덴마크군과 한국군이 미처 망치-모루 전술을 펼쳐 보이기도 전에 급습을 감행한 것이다. 더구나 영리한 수준을 넘어 교활하기까지 한 발렌슈타인은 덴마크군만을 집요하게 노리며 피해를 누적시켰다.

"당했군."

씁쓸한 미소를 지은 이준성이 급히 천마기동여단과 함께 달려갔을 땐 이미 전세가 기울어져 덴마크군이 패주 중이었다.

발렌슈타인은 이참에 덴마크군을 완전히 도륙 낼 생각인지 재빨리 기병과 보병 2만 명을 동원해 한국군을 포위해 들어왔다. 한국군이 덴마크군을 돕지 못하게 만들 요량인 것이다.

이에 이준성 또한 덴마크군 구원을 포기할 수밖에 없었다.

여기서 덴마크군을 돕기 위해 움직이면 기병과 보병의 간격이 지금보다 벌어져 황제군에 각개 격파당할 위험이 있었다.

해병 1여단과 합류한 이준성은 포위망을 좁혀 오는 황제군을 지켜보다가 정봉수, 김덕령, 한스 등을 불러 명령을 내렸다.

“지금부터 진채를 원형으로 구축해 적의 포위 공격에 대비한다. 상대가 야포를 동원할 게 확실하므로 진채 외곽에 참호를 건설하고 교통호와 유개호를 만들어 포격전에 대비해라.”

그 말에 정봉수 등의 안색이 어두워졌다. 그들은 이준성이 지금 당장 포위망을 뚫고 탈출하란 명령을 내릴 줄 알았다. 한데 이준성이 오히려 진채를 지키란 명령을 내린 것이다.

그들이 보기엔 황제군이 덴마크군을 쫓는 지금이야말로 탈출하기에 가장 적합한 때였기 때문에 이준성이 내린 명령을 온전히 이해할 수 없었다.

이준성은 팔짱을 끼며 자신 있는 어조로 대답했다.

“지금은 내가 내린 명령을 이해할 수 없을 것이다. 그러나 이곳은 은폐, 엄폐할 수 있는 지형이 거의 없어 대규모 추격부대를 뿌리치고 퇴각하기가 만만치 않다. 그럴 바에야 차라리 결전을 벌여 승패를 내는 게 훨씬 확률이 높을 것이다.”

그때, 정봉수가 급히 물었다.

“발렌슈타인의 황제군이 우리 보급품이 떨어지길 기다리며 장기전으로 나오면 대처하기가 아주 까다로울 것이옵니다.

지금 가진 보급품의 양으론 고작 한 달 정도만을 버틸 수 있사옵니다."

"적이 만약 장기전으로 나오면, 포위망을 일점 돌파하는 식으로 뚫고 나간다. 화력 통로를 구축해 두면 어렵지 않을 것이다."

정봉수의 질문에 대답하던 이준성이 갑자기 미소를 지었다.

김덕령이 급히 물었다.

"왜 그러시옵니까? 다른 계책이 떠오른 것이옵니까?"

"적은 절대 장기전으로 끌고 가지 못할 것이다. 그들은 그러고 싶어도 돌아가는 상황이 그렇게 만들어 주지 않을 거야."

이준성의 명령을 받은 장교들은 원 형태의 진채를 구축해 360도 전 방향에서 달려들 게 분명한 적의 공격에 대비했다.

덴마크군을 완전히 도륙 낸 발렌슈타인의 황제군은 곧 한국군을 몇 겹으로 포위했다. 황제군은 자신들이 덴마크군을 쫓는 동안 한국군이 도망치지 않는 게 의외였는지 조심스러운 모습을 보였다. 한국군이 함정을 파 놨을지 모른다고 의심한 것이다. 그러나 조심스러운 모습은 오래가지 않았다. 이미 연이은 승리로 사기가 오른 황제군은 다음 날 오전에 360도 전 방향에서 한국군의 원형 진채를 들이쳤다.

황제군은 가장 먼저 소형, 중형 야포로 포탄을 발사했다. 그러나 한국군 병사들이 유개호에 숨어 피하는 바람에 큰 효력을 거두지 못했다. 황제군이 보유한 야포는 직사포여서 곡사포처럼 위에서 밑으로 때리는 포격을 하기가 쉽지 않았다.

밤을 새워 가며 유개호와 교통호를 만든 한국군은 마치 작은 지하 도시에 숨어든 것처럼 참호에 들어앉아 포격을 피했다.

포격이 효과가 없단 사실을 깨달은 황제군은 이내 보병 부대를 내보냈다. 그러나 보병 부대 역시 철조망과 부비트랩에 막혀 큰 효과를 보지 못했다. 포위 공격을 개시한 지 5일이 지났을 무렵엔 보병, 기병이 합동 공격을 해 왔다. 이때는 꽤 근접해 모래 포대로 쌓은 참호 앞까지 황제군이 들이닥쳤다.

그러나 참호 앞에 설치해 둔 은철뢰가 원형 진채 주위를 돌며 도미노 무너지듯 연달아 폭발하는 바람에 참호에 접근한 황제군 수백 명이 죽고 천여 명이 다치는 손해를 보았다.

황제군은 요새도 아니고 성채도 아닌, 그저 평지에 세워 놓은 진채 하나를 점령하는 데 애를 먹고 있었다. 별다른 성과를 거두지 못한 채 오히려 손실만 계속 늘어나 거의 3,000명이 넘는 사상자가 발생했다. 이는 한국군의 수배에 해당하는 덴마크군과 싸웠을 때 생긴 사상자의 거의 두 배에 달한 탓에 황제군은 큰 충격을 받을 수밖에 없었다.

이에 발렌슈타인은 시간을 끌기로 마음먹었는지 더는 공격하지 않았다. 그저 포위망만 갖춘 상태에서 한국군이 굶어 죽거나 탈수 증세로 고통을 호소하다 죽기만을 기다렸다.

그렇다 보니 한국군 내부에선 앞서 이준성이 얘기했던 대로 일점 돌파로 포위망을 뚫을 방법을 상의해야 하는 게 아니냐는 의견이 흘러나오기 시작했다.

그때였다. 발렌슈타인이 지휘하는 황제군이 갑자기 진채를 거두고 포위를 풀었다. 그리고는 제국 남동부 쪽으로 급히 퇴각하기 시작했다.

황제군이 떠나고 몇 시간 지나지 않아 외부에서 동정을 살피던 은호원 요원이 진채에 입성해 그간의 사정을 알려 주었다.

황제군이 떠난 이유는 제국군이 대패했기 때문이었다. 제국군을 무너트린 구스타프 2세의 스웨덴군과 크리스티안의 니더작센군이 한국군을 포위 중인 황제군의 퇴로를 끊은 상태에서 역포위해 들어오면 위험한 탓에 발렌슈타인은 급히 포위를 풀고 퇴로가 있는 제국 남동쪽으로 돌아간 것이다.

틸리 백작의 제국군이 패했다는 소식을 접한 한스는 유령을 본 사람처럼 소스라치게 놀랐다. 그가 있던 만스펠트의 용병 부대는 틸리 백작이 지휘하던 제국군에 당한 적이 꽤 많아 제국군이 얼마나 용맹한 부대인지를 누구보다 잘 알고 있었다.

한데 구스타프 2세의 스웨덴군은 그런 틸리 백작의 제국군을 완파했을 뿐만 아니라 제국군 주장 틸리 백작까지 전사케 했다. 말 그대로 이보다 더 완벽한 승리는 없는 셈이었다.

◆ ◈ ◆

물론 이준성은 별로 놀라지 않았다.

이준성은 북방의 사자란 별칭을 가진 구스타프 2세에게 그럴 만한 능력이 있음을 아는 거의 유일한 사람이기 때문이었다.

이제 이번 종교 전쟁은 구스타프 2세가 지휘하는 신교 측 군대와 발렌슈타인이 지휘하는 황제군 중 어떤 이가 승리를 거두느냐에 따라 결정지어질 일만 남은 셈이라 할 수 있었다.

한데 그사이 이준성은 영지가 있는 베네룩스로 돌아가는 대신 북동쪽으로 방향을 잡아 행군하는 의외의 선택을 하였다. 한스의 고향인 브란덴부르크-프로이센으로 향한 것이다.

저지대에서 작센, 브란덴부르크로 이어지는 제국 북동쪽은 신교 세력이 강한 곳이라 그들을 건드리는 제후는 없었다. 오히려 교류하자며 먼저 찾아오는 제후의 수가 더 많았다.

한국 정부가 운영하는 한국무역공사가 베네룩스 로테르담을 이용해 300종이 넘는 상품을 가져와 유럽의 시장에 내다 파는 중이었기 때문에 다들 경제 쪽에서 협력하길 희망했다.

이준성은 자기 영지로 초대하는 제후들을 적당히 상대해 가며 발길을 서둘렀다. 그는 자그마한 영지를 가진 제후 수십 명과 일일이 협상할 생각이 없었다. 그리고 발렌슈타인의 황제군과 구스타프 2세의 스웨덴군이 승부를 보기 전에 목적지에 도착해야 그가 품은 야망을 실현할 확률이 높아졌기 때문이다.

다소 지쳐 보이는 마왕을 재촉해 발길을 서두를 때였다.

오는 동안 좀 더 친밀해진 한스가 말을 몰아 옆으로 다가왔다.

"선제후를 만나려 하시는 이유를 끝까지 말씀해 주지 않으실 생각입니까?"

이준성은 그를 보며 슬쩍 웃었다.

"평소에도 이복형을 선제후라 부르는가?"

한스가 쓴웃음을 지었다.

"아버지가 같긴 하지만 그쪽은 어머니가 프로이센 공작의 공녀니까요. 평민 출신 어머니를 둔 저와는 급이 다른 사람이죠."

이준성은 피식 웃었다.

"자네가 뭘 걱정하는지 아네. 아마 자네는 형을 파멸로 몰고 갈 악마를 고향으로 데려가는 게 아닌지 의심하는 중이겠지."

한스가 절대 아니라는 듯 손사래를 치며 대답했다.

“제가 대공 전하를 잘 알진 못하지만, 이복동생에게 길 안내를 시켜서 선제후를 파멸로 몰고 갈 심성을 가진 분은 결코 아니라 생각합니다. 다만, 강력한 우군이던 덴마크군마저 패해 도망친 이 위험한 시점에 베네룩스로 돌아가시지 않고 프로이센으로 가시는 이유가 궁금했을 따름입니다.”

이준성은 껄껄 웃으며 의미심장한 표정을 지었다.

“하하, 걱정하지 말게. 나쁜 의도로 가는 건 아니니까. 오히려 브란덴부르크-프로이센에게 좋은 일로 간다고 봐야겠지.”

그로부터 며칠 후, 신교 측 제후의 도움으로 제국 북동부를 무사히 통과한 한국군은 마침내 브란덴부르크-프로이센 공국의 영토에 도착했다.

브란덴부르크-프로이센 공국은 신교도 제후국이지만, 이번 종교 전쟁에서는 관망하는 태도를 유지 중이었다. 물론 브란덴부르크-프로이센만 그런 게 아니었다. 제국 내의 신교도 제후와 자유 도시 대부분이 개입을 꺼리는 중이었다.

한데 문제는 브란덴부르크-프로이센의 위치가 북동부에 있어 언제든 종교 전쟁의 주요 전장으로 변할 수 있다는 점이었다.

이번 종교 전쟁은 덴마크나 스웨덴과 같은 북방의 신교도 국가가 같은 신교 국가인 영국과 합스부르크의 패망을 원하는 프랑스의 지원을 받아 제국 내부로 쳐들어오면서 발생했다.

한데 브란덴부르크-프로이센은 그 덴마크, 스웨덴과 지리적으로 가까워 어떤 식으로든 전쟁에 휘말릴 여지가 농후했다.

이권을 원하는 황제군이 스웨덴군의 퇴로를 끊거나 증원군을 막겠단 명분을 내세워 쳐들어오는 날엔, 당연히 호엔촐레른 가문 전체의 안위가 위험해졌다. 그리고 같은 신교 국가 군대인 스웨덴군 역시 안전하지 않은 건 마찬가지였다.

국력이 강해진 스웨덴은 유럽 중부에 세력을 확장하려는 의지가 아주 강했기 때문에 호엔촐레른 가문이 전쟁에 휩쓸려 들어가는 순간, 스웨덴의 영향력을 벗어나기 어려웠다.

그 바람에 브란덴부르크-프로이센은 이번 전쟁을 관망하는 쪽이긴 했지만 요충지 곳곳에 군대를 파견해 둔 상태였다.

공국 국경에 정체를 알 수 없는 군대가 나타났다는 소식이 전해지기 무섭게 변방 요새와 성, 그리고 수도에서 수천 명의 병력이 혹시 있을지 모르는 변고에 대비해 달려왔다.

이준성은 그 앞을 막아선 브란덴부르크-프로이센의 군대를 무심한 시선으로 둘러보았다. 크기가 다른 각양각색의 깃발 수십 개가 휘날리는 가운데 완전 무장한 기병과 보병 수천 명이 녹색으로 물든 언덕 위에 위엄 있게 늘어서 있었다.

그들이 앞에 내세운 깃발은 두 종류였다. 둘 다 독수리를 그린 깃발이라는 점은 같았지만 한쪽은 깃발에 붉은색 독수리를, 다른 쪽은 검은색 독수리를 그려 넣었단 점에서는 차이가 있었다.

옆으로 다가온 한스가 색깔이 다른 깃발의 의미를 설명했다.

"붉은 독수리가 브란덴부르크고 검은 독수리가 프로이센입니다."

이준성은 한스를 힐끗 보며 묘한 미소를 지었다.

"저들이 우릴 적으로 오인한 모양이군."

"제가 바로 내려가서 우리가 적이 아니란 사실을 알리겠습니다."

대꾸한 한스가 브란덴부르크와 프로이센 출신 용병 기병 100여 명과 함께 언덕을 달려 내려갔다. 물론 그냥 내려가지는 않았다. 한스는 한 손에 브란덴부르크를 의미하는 붉은색 독수리 깃발을 높이 쳐들어 자신의 신분을 통보했다.

잠시 후, 브란덴부르크-프로이센 쪽에서도 화려한 갑옷을 입은 귀족 몇 명이 호위 기병의 경호를 받으며 달려 내려왔다.

곧 한국군을 대표하는 한스와 브란덴부르크-프로이센에서 나온 귀족들이 작은 개울 위를 지나는 돌다리에서 마주했다.

복잡한 감정이 담긴 눈빛으로 브란덴부르크-프로이센 귀족들을 바라보던 한스가 찾던 사람을 발견했는지 미소를 지었다.

"하인리히 형님, 오랜만입니다."

하인리히라 불린 젊은 귀족이 눈을 번쩍 뜨며 물었다.

"넌 어렸을 때 집을 나갔던 한스가 아니더냐?"

빙긋 웃은 한스가 말을 몰아 하인리히 쪽으로 다가갔다.

"맞습니다. 용케 절 기억해 주시는군요."

하인리히가 약간 섭섭하단 표정을 지으며 물었다.

"난 우리가 꽤 친하다고 여겼는데, 네가 갑자기 말도 없이 사라지는 바람에 꽤 서운했었지. 한데 이게 대체 무슨 일이야?"

하인리히가 반대편 언덕에 진을 친 한국군을 슬쩍 보았다. 하인리히는 호엔촐레른의 브란덴부르크 쪽 방계 출신으로, 정확한 이름은 하인리히 폰 브란덴부르크 남작이었다. 현재는 공국 국경을 수비하는 임무를 맡고 있었다.

한스 역시 지금은 어렸을 때 교분을 나눈 친척과 사담을 나누며 즐길 때가 아니란 사실을 아는지 바로 본론을 꺼냈다.

"긴장하실 필요 없습니다. 저들은 적이 아니니까요."

하인리히가 의아하단 표정으로 물었다.

"그럼 대체 누구란 말인가?"

"베네룩스 대공께서 직접 지휘하는 한국군입니다."

하인리히의 동공이 갑자기 폭발하듯 커졌다.

"한국군? 저지대를 차지한 후에 베네룩스 대공을 자처한

다는?"

"그렇습니다."

그때, 하인리히 뒤쪽에 있던 잿빛 머리카락의 귀족이 질문했다.

"덴마크군과 같이 싸우던 한국군이 발렌슈타인의 황제군에게 크게 패했다는 소문이 들리던데, 그게 아니었던 것입니까?"

잿빛 머리카락을 지닌 귀족의 정체를 바로 알아본 한스가 즉시 조심스러운 태도를 보였다. 잿빛 머리카락을 지닌 귀족풍의 중년 사내는 아담 폰 슈바르첸베르크였다. 그는 독실한 가톨릭교도임과 동시에 게오르크 빌헬름 폰 브란덴부르크 선제후의 책사를 맡은 아주 독특한 이력의 소유자였다.

한스는 목소리를 가다듬은 후에 정중하게 대답했다.

"제가 있던 만스펠트의 용병 부대와 덴마크 국왕이 직접 지휘하던 덴마크군이 황제군에 대패한 것은 맞지만 그들은 아닙니다. 오히려 한국군은 두 차례에 걸쳐 승리를 따냈지요."

어느새 하인리히 옆으로 다가온 아담이 입가에 냉소를 띄웠다.

"위대한 선제후셨던 요한 지기스문트 공의 핏줄을 이어받은 자식이 용병으로 일했단 사실을 자랑스럽게 떠벌리는군요."

한스가 화를 억지로 가라앉히며 대답했다.

"전 자랑스럽게 떠벌린 적 없습니다만."

두 사람 사이에 낀 하인리히는 이러지도 저러지도 못하고 그저 발만 동동 구를 뿐이었다. 한쪽은 오랜만에 만난 친척 동생이고 다른 한쪽은 선제후의 오른팔과 같은 사내였기에 선뜻 나설 수 없었던 것이다.

그때, 피식 웃은 아담이 어깨를 으쓱거리며 비아냥댔다.

"제 실책을 용서해 주시지요. 그보다 한국군을 왜 브란덴부르크-프로이센 영지로 데려온 겁니까? 설마 한국군을 이용해 이복형이 가진 선제후 자리를 뺏어 보기라도 할 셈입니까?"

얼굴이 붉으락푸르락해진 한스가 결국 참지 못하고 소리쳤다.

"난 한국군을 이용해서 분란을 일으킬 생각이 전혀 없습니다!"

아담은 코웃음을 치며 물었다.

"이게 분란이 아니면 뭐지요? 구교와 신교가 전쟁을 벌이는 와중에도 없던 소란이 당신 때문에 일어난 게 안 보입니까?"

그러나 한스 역시 화가 날 때마다 얼굴이 벌게지던 열여덟 소년이 더는 아니었다. 생사를 오가는 위기를 수십 차례 겪은 지금은 마치 백전노장처럼 감정을 다스릴 줄 알았다.

"난 그저 베네룩스 대공께서 선제후와 긴히 나눌 말씀이 있다기에 고향으로 모셔 왔을 따름입니다. 물론 베네룩스 대공께서는 저보다 훨씬 똑똑하셔서 이곳에 한국군의 등장을 반기지 않을 사람이 있을 테니 이 말도 같이 전해 달라고 하시더군요. 한국군을 신뢰하기 어렵다면 베네룩스 대공 전하 혼자서라도 브란덴부르크 선제후를 만나 뵐 용의가 있다고요."

아담은 잠시 고민해 본 후에 고개를 끄덕였다.

"좋습니다. 대신, 베네룩스 대공의 호위는 통역을 포함해 열 명으로 제한하겠습니다. 그리고 두 분이 만날 회담 장소는 베를린이고요. 만약 이 조건을 받아들이지 못하겠다면, 회담은 없을 겁니다."

브란덴부르크 선제후로부터 이번 일의 전권을 위임받았는지 아담의 결정에 다른 귀족들은 바로 수긍하는 기색을 보였다.

한스는 그럴 수 없다며 강력하게 반발했다. 그러나 아담이 회담 조건을 끝까지 철회하지 않아 한스 역시 할 수 있는 일이 많지 않았다. 결국, 한스는 한국 쪽으로 돌아가 이준성에게 저쪽의 제안을 설명했다. 이준성은 빙긋 웃은 후에 문제없단 답변을 내놓았다. 얼마 후, 이준성은 조건대로 통역, 마사카츠, 랭커스터 등만 대동한 상태에서 공국에 입성했다.

며칠 후, 이준성은 강가에 세워진 작은 마을을 보며 물었다.

"여기가 포츠담인가?"

한스가 고개를 끄덕이며 의아하단 표정을 지었다.

“맞습니다. 한데 포츠담 같은 작은 마을을 어떻게 아십니까?”

“그냥 안다네.”

히죽 웃은 이준성은 모르는 척 계속 말을 몰았다. 포츠담은 두 가지로 유명한데, 프로이센 왕가가 여름 별장을 세울 만큼 풍경이 아름답다는 점과 미국, 영국, 소련의 정상이 나치 독일의 패망 후에 만나 회담한 장소로 이름을 알렸다.

포츠담은 베를린의 위성 도시나 마찬가지이기 때문에 곧 한자 동맹의 중심 도시이며 브란덴부르크에서 가장 발전한 도시인 베를린에 입성해 선제후가 기거하는 공작 저택을 방문했다.

브란덴부르크 선제후임과 동시에 프로이센 공국 공작인 게오르크 빌헬름 폰 브란덴부르크가 직접 현관에 나와 이준성 일행을 맞았는데 그는 20대 후반의 패기 넘치는 사내였다.

빌헬름은 저택 영빈관으로 이준성을 초대해 차와 과자, 과일 등을 대접했다. 그리고는 자길 만나려 한 이유를 물었다.

이준성은 반쯤 비운 찻잔을 내려놓으며 웃었다.

“난 선제후에게 살길을 알려 주러 왔습니다.”

빌헬름은 미간을 살짝 찌푸리며 한국 측 통역관을 바라보았다.

"무슨 뜻인지 이해하기 어렵군요."

"하하, 통역관에게 뭐라 할 것 없습니다. 브란덴부르크 출신 통역관이 이상하게 통역했을 확률은 그리 높지 않으니까."

빌헬름은 기분이 약간 언짢은지 표정이 바로 굳어졌다.

"그럼 정말 우리에게 살길을 알려 주러 오셨단 겁니까? 흠, 난 브란덴부르크-프로이센이 살길을 찾기 위해 다른 나라 국왕의 조언을 들을 정도로 엉망은 아니라 생각하는데요."

"그야 알지요. 하지만 이대로는 희망이 없습니다."

"어째서 희망이 없다는 겁니까?"

이준성은 꼰 다리 위에 깍지를 낀 손을 놓으며 느긋하게 물었다.

"호엔촐레른 가문을 세운 선조들은 루터파라더군요. 맞습니까?"

빌헬름은 부정하지 않았다.

"그렇습니다."

"한데 선제후께선 루터파가 아니라 칼뱅파고요."

"그 또한 맞습니다."

"한데 칼뱅파 교도이면서도 독실한 가톨릭교도인 슈바르첸베르크를 정치 고문으로 삼아 이번 전쟁에서 어느 쪽에도 개입하지 않고 중립을 지킨단 소문을 들었는데, 이 역시 맞습니까?"

빌헬름은 불쾌한 기색을 내비치며 물었다.

"맞습니다만, 대체 그런 건 왜 묻는 겁니까?"

"바로 그 중립을 지킨다는 말이 문제이기 때문에 그렇습니다."

"어째서요?"

"중립을 지킨단 말은 어느 쪽 편도 들지 않겠단 말처럼 들리지만, 실상은 전혀 다르지요. 중립을 지킨단 말의 진짜 의미는 어느 쪽도 브란덴부르크-프로이센을 아군으로 여기지 않는단 뜻입니다. 그리고 그 말은 여기서 구교와 신교가 전쟁을 벌여도 양측 모두 크게 신경 쓰지 않을 거란 뜻이고요. 브란덴부르크-프로이센을 지켜 줄 필요가 없으니까요."

빌헬름은 한참을 숙고한 후에 가라앉은 목소리로 질문했다.

"황제군과 스웨덴군이 이곳에서 싸울 거란 뜻입니까?"

"그렇습니다. 스웨덴군은 이곳이 본국과 가까워 보급을 받기가 유리하죠. 그리고 황제군은 신교도 영지에서 전쟁을 벌이는 것을 원하기 때문입니다. 구교도의 영지에선 약탈이 어렵지만, 신교도의 영지에선 자제할 필요가 없을 테니까요."

"흐음."

"호엔촐레른 가문은 전쟁 후에도 존속할 수 있을 겁니다. 끝까지 중립을 고수할 테니까요. 하지만 전쟁이 벌어질 영지는 어떨까요? 과연 그대로 존속할 수 있을까요? 물론 아닐 겁니다. 양측 다 약탈을 일삼을 테니, 아마 원래 모습으로 돌아가려면 족히 수십 년은 걸리겠지요. 한데 과연 그게 중립을 지킨 거라 할 수 있을까요? 이 베를린의 인구가 만 명 이하로 줄어들어도 과연 중립을 지켰노라고 자신 있게 말할 수 있겠습니까? 아마도 아닐 겁니다. 그럴 바에야 지금부터라도 이쪽에서 먼저 치고 나가는 게 나을 겁니다."

묵묵히 듣고 있던 빌헬름이 상체를 당기며 입술에 힘을 주었다.

이는 사람이 무언가를 결심했을 때 취하는 행동이었다.

그러나 빌헬름의 입에서 나온 말은 기대하던 대답이 아니었다.

"이만 돌아가 주셔야겠습니다."

불쾌한 기색을 숨기지 않은 빌헬름은 바로 일어나서 이준성과 그의 일행에게 인제 그만 나가 달란 축객령을 내렸다. 쓴웃음을 머금은 이준성은 쫓기듯 저택을 빠져나와야 했다.

국경으로 돌아가는 길에 한스가 걱정스러운 얼굴로 물었다.

"선제후와의 회담이 좋지 않게 끝난 겁니까?"

"보다시피."

"이유가 뭐였습니까?"

"자네 형은 나를 신교도 제후가 보낸 세객이라 생각한 모양이야. 신교도를 위해 같이 싸워 달라 설득하러 온 세객 말일세."

한스 역시 실망했는지 고개를 절레절레 저었다.

한스가 보기에 이준성은 신교나 구교와 같은 종교와 전혀 관계없는 인물이었다. 이준성이 일요일에 교회에 나가거나 성당에 가서 미사를 드리는지까지는 확인하지 못했다. 그러나 이준성이 특정한 종교를 믿는단 느낌은 전혀 받지 못했다.

오히려 안 좋게 말하면 이준성은 이번 제국 내의 종교 전쟁을 이용해 한몫 챙기려는 쪽에 더 가까워 보였다. 그는 이번에 이준성이 브란덴부르크-프로이센을 방문한 이유 역시 종교적인 이유가 아니라 제국 내에서 이준성과 한국 정부가 도모하려는 모종의 일 때문이란 사실 역시 어렴풋이 눈치 챈 상태였다. 한데 선제후가 기계적인 중립에 몰두한 나머지 굴러 들어온 복덩어리를 제 발로 차 버린 것이다.

반대편에서 말을 몰던 랭커스터가 베를린을 힐끗 보며 물었다.

"그럼 이대로 소득 없이 돌아가는 것이옵니까?"

이준성은 의미심장한 미소를 지으며 대답했다.

“소득은 없지만, 아예 헛걸음한 것은 아닐 것이네.”

랭커스터가 반색하며 물었다.

“그럼 선제후에게 태도를 바꿀 여지가 있다고 보시는 겁니까?”

“글쎄, 사람 일은 모르는 거니까 그런 여지가 전혀 없진 않겠지. 다만, 사람은 아주 감정적이어서 자신이 선택하지 않은 길에 미련을 많이 갖는다네. 그때 이렇게 했으면 자신의 처지가 달라졌을까, 이때 이렇게 했으면 지금보다 더 나은 삶을 살고 있었을까 하고 뒤늦은 후회를 하며 살아가지.”

알쏭달쏭한 말을 남긴 이준성은 군이 기다리는 국경에 도착한 다음, 거기서 바로 안전한 길을 택해 베네룩스로 향했다.

한데 베네룩스에선 예상치 못한 선물이 그를 기다리는 중이었는데, 그곳에 도착한 그를 맞이한 이는 다름 아닌 케이트였다.

그녀의 아랫배는 약간 튀어나와 있었다.

이준성은 케이트의 아랫배를 만져 보며 물었다.

“정말 임신한 거요?”

케이트가 뾰로통한 표정으로 대꾸했다.

“그럼 못 본 사이에 살이 찐 건 줄 아셨어요?”

이준성은 멋쩍은 표정을 지으며 웃었다.

“하하, 그럴 리가 있나. 한데 임신한 사실을 언제 안 것이오?”

케이트가 잠시 날짜를 계산해 본 후에 대답했다.

"당신이 떠나고 보름쯤 후에 알았을 거예요."

"한데 왜 바로 연락하지 않았소? 알았으면 더 빨리 왔을 텐데."

케이트가 한숨을 내쉬며 대답했다.

"비서실장은 빨리 알리는 게 좋겠다고 했지만 제가 그러지 말라 했어요. 적과 전투 중일지도 모르는데, 이런 일로 마음 쓰게 하고 싶지 않았거든요. 당신이 빨리 아는 게 아는 게 중요한 게 아니라 무사히 돌아오는 게 중요한 거니까요."

이준성은 배려심이 깊고 현명한 아내와 몇 달 후에 태어날 아기를 기다리며 행복한 시간을 보냈다. 그리고 한편으로는 은호원을 통해 종교 전쟁의 추이를 관심 있게 지켜보았다.

스웨덴군을 지휘하는 구스타프 2세는 틸리 백작의 제국군을 상대로 대승을 거두며 큰 명성을 얻었다. 그리고 모든 사람이 패할 거라 예상한 발렌슈타인의 황제군은 덴마크 국왕 크리스티안 4세와 용병왕 만스펠트가 이끄는 신교 측 군대를 대파해 사람들의 예상이 틀렸음을 스스로 증명해 냈다.

이제 남은 것은 구스타프 2세가 지휘하는 스웨덴군과 발렌슈타인이 이끄는 황제군 중에 누가 더 강하냐 하는 것이었다.

거기서 승리한 쪽이 당분간 제국 내의 판도를 주도하리란 사실을 모두가 아는 상태였기 때문에 양측 군대는 쉽게 맞붙지 못했다. 물론 둘 다 그런 것은 아니었다. 보급선이 황제군보다 훨씬 긴 스웨덴군은 전쟁을 빨리 마무리 짓길 원해 전투를 유도했지만, 발렌슈타인이 이를 받아 주지 않았다.

결국 보급에 문제가 생긴 스웨덴군은 니더작센, 브란덴부르크, 프로이센 등이 있는 제국 북동부 방향으로 이동했다. 그리고 발렌슈타인의 황제군은 이게 웬 떡이냐 싶어 이동한 스웨덴군을 추격하며 주변 도시들을 약탈하기 시작했다.

스웨덴군과 황제군은 브란덴부르크, 프로이센 등지에서 몇 달 가까이 대치를 이어 갔지만, 전면전을 벌이지는 않았다. 대신, 브란덴부르크-프로이센을 약탈하는 일에 더 몰두했다.

이준성이 일전에 브란덴부르크 선제후에게 경고한 일이 실제로 벌어진 것이다. 구교와 신교 사이에서 중립을 유지하던 브란덴부르크-프로이센은 스웨덴군과 황제군이 대치를 이어 가는 동안에도 누구의 편도 들지 않았다. 독실한 가톨릭 교도임과 동시에 브란덴부르크 선제후의 정치 고문을 맡은 아담 폰 슈바르첸베르크의 의도대로 이루어진 것이다.

그러나 그 결과는 참혹하기 짝이 없었다.

누구의 편도 아니란 말은 스웨덴군, 황제군 둘 다 그들의 재산과 인명을 지켜 줄 이유와 의지가 없다는 의미와 같았다.

잔뜩 흥분한 발렌슈타인의 황제군은 무자비한 약탈을 감행했다. 베를린을 포함한 브란덴부르크는 한자 동맹에 가입한 지역답게 일찍부터 상업이 발달해 약탈할 것이 풍부했다.

병사들이 주민의 재산을 약탈하는 동안, 발렌슈타인은 아예 도시를 점령했다. 바로 브란덴부르크-프로이센 지역에 있는 자유 도시에 쳐들어가 도시를 자기 영지로 삼은 것이다.

황제군보다 강도가 조금 덜하긴 하지만 스웨덴군 역시 닥치는 대로 약탈하며 돌아다니긴 마찬가지였다. 스웨덴군은 브란덴부르크-프로이센의 결정을 이해하지 못했다. 그들은 구교도에게 핍박받는 신교도를 위해 남의 전쟁에 뛰어들었는데, 정작 그 신교도는 싸우기 싫다며 중립을 선언해 버린 것이다.

가문의 존속과 영지 보존을 위해 겁쟁이처럼 숨어든 브란덴부르크-프로이센 공국에 실망한 스웨덴군은 어쩔 땐 황제군보다 더 지독하게 약탈을 감행해 곳곳에서 아사자가 속출했다.

심지어 가장 발전한 베를린에서마저 약탈이 반복적으로 이뤄져 수천 명이 굶어 죽고 수만 명이 급히 도시를 탈출했다.

최명길의 은호원 유럽지부를 통해 그 소식을 전해 들은 이준성은 씁쓸함을 감출 길이 없었다. 용병에서 한국군으로 소속을 바꾼 한스와 그를 따르는 수많은 브란덴부르크-프로이센 공국 출신 기병들 역시 이준성과 비슷한 감정을 느꼈다.

한국군의 실력을 잘 아는 그들은 만약 브란덴부르크 선제후가 이준성의 제안을 받아들여 한국군과 힘을 합치기로 마음먹었다면 지금 같은 참사는 일어나지 않았을 거라 확신했다.

그러나 이미 엎질러진 물을 다시 그릇에 주워 담을 순 없는 노릇이었다.

임신한 케이트의 해산이 약 한 달쯤 남았을 때였다. 한스에게 반가운 손님이 한 명 찾아왔는데, 바로 전에 공국 국경에서 반갑게 해후한 하인리히 폰 브란덴부르크 남작이었다.

군대를 이끌고 들어왔으면 바로 베네룩스 국경을 지키는 홀란트 국경 수비대나 왈롱 국경 수비대에 저지당할 게 뻔했기 때문에 하인리히는 달랑 종자 두 명만을 대동한 상태에서 엄격한 절차로 이루어진 베네룩스 국경 검문을 통과했다.

검문소 장교가 베네룩스를 찾은 이유를 질문했을 때, 하인리히는 방문 목적을 친척을 만나기 위함이라고 대답했다. 실제로 하인리히는 베네룩스의 수도인 브뤼셀에 도착하기 무섭게 한스부터 찾아보았다.

그러나 한스는 브뤼셀에 없었다. 이준성이 임신한 케이트와 함께 로테르담으로 돌아가 경제와 관련한 업무를 처리하던 중이었기 때문에 한스 역시 로테르담 쪽에 가 있다는 것이다.

하여 하인리히는 다시 발길을 옮겨 로테르담으로 한스를 찾아왔다.

하인리히는 한스가 혼자 사용하는 커다란 사무실을 보고 놀랐다. 커다란 사무실은 고급 가죽으로 제작한 소파와 마호가니로 만든 책장, 책상, 탁자, 의자 등으로 채워져 있었다.

또한 벽에는 동양에서 온 게 분명한 그림과 바로크 미술가들이 그린 그림이 몇 점 걸려 있었다. 그리고 그중 가장 눈에 띈 것은 역시 비취색 빛이 은은하게 풍기는 고급 향로였다.

하인리히가 은은한 향이 올라오는 향로를 바라보며 물었다.

"이 향로는 어디서 온 거야? 한국? 아니면 중국?"

한스가 숨길 수 없는 자부심을 드러내며 대답했다.

"무척 아름답죠? 요즘 한국무역공사가 수입하는 도자기 중 하나입니다. 듣기로는 한국의 이천에 있는 도자기 공장에서 생산하는 청자 종류라더군요. 마음에 드시면 제가 돌아가실 때 하나 구해다 드리겠습니다. 요즘 도자기를 찾는 사람이 많아 귀하긴 하지만 가게 주인이 잘 아는 사람이거든요."

하인리히가 기뻐하며 대꾸했다.

"고맙다. 한데 못 본 사이에 정말 출세했나 보구나."

한스가 쑥스러운지 머리를 긁적였다.

"하하, 출세는요. 그저 운이 좋았던 거죠."

한국 산수화에 정신이 팔린 하인리히를 소파에 앉힌 한스는 모카포트로 진하게 내린 커피에 설탕을 몇 개 타서 건넸다.

"마셔 보십시오. 달콤 쌉싸래한 게 형님 입맛에 맞을 겁니다."

하인리히도 저지대에 커피를 마시는 유행이 분다는 소문을 들은 적 있지만, 워낙 귀한 탓에 직접 먹어 본 적은 없었다.

한 모금 마신 후에 와인처럼 향을 음미한 하인리히가 물었다.

"괜찮군. 한데 이 커피도 그 무역공사란 데서 수입한 제품인가?"

"그렇습니다. 소코 뭐였는데…… 아, 맞다. 소코트라 섬에 있는 한국무역공사 지점이 에티오피아에서 직접 재배해 가공한 커피를 유럽에 수출 중이라 들었습니다. 졸릴 때 이 커피에 설탕 몇 개 넣어서 쭉 들이켜면 잠이 확 달아나곤 하지요."

하인리히는 도자기 커피잔 옆에 놓인 각설탕을 보며 물었다.

"이게 설탕이라고?"

"한번 드셔 보십시오. 맛보시면 아마 깜짝 놀랄 겁니다."

하인리히는 시키는 대로 각설탕 하나를 집어 입에 넣어 보았다. 잠시 뒤 진짜 깜짝 놀란 사람처럼 그의 눈동자가 확 커졌다.

"내가 상상했던 것보다 훨씬 더 달군. 대체 어떻게 만든 거지?"

"한국무역공사가 필리핀에 건설한 농장에서 재배한 사탕수수를 정제해 만들었답니다. 요즘 가장 잘 팔리는 품목이지요."

"놀랍군. 정말 놀라워."

그때, 한스가 무언가를 종이 상자에 담아 건넸다.

"이건 아프리카 서해안에서 재배한 카카오로 만든 초콜릿이란 겁니다. 아이들에게 선물로 주면 아마 아주 좋아할 겁니다."

하인리히는 기뻐하며 한스가 건넨 선물을 받았다. 요즘 부자나 귀족 자제 사이에선 초콜릿을 선물하는 게 유행이었다.

"한국이 만든 초콜릿인가?"

"요즘은 아프리카에서 재배한 카카오를 들여온 다음, 베네룩스에 있는 공장에서 직접 제조까지 하는 중입니다. 월급이 꽤 괜찮아 공장에 취직하려는 사람들로 넘쳐나는 형국이죠."

하인리히가 휘파람을 불었다.

"휴우, 한국은 정말 돈을 엄청나게 쓸어 담고 있겠군."

"잘은 모르지만 아마 그럴 겁니다. 나중에 부두에 가 보시면 알겠지만, 이런 화물을 실은 무장상선 20척이 거의 일주에 한 번씩 꼬박꼬박 도착합니다. 아마 무장상선 한 척에 실린 화물의 값만 해도 웬만한 나라의 몇 달 예산에 맞먹을 텐데, 그런 배가 한 달에 100척 가까이 들어오는 중이죠."

감탄하던 하인리히가 목소리를 살짝 낮춰 물었다.

"그럼 자네가 여기서 하는 일은 뭔가?"

"대공께서 절 잘 보셨는지 로테르담에 있는 행궁 등의 외부 경비를 맡기셨습니다. 여기선 그걸 '경찰'이라 하더군요. 정확한 뜻은 모르겠는데, 아마 군대와 비슷한 것 같습니다."

고개를 끄덕이던 하인리히가 주위를 살펴본 후에 입을 열었다.

"자네도 내가 왜 왔는지 이미 짐작했을 것이네."

한스 역시 미소를 거두고 진지한 표정으로 대답했다.

"알고 있습니다. 형님이 저를 만나기 위해 온 게 아니란 것을요."

"그럼 대공을 뵐 수 있게 중간에서 손을 좀 써 줄 수 있겠는가?"

그때, 한스가 곤란한 표정으로 고개를 살짝 저었다.

"흠, 그건 좀 어려울 것 같습니다."

하인리히가 다급한 표정으로 물었다.

"자네가 직접 나서도 어렵다는 말인가?"

"대공부인께서 첫 아이를 출산하시기 직전이라서요. 출산 때문에 신경이 아주 날카로워지셨는지 손님이 오는 걸 아주 싫어하신다는 말을 행궁에서 일하는 궁인에게 들었습니다."

하인리히는 실망한 표정을 감추지 못했다.

"흐음, 일이 어렵게 되었군."

그 순간, 한스가 조심스러운 목소리로 말했다.

"하지만 브란덴부르크-프로이센에서 누군가 자기를 찾아오면 대공께서 저에게 이런 말씀을 대신 전하라 하셨습니다."

하인리히가 반색하며 물었다.

"어떤 말을 전하라 하시던가?"

한스는 습관적으로 주변을 둘러보았다. 그러나 2층에 있는 그의 단독 집무실을 염탐하는 간 큰 자가 있을 턱이 없었다.

한스는 안심한 표정으로 천천히 입을 열었다.

"한국과 협력하고 싶으면 그쪽에서 먼저 성의를 보이는 게 좋을 거라 하시더군요. 그렇지 않으면 협력은 없을 거라고요."

하인리히가 다급하게 물었다.

"어떤 성의 말인가? 돈인가?"

"아닙니다. 돈이야 이쪽이 훨씬 더 많은데요 뭘."

"그건 그렇겠지. 그럼 대체 어떤 성의를 말하는 것인가?"

"두 가지입니다."

하인리히가 초조한 표정으로 재촉했다.

"듣고 있네."

"첫 번째는 중앙 집권화를 이룩하는 것이고 두 번째는 현재의 동군 연합을 프로이센 단일 왕국으로 만들라는 것이었습니다."

"중앙 집권화?"

"쉽게 말해 귀족제를 폐지하란 겁니다. 아니, 귀족제라기보다는 귀족에게 나눠 준 영지를 회수하란 의미에 더 가깝겠죠."

하인리히가 깜짝 놀라 되물었다.

"맙소사! 귀족제를 없애라니?"

한스는 이준성이 브란덴부르크 선제후에게 전하라 한 말을 그대로 하인리히에게 전달했다. 하인리히는 한스의 집무실에서 반나절 가까이 머물다가 브란덴부르크로 돌아갔다.

하인리히가 돌아간 직후에 비서실장 은게란이 찾아와 물었다.

"어떨 것 같은가?"

한스는 고개를 살짝 저었다.

"아직은 결과를 속단하긴 이른 것 같습니다."

은게란은 미간을 찌푸렸다.

"그들도 이게 마지막 기회임을 알 테니 그냥 흘려보내진 않겠지."

한 달 후, 마침내 브란덴부르크-프로이센에서 공식 사절을 파견해 정식으로 한국과 협력하길 원한단 의사를 내비쳤다.

2장. 프로이센 왕국

2장. 프로이센 왕국

브란덴부르크-프로이센에서 공식 사절이 왔단 소식을 들은 이준성은 코웃음을 치며 은게란을 보내 대신 만나게 하였다.

그러나 은게란 역시 전권을 위임받은 게 아닌지라, 사절단 대표에게 확답을 주지 못했다. 결국 브란덴부르크-프로이센 사절단은 별다른 성과를 거두지 못한 채 본국으로 돌아갈 수밖에 없었다.

사절단을 배웅한 은게란이 로테르담 행궁에 돌아와 물었다.

"자존심이 많이 상한 듯한데 그들이 사절단을 다시 보낼까요?"

이준성은 이원익이 보낸 서류를 검토하며 무심하게 대답했다.

"저들이 얼마나 간절하냐에 따라 달라지겠지."

이준성의 말대로 브란덴부르크-프로이센은 한국과의 협력을 간절히 원하는 게 분명했다. 브란덴부르크 선제후가 다른 사람으로 직접 변장까지 해 가며 로테르담을 찾은 것이다.

이준성 역시 그 정성에는 감동할 수밖에 없어 로테르담 시청 영빈관으로 브란덴부르크 선제후를 초청해 대화를 나누었다.

빌헬름은 먼저 정식으로 사과부터 하였다.

"저번에 대공께서 직접 공국을 찾아 주셨을 땐 제가 우매해 실수를 저질렀습니다. 부디 너그럽게 용서해 주시길 바랍니다."

이준성은 고개를 저었다.

"괜찮습니다. 내가 선제후였어도 그랬을 테니까요. 처음 본 사람이 찾아와 조언하는 게 어디 조언처럼 들리겠습니까? 아마 자기 영지 일에 간섭하는 행동처럼 느껴졌을 테지요. 그 심정 충분히 이해하고도 남습니다. 신경 쓰지 마시지요."

빌헬름은 기꺼운 표정으로 대답했다.

"이해해 주셔서 감사합니다."

"그보다 제가 한스를 통해 전달한 협상 조건은 들으셨습니까?"

"중앙 집권화를 이루는 것과 지금의 동군 연합을 왕국으로 바꾸란 제안 말입니까? 들어 보았습니다. 그리고 그 때문에 방문한 것이 사실이고요. 남작을 통해 듣기는 하였지만 좀 더 자세한 내용을 알기 위해 실례를 무릅쓰고 찾아뵌 것입니다."

이준성은 차를 한 모금 마신 후에 물었다.

"그전에 선제후께 묻고 싶은 점이 하나 있습니다."

"무엇이든 물어보시지요."

"선제후께서는 야망이 있으십니까?"

빌헬름은 미소를 지으며 대답했다.

"하하, 이 세상에 야망 없는 사람이 어디 있겠습니까?"

"실례가 안 된다면 선제후께서 가진 야망이 어떤 것인지를 들어 보고 싶군요."

"그야 우리 브란덴부르크-프로이센을 강국으로 만드는 거지요."

이준성은 상체를 앞으로 당기며 고개를 끄덕였다.

"바로 그겁니다. 브란덴부르크-프로이센을 강국으로 만드는 데 필요한 일이 바로 중앙 집권화와 느슨한 동군 연합을 강력한 왕국으로 탈바꿈시키는 겁니다. 그렇게 하면 브란덴부르크-프로이센은 제국에서 가장 강력한 국가가 될 겁니다."

빌헬름은 미간을 살짝 찌푸렸다.

"왕국으로 탈바꿈시키는 일은 어렵지 않을지 모르지만, 중앙 집권화는 그리 쉽지 않을 겁니다. 귀족들이 당장 반란을 일으킬 테니까요. 혹 이 점에 대해서 고견을 주실 수 있으십니까?"

이준성은 어깨를 으쓱하며 대답했다.

"간단합니다. 반란은 진압하면 되는 겁니다."

"귀족의 힘이 우리 호엔촐레른 가문이 가진 힘보다 더 크다면요?"

"그 역시 간단합니다. 호엔촐레른 가문의 군사력을 다른 귀족이 가진 군사력을 다 합친 것보다 강하게 만들면 되는 겁니다."

빌헬름은 난색을 드러냈다.

"그게 어디 쉬운 일인가요."

"쉬운 일입니다. 선제후께서 큰맘 먹고 저를 찾아오셨으니까요. 우리 한국은 귀국에 시가보다 싼 가격으로 첨단 무기를 공급할 의향이 있습니다. 총과 칼, 심지어 야포와 포탄, 화약까지 팔 수 있습니다. 자신하건대 우리가 넘기는 무기는 현재 유럽에서 쓰는 무기보다 훨씬 앞선 무기일 겁니다."

이준성은 그 자리에서 빌헬름에게 뇌우 1호와 화약, 신관 등을 보여 줬다. 신관, 즉 퍼커션을 써서 탄환을 발사하는 퍼커션 캡 머스킷인 뇌우 1호는 최소 200년은 앞선 무기였다.

빌헬름은 뇌우 1호를 직접 들고 살펴보며 물었다.

"이걸 몇 정이나 살 수 있습니까?"

"현재 유럽 창고에 있는 재고는 4,000정입니다. 그리고 신관은 원하는 만큼 만들 수 있는 제조 시설을 이미 갖춘 상태이고요. 만약 뇌우 1호를 더 원한다면, 본국에 있는 재고까지 전부 가져와 최대 2만 정까지 공급할 의향이 있습니다."

빌헬름은 욕심을 숨기지 못하며 물었다.

"유럽에 있는 다른 나라에도 이런 무기를 파셨습니까?"

이준성은 단호한 표정으로 고개를 저었다.

"아닙니다. 다른 나라가 팔아 달라 사정해도 팔지 않았습니다."

빌헬름은 의심이 생겼는지 들고 있던 뇌우 1호를 내려놓았다.

"우리에게만 무기를 파는 이유가 있습니까?"

"브란덴부르크-프로이센의 잠재력을 높게 보기 때문입니다."

빌헬름은 미심쩍은 기색으로 대꾸했다.

"왠지 썩 믿음이 가지 않는 이유군요."

이준성은 차분한 어조로 물었다.

"선제후가 한국을 어떻게 생각하는지 모르겠지만, 우린 야만족처럼 유럽을 침략하러 온 게 아닙니다. 물론 본국에 있는 전력까지 전부 동원하면 유럽을 정복하는 게 그리 어렵진 않을 거라 생각합니다. 내 말이 선제후의 귀에는 허풍처럼 들릴 순 있겠지만, 난 냉정하게 현실을 말씀드린 겁니다. 하지만 거기엔 결점이 하나 있는데, 그것이 무언지 아시겠습니까?"

빌헬름 역시 총명한 위인인지라 그의 말뜻을 바로 이해했다.

"정복하긴 쉽지만 지키긴 어렵다는 것이겠지요."

"맞습니다. 정복보다는 지키는 게 훨씬 어려운 법이지요. 또, 애초에 우리가 유럽을 찾은 건 유럽이 가진 거대한 시장에 관심이 있어서일 뿐이지, 그 외에 다른 이유는 없습니다."

"한데 갑자기 그 말씀을 왜 꺼내시는 건지 모르겠군요."

"이 뒤에 이어질 얘기가 아주 중요하기 때문입니다."

빌헬름은 흥미가 생겼는지 바로 고개를 끄덕였다.

"경청하지요."

"이미 알고 있겠지만, 우린 이미 유럽에 성공적으로 안착한 상태입니다. 하지만 유럽의 판도가 우리의 예상과 다른 방향으로 흐른다면 시장이 불안정해져 지금 같은 성과를 올리기가 쉽지 않아질 겁니다. 그래서 이에 대비코자 유럽에 강력한 영향력을 행사할 수 있는 맹방을 두어 보호받길 원하는 겁니다."

빌헬름은 눈을 번쩍 뜨며 물었다.

"그럼 한국은 그 맹방으로 우릴 선택했다는 겁니까?"

"바로 그렇습니다."

빌헬름은 약간 자신 없단 투로 대답했다.

"지금의 브란덴부르크-프로이센으로선 하기 힘든 일인 것 같군요. 우리가 한국의 도움을 받아 중앙 집권화를 이루고 왕국을 세운다 한들 주변에 있는 다른 강력한 경쟁자들을 이겨내기란 쉽지 않을 테니까요. 이 점에 대해서는 고려해 보셨습니까?"

"고려해 봤습니다. 그래서 귀국에 한 가지 제안을 하려 합니다."

"어떤 제안입니까?"

"귀국이 제국을 통일해 완벽한 통일 국가를 만드는 겁니다. 즉, 신성 로마 제국이 아니라 프로이센 제국을 세우는 겁니다."

빌헬름은 말문이 턱 막혔는지 쉽사리 말을 잇지 못했다.

그 모습을 본 이준성이 웃으며 말을 이었다.

"하하, 받아들이기 쉽지 않은 제안이란 사실을 잘 압니다. 생각할 시간을 드릴 테니 참모들과 천천히 상의해 보시지요."

이준성은 빌헬름에게 그 말을 남긴 후에 행궁으로 돌아갔다.

며칠 후, 빌헬름은 사람을 보내 일전의 제안을 받아들이겠단 통보를 해 왔다. 곧 은게란과 하인리히 두 사람이 만나 협정의 세부 사항을 놓고 물밑 협상을 벌여 양국의 비밀 협정문을 완성했다.

일을 벌이기 전에 선포부터 할 순 없어 일단은 한국과 브란덴부르크-프로이센이 협정을 맺었단 사실을 숨기기로 하였다.

이후 은호원 유럽지부가 가져온 소식에 따르면, 브란덴부르크 선제후 옆에서 정치 고문을 하던 아담 폰 슈바르첸베르크는 해고당해 공국을 떠났다고 했다. 아담의 조언대로 종교적인 중립을 지키다가 영지가 결딴난 책임을 물게 되었다는 것이다.

물론 최종 책임은 그 조언을 따른 빌헬름에게 있을 테지만, 세상사가 다 그렇듯이 결정권자는 어떤 일이 실패했을 때 책임을 지는 경우보다 책임을 다른 이에게 떠넘기는 경우가 더 많았다.

어쨌든 한국과 브란덴부르크-프로이센이 협정을 맺음에 따라 브란덴부르크-프로이센에 들어와 있는 스웨덴군과 황제군을 공국 밖으로 쫓아내는 게 가장 시급한 문제로 떠올랐다.

일단, 그들을 공국 밖으로 쫓아내야 귀족제 폐지와 동군연합을 왕국으로 통합하는 작업에 들어갈 수 있기 때문이었다.

이는 브란덴부르크-프로이센 혼자선 할 수 없는 일이어서 한국의 도움이 절실했다. 빌헬름 역시 이를 잘 알고 있었기에 바로 한국에 도움을 요청했고 이준성은 이를 수락했다.

이준성은 해산이 며칠 남지 않은 케이트에게 먼저 양해를 구했다. 케이트는 조금 서운해하긴 했지만 반대하지는 않았다. 이번 일이 남편에게 중요하단 사실을 알기 때문이었다.

이준성은 천마기동여단, 해병 3여단, 맹호특수전여단, 천궁포병여단 등 8,000명으로 이뤄진 부대를 꾸려 동쪽으로 향했다.

한국군이 동쪽으로 이동한단 첩보를 받은 발렌슈타인 역시 지금까진 애써 미뤄 왔던 전면전을 피하지 않았다. 이대로 스웨덴군과 대치만 해선 일이 어려워진단 사실을 깨달았던 것이다.

이준성이 브란덴부르크-프로이센에 도착했을 때는 이미 구스타프 2세의 스웨덴군과 발렌슈타인의 황제군이 포츠담 인근에서 대치한 채 최후의 승자를 가릴 준비를 마친 상태였다.

부대를 안전한 장소에 숨겨 놓은 이준성은 측근 몇 명만 대동한 상태에서 포츠담 인근을 찾아 양측의 전투를 지켜보았다.

선공은 구스타프 2세의 스웨덴군이 먼저 하였다. 스웨덴군은 총병의 비율을 대폭 높인 선형진으로 황제군을 공격했다.

황제군 역시 발렌슈타인이란 명장의 지휘를 받아 유기적으로 움직이며 적의 돌격을 대여섯 차례 가까이 막아 내었다.

그러나 구스타프 2세가 직접 기병과 함께 돌격해 온 후에는 전황이 나빠졌다. 연전연패한 황제군은 후퇴하기 급급했다.

마침내 신교를 대표하는 구스타프 2세의 스웨덴군이 제국의 마지막 남은 보루인 황제군을 전멸 직전까지 몰아넣었다.

그러나 이후 벌어진 최종 결과는 사람들의 예상을 한참이나 빗나가 버렸다. 예상대로 구스타프 2세의 스웨덴군이 전투에서 승리했다. 한데 스웨덴군에서 가장 중요한 인물인 국왕 구스타프 2세 아돌프가 돌격 중에 적의 총격에 중상을 입고 전사한 것이다.

스웨덴군은 황제군과의 전투에선 여유 있게 승리했지만, 마치 전쟁에선 패한 것 같은 참담한 기분을 느낄 수밖에 없었다.

반대로 구스타프 2세의 급작스러운 전사 덕분에 가까스로 전멸의 위기에서 벗어난 발렌슈타인의 황제군은 오히려 패하고도 득의양양했다. 정신적 지주인 구스타프 2세를 잃은 스웨덴군의 전력이 예전만 못하리란 사실을 눈치 챈 것이다.

실제로 발렌슈타인의 황제군은 그 후의 전투에서 연전연승하였다. 스웨덴군은 결국 프로이센 지역까지 크게 후퇴했다가 아예 본국인 스웨덴으로 돌아가 전력을 재정비하였다.

거칠 것이 없어진 황제군은 제국 북쪽, 남쪽 가릴 것 없이 그들에게 반발하는 신교도 제후의 영지에 쳐들어가 자유 도시를 복속시키고 신교도가 가진 영지와 재산 등을 강탈했다.

이준성은 그길로 베를린으로 향했다. 베를린을 방문한 게 불과 몇 달 전임에도 불구하고 풍경이 완전히 달라져 있었다.

곳곳에 부서진 건물 잔해가 어지럽게 널려 있었다. 심지어 여전히 연기를 피워 올리며 불에 타고 있는 건물마저 종종 눈에 띄었다. 다만, 한 가지 특이한 건 폐허로 변해 버린 도시를 보며 망연자실한 표정을 짓는 사람보다 구슬땀을 흘리며 생활 터전 복구에 열중하는 시민이 더 많단 사실이었다.

"이런 정신이야말로 독일의 저력이겠지. 물론 그 저력을 좋지 않은 데 썼을 땐 더 불행한 결과로 이어질 테지만 말이야."

이준성은 베를린 교외에 있는 공작 저택에서 빌헬름을 만나 앞으로의 일을 상의했다. 원래 계획은 스웨덴군과 황제군이 전면전을 하게끔 유도한 후에 어부지리를 취하는 거였다.

한데 눈치 빠른 발렌슈타인이 그들에게 어부지리를 취할 틈을 주지 않는 바람에 계획을 처음부터 다시 수립해야 했다.

빌헬름은 약간 초조한 표정으로 물었다.

"황제군이 예상보다 빨리 승리하는 바람에 우리가 추진 중인 일이 곤란을 겪게 생겼는데, 이를 해결할 방법이 있겠습니까?"

이준성은 미소를 지으며 대답했다.

"없습니다."

"없다면서 미소를 짓고 계시는군요?"

"하하, 시간이 알아서 해결해 줄 겁니다. 그리고 지금 상황을 꼭 나쁘게만 볼 필욘 없을 겁니다. 어쩌면 이런 혼잡한 상황이 우리가 하려는 일을 더 쉽게 만들어 줄지 모르니까요."

"그렇습니까?"

빌헬름은 반신반의하는 표정을 지었지만, 그에게 다른 해결책이 있는 게 아니어서 이준성의 말을 믿어 보려는 듯했다.

한데 이준성은 유진의 도움을 받아 이번 일이 어떻게 흘러갈 건지 이미 아는 상태였다. 그리고 실제로 그가 아는 대로 흘러가기 시작했다. 페르디난트 2세가 발렌슈타인의 황제군이 보여 준 연전연승에 고무된 나머지 신교도 제후뿐만 아니라 구교도 제후까지 반발하는 정책을 발표한 것이다.

페르디난트 2세는 전쟁에서 승리하기 무섭게 제국의 모든 사유 재산에 복권 칙령을 적용하겠다고 공포했다. 복권 칙령이란 쉽게 말해 지금으로부터 80여 년 전인 1,555년 이후에 바뀐 교회 재산을 1,555년 이전으로 되돌린다는 칙령이었다.

1,555년은 루터가 종교 개혁 운동을 시작한 후 얼마 지나지 않았을 때이므로 구교 제후와 가톨릭이 교회 재산 대부분을 소유하고 있을 때였다. 즉, 1,555년 이후에 신교도가 획득

한 영지와 교회 재산을 빼앗겠단 명령과 마찬가지인 것이다.

이는 당연히 신교도 제후들의 어마어마한 반발을 불러일으켰다. 자신들의 재산을 빼앗겠다는 뜻이었으니 허락할 사람이 없는 게 당연했다. 심지어 구교도 제후들마저 반발했는데, 구교도 제후들 역시 이번 종교 전쟁을 이용해 다른 귀족들이 소유한 영지와 교회 재산 등을 몰래 착복해 왔기 때문이었다.

반발은 제국 전역으로 퍼져 나가 페르디난트 2세의 최대 후원자라 할 수 있는 바이에른 공국의 막시밀리안 1세마저 반발할 정도였다. 그러나 페르디난트 2세의 최대 후원자는 이제 막시밀리안 1세가 아니었다. 발렌슈타인의 황제군이었다.

페르디난트 2세는 얼마 후 발렌슈타인의 황제군을 대대적으로 동원하여 복권 칙령을 강제 집행하였다. 그리고 결국 그 일 때문에 제국 내 제후 대부분을 적으로 돌려 버리고 말았다.

◆ ◈ ◆

이준성과 빌헬름으로서는 환영할 만한 일이었다. 제후 대부분이 황제와 황제군에게 돌아선 지금이야말로 그들이 세운 독일 통일 계획을 실현하는 데 가장 적기이기 때문이었다.

이준성은 우선 로테르담 창고에 모아 둔 뇌우 1호와 진천 1호, 유성 3호, 화약, 신관, 강철 무기를 브란덴부르크-프로이센 공국에 공급했다. 브란덴부르크-프로이센은 재력이 상당했기 때문에 1차 인도분의 대금을 어렵지 않게 마련할 수 있었다. 물론 이준성이 제조 원가와 유통비에 이문을 약간 얹은 가격으로 판매했기 때문에 가능한 일이었다.

무기를 인도받은 브란덴부르크-프로이센의 호엔촐레른 가문은 가문이 직접 다스리는 직할 영지에 징집령을 내려 5,000명이 넘는 병력을 모았다. 그리고는 한국이 인도한 무기로 훈련하며 곧 있을 귀족의 반란을 제압할 준비에 들어갔다.

독일인답게 진행 속도는 빠르면서도 허점은 별로 없는 완벽한 준비를 마친 호엔촐레른 가문은 때가 무르익었다 판단해 새로운 조세 정책을 공표하며 다른 귀족들을 놀라게 하였다.

기존의 조세 정책은 당연히 봉건제에 기반을 둔 상태에서 만들어졌다. 즉, 영지를 가진 귀족이 알아서 세금을 거둔 다음, 거둔 세금의 일정량을 호엔촐레른 가문에 상납하는 식이었다. 또한 호엔촐레른 가문이 병력과 군량을 요청할 땐 병력과 군량을 중앙에 지원하는 식으로 세금을 대체했다.

호엔촐레른 가문은 공식적으로 귀족제를 폐지하진 않았다. 대신, 브란덴부르크-프로이센에 있는 모든 영지에서 호엔촐레른 가문이 직접 세금을 거두겠단 새 조세 정책을 발표했다.

세금을 부과하는 항목은 크게 두 가지였는데 하나는 개인이 보유한 재산, 그리고 다른 하나는 개인이 벌어들이는 소득이었다. 즉, 재산이 많거나 소득이 높으면 세금 또한 그에 비례해 많이 낼 수밖에 없었다. 거기다 누진세였기 때문에 재산이 많거나 소득이 높을수록 더 높은 세율을 적용받았다. 영지를 많이 가진 귀족에게 아주 불리한 정책이었다.

당연히 공국 내의 귀족 대부분이 불만을 품고 반란을 일으켰다. 브란덴부르크-프로이센에서 아예 호엔촐레른 가문을 쫓아내기 위해서였다. 이를테면 호엔촐레른 공작파와 공작파에 반대하는 귀족파 연합 간에 내전이 벌어진 셈이었다.

그러나 결과는 호엔촐레른 공작파의 완승으로 끝났다. 귀족파는 한국군의 신무기로 무장한 공작파 앞에서 힘을 쓰지 못했다. 결국 내전에서 승리한 공작파가 반란을 일으킨 귀족파의 영지를 흡수해 중앙 집권화로 가는 기틀을 마련하였다.

호엔촐레른 가문은 이어 개인이 사병과 용병을 고용하지 못하도록 하였으며 헌법과 법률을 도입해 법치주의를 실현했다. 또, 신분제를 철폐했으며 종교의 자유 등을 보장했다.

물론 이러한 정책은 한국 정부가 파견한 고문단의 조언을 받아들인 브란덴부르크 선제후 빌헬름이 추진한 것들이었다.

빌헬름이 추진한 정책들은 귀족이나 부유한 상인에게는 별로 환영을 받지 못했지만, 일반 국민에게는 환영을 받아 이준성이 예상한 것보다 훨씬 빠른 속도로 개혁이 이루어졌다.

개혁 정책을 입안해 실제로 적용하는 데까지 성공한 빌헬름은 이준성이 요구한 두 번째 협상 조건을 해결하기 위해 움직였다. 바로 브란덴부르크-프로이센 동군 연합을 호엔촐레른 가문이 통치하는 프로이센 왕국으로 만드는 작업이었다.

원래 브란덴부르크와 프로이센 사이에는 약간의 공간이 있었다. 즉, 두 지역이 붙어 있는 게 아니라 약간 떨어져 있었다.

빌헬름은 그 공간을 돈으로 사들이거나, 아니면 그곳에 영지를 가진 다른 제후를 압박해 복속시킴으로써 마침내 브란덴부르크와 프로이센의 영토를 하나로 합치는 데 성공했다.

그리고 그로부터 몇 달 후에는 정식으로 프로이센 왕국을 개국한 다음, 빌헬름 본인이 스스로 초대 국왕에 즉위했다.

이준성은 은게란과 랭커스터 등을 보내 빌헬름에게 조언을 아끼지 않았다. 조언한 내용은 크게 두 가지였다. 더는 막대한 돈을 줘 가며 용병을 고용하지 말고 직업 군인으로 이뤄진 상비군 체제를 도입해 국방력을 강화하란 것이었다.

두 번째는 현재 한국 정부가 공급하고 있는 무기를 안정적으로 공급받고 싶으면 프로이센 왕국의 영토를 베네룩스 대공국이 있는 제국 북서쪽으로 좀 더 확장하라는 조언이었다.

빌헬름은 그 조언대로 일전에 귀족파의 반란을 진압할 때 징병한 병사들의 소속을 상비군으로 바꾼 다음, 한국군이 공급한 무기로 훈련시켜 상비군의 실력을 빠르게 끌어 올렸다.

그 후엔 실력을 끌어 올린 상비군을 앞세워 서진을 감행해 함부르크, 하노버, 쾰른, 도르트문트 등을 연달아 점령했다. 덕분에 이제 프로이센 왕국과 베네룩스 대공국은 육지와 바다 양쪽에서 연결되어 강력한 동맹 체제를 갖출 수 있었다.

프로이센 왕국의 서진에 잔뜩 겁을 먹은 네덜란드 공화국은 급히 바다 건너에 있는 영국과의 동맹을 한층 강화했지만, 프로이센 왕국과 한국 모두 그쪽에는 신경을 별로 쓰지 않았다.

지금 신경 써야 할 것은 네덜란드 공화국의 대응이 아니라 신성 로마 제국의 반응이었다. 페르디난트 2세의 명령으로 복권 칙령을 강제로 집행하던 발렌슈타인은 제국 북쪽의 분위기가 심상치 않게 돌아가는 징조를 감지하기 무섭게 출격했지만, 프로이센 왕국의 대처가 워낙 기민한 탓에 실패했다.

한국, 프로이센 왕국 양측 정상은 쾰른에서 만나 정식으로 동맹을 맺는 협정문을 작성해 발표했다. 협정문에서 가장 중요한 내용은 역시 상호 불가침 조약과 상호 수호 조약이었다.

상호 불가침 조약이야 크게 신경 쓸 필요 없는 조약이지만,

상호 수호 조약은 그렇지 않았다. 상호 수호 조약은 다른 나라의 군대가 동맹을 맺은 상대국의 영토를 침범했을 때, 동맹국은 반드시 군대를 파견해 이를 지원해야 한단 조약이었다.

이는 제국 내에 이상이 생겼을 때, 한국이 합법적으로 군대를 진주시킬 수 있는 조약이어서 아주 중요한 의미를 지녔다.

협정문을 발표한 양측 정상은 벽난로가 있는 전형적인 유럽식 저택에서 와인을 마시며 화기애애한 분위기를 이어 나갔다.

빌헬름은 감탄했단 표정으로 말문을 열었다.

"정말 대공께서 말씀하신 대로 시간이 약이었습니다. 거기서 황제가 복권 칙령을 발표하는 실책을 범할 줄 누가 알았겠습니까?"

이준성은 프랑스에서 생산한 고급 와인을 마시며 대답했다.

"발렌슈타인의 황제군이 덴마크군과 스웨덴군을 연달아 격파하는 바람에 황제가 고무된 탓이지요. 아마 그게 사람의 본성일 겁니다. 계속 이기다 보면 자신감이 한계를 초월해 자기 능력 밖의 일을 벌이곤 하죠. 우리 같은 통치자들은 황제가 이번에 저지른 실책에서 배울 점이 많을 것입니다."

이준성의 의미심장한 말에 빌헬름이 약간 당황하며 물었다.

"어떤 점을 배워야 하겠습니까?"

"난 베네룩스를 차지한 후에는 영토 욕심이 없습니다. 한국군이 유럽에 투사할 수 있는 군사력에 한계가 있는 탓에 여기서 영토를 더 넓히면 유지하는 것이 어렵기 때문이지요. 아마 기껏해야 네덜란드까지가 한국의 한계일 것입니다."

"그럼 프로이센 왕국도 지금 영토에 만족하는 게 좋단 뜻입니까?"

이준성은 손을 저었다.

"하하, 제 말을 오해하셨나 보군요. 이곳 베네룩스가 한국 본토와 최소 수천 킬로미터 떨어진 곳에 있는 탓에 그렇다는 말입니다. 프로이센이야 거리를 신경 쓸 필요가 없지요."

빌헬름은 기분이 좋아진 듯 다시 미소를 지었다.

"그야 그렇겠지요."

"다만, 프로이센이 제국 밖으로 영토를 확장하려 할 때는 오늘 내가 한 조언을 잘 생각하는 게 좋을 것입니다. 프로이센의 국력이 설령 유럽에 있는 모든 나라의 국력을 합친 것보다 강하다 해도 유럽을 지배할 수 있는 것은 수십 년이 넘지 않을 겁니다. 그 후에는 몰락에 몰락을 거듭하다가 결국 정복한 영토를 다 잃을 뿐만 아니라, 원래 있던 본토의 땅마저 다른 나라들에 빼앗길 테니까요. 그리고 수십 년 동안 갚아도 갚지 못할 막대한 배상금은 덤일 테고요."

빌헬름 역시 동의하는 듯 고개를 끄덕였다.

"대공의 말이 전적으로 맞습니다."

와인잔을 테이블에 내려놓은 이준성은 고개를 살짝 저었다.

"그러나 국왕께서는 이해하실지 모르지만, 후손들은 그렇지 않을 수 있습니다. 자신감이 지나친 나머지 이번에 황제가 한 실수를 그대로 따라 하는 후손이 나올 수 있으니까요."

빌헬름은 심각한 표정으로 대답했다.

"흐음, 그건 그렇겠군요."

"아마 국법으로 명백하게 정해 놓으면 괜찮을 겁니다."

"고려해 보겠습니다."

양측 정상은 이제 제국 내의 문제에 관해 상의했다.

이준성은 소파에 기대어 놓았던 상체를 앞으로 당기며 말했다.

"먼저 민중을 선동해야 합니다."

"선동이요?"

"그렇습니다. 민중을 먼저 선동해야 통일에 성공할 수 있을 겁니다. '우리는 같은 민족이기에 합쳐질 운명을 타고났다.'거나 '프랑스와 영국, 에스파냐의 위협에서 벗어나려면 반드시 통일 국가를 이뤄야 한다.', '우리는 종교의 자유를 헌법으로 보장한다.', '우리는 신분제를 철폐할 것이며 세금을 낮춰 농민, 상인, 수공업자 모두 만족하는 세상을 구현할 것이다.'와 같은 구호를 몇 개 만든 다음, 제국 전역에 뿌리는 겁니다. 그러면 민중이 먼저 왕국 쪽에 호응을 보낼 겁니다."

빌헬름은 눈을 빛내며 물었다.

"그런 다음에는요?"

상체를 다시 소파에 기댄 이준성이 와인잔을 입에 가져갔다.

"그다음엔 황제군과 결판을 내고 통일에 박차를 가하는 거지요."

빌헬름은 와인잔에 남은 와인을 흔들다가 고개를 살짝 저었다.

"황제도 이번에는 준비를 단단히 할 거라 쉽지 않을 것 같습니다. 아마 합스부르크 가문과 관계가 있는 오스트리아, 헝가리, 보헤미아, 크로아티아 왕국 등에서 전부 몰려올 테니까요."

"그건 걱정할 일이 아닙니다. 오히려 반가워해야 하는 일이죠."

빌헬름은 이해가 가지 않는단 표정을 지었다.

"반가워해야 하는 일이라고 하셨습니까?"

"그렇습니다. 이번 전투에서 승리만 하면 합스부르크는 오스트리아나 헝가리 쪽으로 물러날 수밖에 없을 테니까요. 설마 합스부르크와 100년 동안 싸우고 싶진 않을 거 아닙니까? 그렇다면 위기라 생각하지 말고 기회라 생각하십시오."

빌헬름은 굳은 표정으로 부탁했다.

"한국군이 도와준다면 황제군과 한번 승부를 내 보겠습니다."

"당연히 도와 드려야죠."

양측 정상이 협정문을 발표한 지 6개월쯤 지났을 때였다. 합스부르크의 수장이며 신성 로마 제국의 황제인 페르디난트 2세는 합스부르크와 관련한 모든 왕국과 공국, 제후국에 사신을 파견해 병력을 징발했다. 심지어 한국군에 연전연패하는 바람에 국가가 파산 지경에 이른 에스파냐에도 사신을 파견했는데, 에스파냐는 병력이 없다며 끝내 거절하였다.

합스부르크의 두 축 중 하나인 에스파냐 제국의 도움을 받는 데는 실패했지만, 어쨌든 합스부르크 가문의 지원을 받아 13만에 달하는 대병력을 모으는 데 성공한 페르디난트 2세는 발렌슈타인의 황제군을 선봉으로 삼아 감히 자신에게 반기를 든 프로이센 왕국을 철저히 짓밟아 주기 위해 출격했다.

이에 대응하기 위해 프로이센 왕국은 상비군 3만과 더불어 왕국이 내건 기치에 호응해 자원입대한 병력 2만을 합쳐 총 5만의 병력을 출격시켰다. 그리고 한국은 해병대 1만여 명에 천마기동여단 5,000여 기를 합친 2만 명의 병력을 동원해 프로이센 왕국과 보조를 맞추었다.

일단 병력 비율을 2 대 1 수준까지는 맞춘 셈이었다.

이준성은 몇 달 전 태어난 막내딸 연이를 안아 든 다음, 고무처럼 말랑말랑한 볼을 쓰다듬었다. 연이는 이준성의 굳은살 박인 두꺼운 손가락을 장난감이라 생각한 듯 포동포동한 손가락으로 가지고 놀다 이도 나지 않는 입으로 깨물었다.

이준성은 그렇게 눈에 넣어도 아프지 않은 막내딸의 재롱을 지켜보다가 한숨을 쉬며 케이트에게 건네주었다. 다행히 케이트와 연이 모두 건강해 이준성은 한시름 놓은 상태였다.

이준성은 케이트의 이마와 볼에 입맞춤한 다음, 돌아서서 전장으로 떠났다. 이번에도 무사히 돌아올 수 있을 거라 확신하긴 하지만, 사람 일이란 게 어떻게 될지 모르기에 지금처럼 가족과 나누는 작별 인사가 그에게는 아주 소중하였다.

가족과 작별 인사를 나눈 이준성은 한국군 2만여 명을 이끌고 독일 북쪽에 있는 하노버로 출발했다. 이미 준비를 마친 프로이센 왕국군은 하노버에서 한국군을 기다리는 중이었다.

하노버에 도착한 이준성은 바로 빌헬름을 찾아 전략을 다시 한 번 확인했다. 그리고는 황제군이 있는 남쪽으로 출발했다.

결국, 7만 명으로 이루어진 한국-프로이센 연합군은 제국 중부에 있는 노르트하우젠이란 도시에서 13만에 달하는 합스부르크 연합군의 선봉 부대를 발견해 바로 대치에 들어갔다.

신성 로마 제국 황제의 자격으로 합스부르크 연합군을 지휘하던 페르디난트 2세는 상대의 병력이 7만이란 사실을 알기 무섭게 노르트하우젠을 포위하려 하였다. 그러나 포위망을 완성하기 직전에 이준성이 이끄는 한국군이 갑자기 노르트하우젠에서 뛰쳐나와 우측에 있는 슈톨베르크 숲으로 들어갔다. 합스부르크 연합군의 작전이 실패로 돌아간 것이다.

그러나 페르디난트 2세는 실망하지 않았다. 바로 황제군의 주력이라 할 수 있는 발렌슈타인에게 한국군의 두 배인 4만 병력을 주어 한국군이 들어간 슈톨베르크 숲을 둘러싸게 하였다.

한국군의 갑작스러운 기동으로 전장이 갑자기 두 개로 늘었다.

빌헬름이 직접 이끄는 프로이센 왕국군 5만은 노르트하우젠의 시가지에 은폐한 상태에서 9만에 달하는 페르디난트 2세의 합스부르크 연합군을 상대해야 했고, 한국군은 슈톨베르크 숲에서 발렌슈타인의 정예병 4만 명을 상대해야 했다.

이준성은 숲 곳곳에 홍염해병군단 특수 수색대를 내보내 발렌슈타인이 지휘하는 황제군의 이동 방향을 계속 확인했다.

홍염해병군단을 이끄는 정충신이 수색 결과를 보고했다.

"황제군은 숲 남서쪽에서 천천히 진입하는 중이옵니다."

이준성이 앞에 놓인 커다란 지도를 바라보며 물었다.

"이쯤인가?"

고개를 가로저은 정충신이 지도에서 좀 더 오른쪽을 가리켰다.

"이곳이옵니다."

"아직 얕군. 좀 더 왼쪽으로 끌어들여야 하네."

"알겠사옵니다."

정충신은 특수 수색대를 지휘해 발렌슈타인의 황제군을 왼쪽으로 좀 더 끌어들였다. 황제군은 병력이 상대보다 많다는 점에 약간 긴장이 풀린 듯 한국군의 유인 작전에 그대로 말려들어 원래 있던 위치보다 1킬로미터 정도 더 들어왔다.

지도에 놓인 황제군의 표식이 원하던 곳에 도착하는 모습을 본 이준성은 황제군이 먼저 공격해 오기를 조용히 기다렸다.

◆ ◈ ◆

이준성이 이끄는 한국군 주력 부대는 현재 슈톨베르크 숲 안에 있는 작은 마을에 진을 친 상태였다.

마을에 살던 주민 100여 명은 이미 전쟁이 벌어지기 한참 전에 모두 피난 간 상태라, 한국군은 마을에 있는 교회와 회관 등을 사령부와 숙소 등으로 거리낌 없이 사용 중이었다.

이준성은 은호원 유럽지부가 만들어 온 지도를 보며 병력을 배치했지만 사실 병력을 배치할 만한 공간이 많지는 않았다.

한국군이 주둔한 슈톨베르크 마을을 제외하면 10킬로미터 근방에 공터라 부를 만한 공간이 없는 깊은 숲이어서 테르시오처럼 밀집 대형을 이룬 부대가 진주할 공간이 나지 않았다.

이준성은 하는 수 없이 병력을 넓게 퍼트려 산개 대형을 이루었다. 물론 슈톨베르크 마을로 진격 중인 발렌슈타인의 황제군 역시 병력을 밀집시킬 수 없는 탓에 한국군처럼 산개한 상태에서 슈톨베르크 마을로 천천히 접근 중인 상태였다.

이준성은 적진을 정찰 중인 홍염해병군단 특수 수색대와 맹호특수전여단 정찰 중대 대원의 보고를 받으며 흡족한 표정으로 고개를 끄덕였다. 예상대로 황제군은 5킬로미터에 달하는 긴 전선을 형성한 상태에서 마치 족대로 물고기를 한쪽으로 몰아가며 잡듯이 슈톨베르크 마을로 다가오는 중이었다.

이준성은 황제군의 포위망을 깨기 위해 다급하게 숲으로 도망친 게 아니었다. 이런 상황을 예측하고 숲으로 도망친 것이었다. 지금까지는 이준성의 계획대로 진행 중이었다.

숲에서 치르는 전투에는 세 가지 단점이 있었다.

첫 번째는 테르시오와 같은 형태의 밀집 대형을 구성할 수 없단 점이었다. 숲에 있는 나무를 죄다 벌목하며 올라온다면 또 모르겠지만, 속도가 현저히 느려지는 것과 같은 단점이 발목을 잡기 때문에 현실적으로 그렇게 하기 어려웠다.

두 번짼 기병을 사용할 수 없단 점이었다. 나무가 듬성듬성 자란 숲이라면 모르지만, 나무가 조밀하게 자란 숲에서 기병을 운용하는 짓은 고속도로에서 술을 마시고 운전하는 짓과 같아 속도를 높이는 순간 나무와 바위를 들이받을 터였다.

세 번째는 포병을 쓸 수 없단 점이었다. 곡사포를 가진 현대전에선 문제될 게 없었지만, 지금처럼 직사포를 주로 운용하는 전근대 유럽에서는 포를 쏘면 포탄이 날아가다가 나무에 맞았다.

한데 이러한 단점은 오직 발렌슈타인이 지휘하는 황제군에게만 불리하게 작용했다. 반대로 한국군은 이러한 단점을 장점으로 상쇄할 수 있는 능력을 갖추고 있었기 때문이다.

물론 기병을 쓰지 못하는 게 아쉽긴 하지만, 천마기동여단 기병들 또한 보병 훈련을 받았기에 큰 문제가 없는 상황이었다.

이준성은 마지막으로 슈톨베르크 마을 중앙에 포진한 포병을 찾았다. 포병 1,000명은 이미 준비를 모두 마친 상태였다.

이준성은 천궁포병여단장 이완의 안내로 포병 사열을 받았다. 현재 천궁포병여단이 보유한 홍뢰 30문은 포신을 70도에 가까운 각도로 올린 상태에서 대기 중이었다. 또한 홍뢰 뒤엔 화룡탄을 가득 실은 급탄차가 대기해 있었다.

이준성은 포병 사열을 받으며 이완에게 질문했다.

"곡사 훈련을 몇 번이나 진행했는가?"

"본토에서 10번, 유럽에 와서 20번 가까이 진행했사옵니다."

"그럼 곡사로 쏜 포탄이 탄착점에 명중할 확률은 얼마나 되는가?"

"8할이옵니다."

"괜찮군."

흡족한 표정으로 고개를 끄덕이며 천궁포병여단의 사열을 종료한 이준성은 이완을 한쪽으로 데려가 다시 한 번 당부했다.

"이번 작전에서는 포병의 역할이 가장 중요하네. 포병이 화망을 제대로 구성해 줘야 보병이 작전대로 밀고 나갈 수 있기 때문이지."

"염려 마시옵소서. 천궁포병여단 포병은 전부 3년 차 이상으로 이뤄져 있사옵니다. 반드시 목표한 성과를 이뤄 낼 것이옵니다."

"여단장이 그렇게 말해 주니 마음이 조금 놓이는군."

이완을 칭찬한 이준성은 다시 사령부로 돌아와 상황을 확인했다. 10분 전에 들어온 소식에 따르면 황제군의 정찰 부대가 레드라인을 넘어 슈톨베르크 마을로 접근 중이었다.

그러나 이준성은 공격을 명령하지 않았다. 정찰 부대보단 발렌슈타인이 이끄는 주력 부대가 레드라인을 통과하는 게 중요하기 때문이었다.

그로부터 30분이 흘러 손목시계의 시침이 오후 3시를 가리킬 무렵, 마침내 2만 명으로 이루어진 황제군 주력 부대가 레드라인을 통과해 슈톨베르크 쪽으로 포위해 들어오기 시작했다.

이준성은 사령부에 있는 정충신을 불러 명령했다.

"45분 후에 공격을 개시하게."

"예, 전하."

명령을 내린 이준성은 경호실 요원 수십 명을 대동한 상태에서 가장 가까운 곳에 있는 슈메의 해병 3여단에 합류했다.

해병 3여단은 현재 미리 파 둔 비트에 들어가 공격 명령이 떨어지기만을 기다리는 중이었다. 단단한 나뭇가지로 지붕을 만든 비트 위에 다시 낙엽과 흙을 덮어 놓았기 때문에 눈썰미가 좋은 정찰병이라고 해도 단번에 비트를 찾아내기는 쉽지 않았다.

그때, 원정군 사령부에서 보낸 통신대대 장교가 3여단 여단 본부를 찾아와 15시 45분, 즉 오후 3시 45분을 기해 공격을 개시하란 상부의 지시를 전달하고는 다시 사령부로 돌아갔다.

여단 본부는 그 명령을 다시 일선 부대에 전파했다. 그로부터 10분이 지난 15시 15분쯤에 맹호특수전여단 정찰 중대 대원 몇 명이 3여단 여단 본부를 찾아와 황제군 정찰 부대 100여 명이 300미터 지점까지 접근했다는 정보를 전달했다.

과연 그로부터 3, 4분쯤 지났을 때, 마침내 황제군 정찰 부대가 모습을 드러냈다. 황제군 정찰 부대는 나무와 관목이 가득한 숲을 수색하며 슈톨베르크 마을로 향하는 중이었다.

황제군 정찰 부대는 이준성이 숨어 있는 비트 위를 수색하며 지나갔지만, 이상한 점을 전혀 발견하지 못했는지 평소와 다를 바 없는 보폭으로 슈톨베르크 마을을 향해 이동했다.

다시 10분이 더 지났을 때였다. 이번엔 웅성거리는 소리와 시끄러운 발걸음 소리가 동시에 들려왔다. 웅성거리는 소리는 마치 벌떼가 우는 것 같았다. 또, 발걸음 소리가 울릴 때마다 비트 안에 있는 흙벽이 흘러내릴 정도로 강한 진동이 느껴졌다. 바로 레드라인을 통과한 황제군 주력 부대였다.

비트에 숨은 이준성 일행과 해병 3여단 병사들은 숨소리조차 죽인 채 발렌슈타인이 이끄는 황제군 주력 부대가 접근해 오는 모습을 지켜보았다.

이준성은 비트 지붕 사이로 스며들어 온 약간의 햇볕을 이용해 손목시계의 시간을 확인했다. 분침이 공격 예정 시각인 45분을 향해 아주 느린 속도로 움직이고 있었다. 지구에 있는 한은 시간이 빨라지거나 느려질 일이 없지만, 지금은 마치 분침이 1만 년에 한 번씩 움직이는 것처럼 느껴졌다.

황제군 주력 부대가 비트 앞 10미터 지점까지 전진했을 때였다. 마치 계산한 것처럼 손목시계의 분침이 45분을 가리켰다.

"쳐라!"

해병 3여단장 슈메의 우렁찬 목소리가 숲을 관통하듯 퍼져 나가는 순간, 웅크린 자세로 숨어 있던 해병대원들이 비트 지붕을 뚫고 일어나 뇌격을 쏘았다. 비트 앞 10미터 지점까지 전진했던 황제군 주력 부대 중 선두는 갑자기 나타난 엄청난 수의 해병대원을 보고 그대로 얼어붙었다. 그리곤 뇌격이 쏟아 낸 탄환 수천 발에 벌집처럼 구멍이 뚫려 쓰러졌다.

이러한 일이 전선 곳곳에서 일어났다. 해병 1여단, 2여단, 3여단, 그리고 보병으로 변신한 천마기동여단 병사들까지 2만 명이 넘는 병력이 슈톨베르크 마을을 포위해 들어오던 황제군에게 뇌격을 쏘거나 천뢰 5호를 던져 기습했다.

이준성 또한 비트 위에 뇌격을 거치한 상태에서 쉴 새 없이 방아쇠를 당겼다. 뇌격에 장착한 탄환 클립이 팅 하는 맑은 소리를 내며 튀어 나가면 재빨리 두 번째 탄환 클립을 장전해 발사했다. 그렇게 다섯 번을 반복했을 때, 비트 앞에 시체로 만든 벽이 만들어져 오히려 시야에 방해를 받을 정도였다. 심지어 시체에서 쏟아진 피가 마치 시냇물처럼 바닥에 골을 만들며 비트로 흘러 내려올 정도였다.

기습에 당한 발렌슈타인은 바로 남은 부대를 수습해 후퇴했다. 그러나 워낙 가까운 거리에서 당한 기습이라 선두에 섰던 부대 5,000명 중에 살아 돌아온 이는 극소수에 불과했다.

슈메가 비트 앞으로 나와 우렁찬 목소리로 명령을 내렸다.

"야전 교범대로 앞에 있는 시체를 부비트랩으로 쓴다!"

"예!"

대답한 병사들은 비트 앞에 쌓여 있는 시체에 은철뢰와 다이너마이트, 천뢰 5호 등을 설치한 다음, 인계철선으로 엮었다.

그날 늦은 오후에 발렌슈타인은 또 한 번 공격을 감행했다. 이번엔 좀 전에 죽은 동료의 시체가 비트 앞에 벽처럼 쌓여 있어 공격을 받지 않은 상태에서 거리를 좁힐 수 있었다.

그때였다. 시체 틈에 끼어 있는 시커먼 강철 막대기를 발견한 황제군 장교 하나가 동료에게 그게 뭔지 아느냐고 물었다.

그러나 동료 역시 모르기는 마찬가지였다. 다만, 황제군 병사들에게 그런 무기나 도구를 보급한 기억이 없는 것을 봐서는 죽은 황제군이 개인적으로 가지고 다니던 물건이나 적이 숨겨 놓은 함정 같은 게 아니겠냐는 대답을 해 줄 뿐이었다.

그때, 강철 막대기를 처음 찾아낸 장교가 막대기 끝에 은빛이 나는 줄이 달린 모습을 발견하곤 조심스레 줄을 당겨 봤다.

한데 마치 고구마 줄기를 캔 것처럼 사방에서 조금 전에 본 것과 비슷한 검은색 강철 막대기가 줄줄이 쏟아져 나왔다.

강철 막대기를 처음 발견한 장교가 아연한 표정으로 동료 장교를 바라볼 때, 치이익 하는 소리와 화약 냄새가 풍겼다.

놀란 장교는 급히 뽑아 든 세이버로 검은색 강철 막대기에 달린 인계철선 위를 내리쳤다. 그러나 인계철선은 이런 때를 대비해 아주 질기게 만들어져 있어 잘 끊어지지 않았다.

장교는 하는 수 없이 강철 막대기를 다시 집어 들어 부하들이 없는 쪽으로 버렸지만, 막대기 끝에 인계철선이 달린 탓에 금세 같은 자리로 돌아와 버렸다. 그리곤 인계철선에 노란 불꽃이 이는 순간, 강철 막대기가 폭음을 내며 터졌다. 장교가 발견한 강철 막대기의 정체는 바로 천뢰 5호였다.

그리고 얼마 지나지 않아서 천뢰 5호와 인계철선으로 이어진 은철뢰, 다이너마이트 등이 연달아 폭발하기 시작했다.

부비트랩이 만든 화염과 섬광이 번쩍일 때마다 수십, 수백 명의 황제군이 비명을 지르며 나자빠졌다. 갑작스러운 상황에 놀란 황제군이 우왕좌왕할 무렵, 마침내 해병 3여단 병사들이 비트를 완전히 빠져나와 황제군 쪽으로 돌격했다.

이준성 역시 비트를 나와 앞에 펼쳐진 지옥도를 재빨리 지나쳤다. 시체를 부비트랩으로 쓴 탓에 조각난 시체와 시체에서 떨어져 나온 장기들이 바닥 여기저기에 널브러져 있었다.

해병대원은 훈련소에서 돼지의 사체에서 뽑아낸 피와 장기가 어지럽게 널브러진 철조망 지대를 포복으로 통과하는 훈련을 수료해야 계급장을 받을 수 있지만, 인간과 돼지가 같을 순 없었다. 결국 비위가 약한 몇 명이 참지 못하고 그 자리에 멈춰 구토하거나 뛰어가면서 토사물을 내뱉었다.

그나마 해병대원 대부분은 실전을 경험한 베테랑이었기 때문에 바닥에 펼쳐져 있는 참상을 아예 무시해 가며 지옥도를 통과했다. 가끔 군화가 물컹한 살을 밟는 바람에 온몸에 소름이 돋긴 했지만 멍청하게 그 자리에 멈춰 서서 자기가 밟은 게 진짜 시체인지 아닌지를 확인하는 대원은 없었다.

지옥도를 통과한 이준성은 뇌격을 지향 사격 자세로 움켜쥔 후에 방아쇠를 당겨 앞에 있는 황제군 몇을 쓰러트렸다.

탄환 클립을 다 소모한 후엔 착검한 총검으로 덤비거나 도망치는 황제군을 찌르며 계속 달렸다. 다행히 곳곳에 아름드리나무가 천연 엄폐물을 형성해 주어 숨을 돌릴 틈을 주었다.

이준성은 독일 숲에서 쉽게 발견할 수 있는 로부르 참나무 뒤에 숨어 거칠어진 숨을 잠시 돌린 다음, 옆을 돌아보았다.

마사카츠, 낭환 등 경호실 요원 수십 명이 나무 뒤에 숨어 사방을 경계하는 중이었다. 경호실의 주 임무는 경호지만 이준성이 워낙 전투에 직접 참여하는 것을 즐기는 탓에 오히려 일선 군부대 병사보다 전투 경험이 훨씬 많은 편이었다.

심지어 사상자 비율은 다른 군부대에 비해 세 배에 달했고 훈장을 받는 비율 역시 두세 배에 달할 정도였다. 그래서 경호실 요원 중 반은 전투 중에 전사하고 나머지 반은 훈장을 받아 출세한단 농담 같지 않은 농담마저 돌곤 했다.

그때, 황제군 총병이 발사한 머스킷 탄환이 날아들었다. 그러나 납이나 철을 녹여 제작한 자그마한 탄환이 지름이 30센티미터가 넘는 단단한 로부르 참나무를 관통할 리 없었다.

참나무 껍질이 몇 번 튄 후에는 다시 조용해졌다. 그사이 새 탄환 클립을 장전한 이준성은 뇌격을 견착해 적을 조준했다. 황제군 총병 역시 나무 뒤에 숨어 장전하는 중이었다. 그러나 황제군은 엄폐를 제대로 하지 않아 왼쪽 무릎이 나와 있었다. 그는 곧장 무릎을 조준해 방아쇠를 당겼다.

"으악!"

총병이 비명을 지르며 무릎 쪽으로 상체를 기울이는 순간, 이준성은 두 번째 탄환으로 총병의 이마에 구멍을 뚫었다.

이준성은 엄폐한 상태에서 탄환 클립을 다 소모한 다음, 다시 새로운 탄환 클립을 뇌격에 장전해 앞으로 뛰어나갔다.

앞을 막아서는 황제군 네 명을 쓰러트렸을 때, 탄환 클립이 팅 하는 소리를 내며 위로 솟아올랐다. 이준성은 재빨리 현역 시절의 경험을 살려 뇌격을 내린 다음, 권총집에 든 연뢰를 뽑아 방아쇠를 연속해 당겼다. 그를 향해 달려들던 황제군이 연거푸 쓰러졌다. 그가 제거하지 못한 적은 주위에 있던 경호원이 앞으로 나서서 대신 제거하였다.

숲속 전투는 거의 2시간 가까이 이어졌지만 그림은 비슷했다. 한국군이 돌격하며 공격하면 황제군은 뒤로 도망쳤다.

황제군의 사정은 시간이 지날수록 더 안 좋아졌다. 날이 완전히 어두워진 후에는 한국군 박격포반이 발사한 조명탄이 수시로 황제군의 머리 위에 떨어져 내렸다. 반면, 조명탄이 있을 리 없는 황제군은 한국군이 어디에 있는지를 알아낼 방법이 없었다.

이준성은 해병 3여단 본부를 방문해 슈메에게 물었다.

"적들이 레드라인에 인접해 있나?"

"예, 전하. 보고에 따르면 레드라인 안쪽에 있던 황제군이 다시 레드라인을 넘어 바깥으로 퇴각하는 중이라 하옵니다."

"지금 당장 포병에게 연락해 화망을 구성하라 하게."

"알겠사옵니다."

잠시 후, 해병 3여단이 보낸 전령이 슈톨베르크 마을에 있는 천궁포병여단에 이준성의 명령을 전했는지 익숙한 포성이 머리 위를 지나가는 소리가 들려왔다. 이준성은 본부 막사 밖으로 뛰쳐나가 정면을 보았다. 나무에 가려져 있어 잘 보이진 않았지만 화룡탄이 레드라인을 포격하며 만들어 낸 주황색 불꽃이 밤하늘의 별처럼 끊임없이 명멸하는 중이었다.

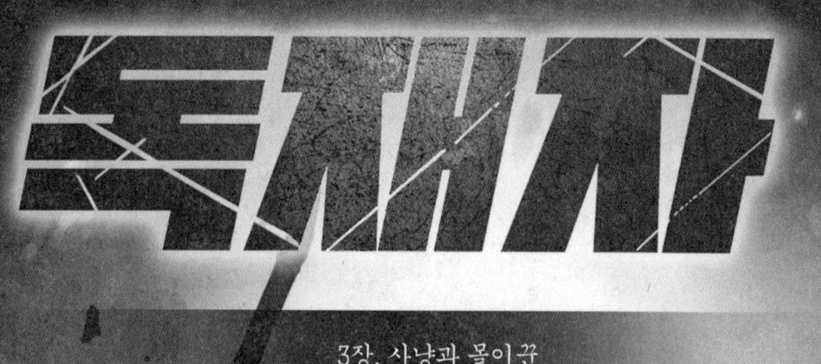

3장. 사냥과 몰이꾼

3장. 사냥과 몰이꾼

숲에 발사한 포탄은 제 위력을 발휘하기 힘들었다.

포탄이 터질 때 만들어 낸 폭발에너지가 근처에 있는 나무나 바위 등에 가로막혀 제대로 퍼져 나가지 못하는 탓이었다.

그런 이유로 인해 포탄이 가장 큰 위력을 발휘하는 때는 상대가 은폐, 엄폐할 게 전혀 없는 개활지에 떨어졌을 때였다.

그러나 숲에 발사한 포탄은 다른 방식으로 상대를 괴롭히곤 하였다. 우선 포탄에 박살 난 나무가 쓰러져 상대에게 2차 피해를 주는 게 가능했다. 부러진 나무에 맞아 다치거나, 아니면 부러진 나무가 길을 막아 이동에 지장을 주었다.

한데 2차 피해보다 더 심각한 피해가 바로 3차 피해였다. 철환, 즉 쇳덩어리 포탄이라면 그럴 일이 없지만, 한국군이 사용하는 화룡탄은 신관이 달린 유탄형 포탄이어서 화재를 일으키는 게 가능했다. 즉, 포탄으로 화계를 펼쳐 상대를 태워 죽이거나 질식시켜 죽일 수 있었다. 또, 바람만 잘 불어주면 상대의 이동 방향까지 제한할 수 있었다.

한데 지금이 딱 그런 상황이었다.

천궁포병여단은 레드라인에 불꽃으로 만든 굵은 선을 긋듯이 미리 정해 둔 탄착점에 화룡탄을 정확히 명중시켜 발렌슈타인의 황제군이 진입한 방향으로 퇴각하지 못하게 만들었다.

천궁포병여단이 발사한 화룡탄이 숲 곳곳에 떨어질 때마다 주황색 불꽃이 사방으로 치솟으며 타올랐다. 그리고 포탄에 직격당해 부러진 나무가 굉음을 내며 쓰러질 때마다 그 아래를 지나가던 황제군 대여섯 명이 깔려 죽어 나갔다.

그러나 황제군의 문제는 거기서 끝나지 않았다. 보름간 비가 내리지 않은 탓에 마른 낙엽과 관목에 불까지 붙기 시작했다. 그리고 불길은 때맞춰 불어온 강풍에 실려 사방으로 번져 나갔다. 위에서 슈톨베르크 숲을 내려다보았으면 거센 불길이 황제군 퇴로 쪽으로 움직이는 모습을 보았을 것이다. 마치 불꽃으로 만든 파도가 철썩이며 몰려가는 듯했다.

천궁포병여단장 이완이 이준성에게 장담한 대로 정확한

지점에 탄착점을 구축해 황제군의 발길을 묶은 것이다.

그 모습을 지켜보던 이준성은 다시 명령을 내렸다.

"전군은 지금 즉시 황제군을 남서쪽으로 몰아붙여라!"

"예!"

이준성의 명령은 원정군 사령부를 통해 각 군에 전해졌다. 그로부터 얼마 후, 포위망 가장 바깥에 있던 천마기동여단 병사들이 일제히 밀고 내려가 황제군을 남서쪽으로 몰았다.

이어 해병 3여단, 2여단, 1여단이 차례대로 황제군을 남서쪽으로 몰아붙였다. 퇴로가 산불에 막힌 황제군은 몰이당하는 사냥감처럼 한국군이 원하는 곳으로 도망칠 수밖에 없었다.

황제군이 당면한 가장 큰 문제는 지금이 야간이란 점이었다. 더구나 그들이 들어와 있는 슈톨베르크 숲은 나무가 빽빽하게 자라 있어 달빛조차 잘 들어오지 않는 곳이었다. 어둠 속에서 정신없이 몇 번 헤매다 보면 방향 감각을 잃어버리기 일쑤였다.

그러나 황제군 역시 베테랑으로 이루어져 있기는 마찬가지라, 최악의 여건 속에서도 살길을 찾아 빠져나가려 하였다.

그때였다.

피융!

숲 어딘가에서 지겹도록 많이 들은 포성과 함께 빛을 발하는 무언가가 하늘로 솟구쳤다. 바삐 걸음을 옮기던 황제군은 깜짝 놀라 급히 어둠에 잠긴 하늘을 올려다보았다.

30미터 위로 치솟았던 빛이 천천히 떨어져 내리며 그 주변 일대를 대낮처럼 밝혔다. 한국군이 백뢰로 조명탄을 발사한 것이다. 조명탄은 밝은 빛을 내며 타는 마그네슘만 추출할 수 있으면 아주 간단하게 만들 수 있었다. 오히려 마그네슘 추출보다 조명탄이 천천히 떨어지게 하는 낙하산을 정확한 시점에 펼치게 해 주는 장치가 더 만들기 어려웠다.

작은 태양처럼 빛을 뿜어내며 천천히 떨어지는 조명탄을 보는 황제군의 얼굴이 와락 일그러졌다. 조명탄이 떠오를 때마다 악마보다 더 지독한 한국군이 나타났기 때문이었다.

탕탕탕탕탕!

어둠 속에서 뇌격의 총구가 노란 섬광을 뿜어내는 순간, 도망치던 황제군 수십 명이 피를 뿜어내며 바닥을 뒹굴었다. 몇몇 용감한 황제군이 머스킷을 들어 반격을 가했지만, 상대가 어둠 속에 숨어 있는 탓에 그리 효과적인 반격은 아니었다.

결국 한국군의 강력한 압박을 이기지 못한 황제군은 목숨을 부지하기 위해 남서쪽으로 도망칠 수밖에 없었다. 심지어 도망치다가 자기들끼리 뒤엉켜 죽는 경우까지 생길 정도로 상황이 좋지 않았다.

최전선에서 직접 병력을 지휘하던 이준성은 황제군 일부가 숲을 나갔단 보고를 받기 무섭게 낭환을 바라보며 명령했다.

"불화살을 쏴서 맹호특수전여단 쪽에 신호를 보내라!"

"예!"

대답한 낭환은 가져온 철궁에 불화살을 재어 하늘로 쏘았다. 팔 힘으로 낭환을 이길 자가 많지 않았기 때문에 그가 쏜 불화살은 까마득히 높은 지점까지 올라갔다가 떨어졌다.

낭환은 혹시 몰라 불화살을 두어 차례 더 발사한 후에야 철궁을 다시 등에 짊어졌다. 그 모습을 지켜보던 이준성은 오감을 극도로 집중했다. 곧 소란스러운 소음 속에서 무언가가 연달아 폭발하는 소리가 들려왔다. 이준성은 흡족한 표정을 지으며 한국군을 이끌고 숲 바깥으로 뛰어나갔다.

숲 바깥에는 지름이 3킬로미터쯤 되는 호수가 있었다. 그리고 황제군은 그 호숫가 주변에 개미 떼처럼 모여 빠져나갈 방도를 찾는 중이었다. 한데 유일한 출구나 다름없는 길은 이미 매복해 있던 맹호특수전여단에 의해 막혀 있는 상태였다.

맹호특수전여단 대원들은 호숫가에 있는 길에 부비트랩을 촘촘히 설치해 두었다. 이준성이 조금 전에 들은 폭발음은 바로 그 부비트랩이 폭발하는 소리였다. 유일한 출구가 막혔다는 사실을 깨달은 황제군은 당황해 우왕좌왕하기 시작했다.

뒤에서는 한국군이, 옆에는 부비트랩을 설치한 맹호특수전여단이 매복해 있어 빠져나갈 방도가 없는 상황이었다. 거기다 날까지 추운 탓에 호수에 뛰어들어 도망치려던 황제군은 저체온증으로 죽거나, 아니면 도중에 힘이 빠져 익사했다.

노르트하우젠 역시 적지 않은 인구가 거주하던 도시라 호수 주변에 고기를 잡거나 호수를 건너는 데 쓰는 작은 배들이 꽤 많았다. 황제군은 급히 그 배를 수거해 탈출용으로 사용했다. 그러나 배가 호수 중간쯤 갔을 때 바닥에 뚫린 구멍으로 물이 새어 들어와 배에 탄 황제군을 수장시켰다.

한명련이 이끄는 맹호특수전여단 대원들이 배에 미리 장난질을 쳐 두었기 때문이었다. 출발할 때는 이상이 없어도 배가 호수 깊은 곳에 이르렀을 때는 뱃전에 물이 새도록 조작해 놔서 수백 명이 넘는 황제군이 배와 함께 가라앉았다.

본의 아니게 배수진을 친 황제군은 결국 자신들이 살아남기 위해선 눈앞에 있는 한국군을 어떻게든 돌파하는 방법밖에 없단 사실을 깨닫고는 죽기 살기로 부딪쳐 오기 시작했다.

황제군의 돌격을 지켜보던 이준성은 고개를 돌리며 소리쳤다.

"조명탄은 아직인가?"

그 말이 끝나기 무섭게 백리 설치를 마친 홍염해병군단 박격포반 병사들이 조명탄을 일제히 쏘아 올렸다. 조명탄 10개가 작은 태양처럼 밝은 빛을 뿜어내며 지상을 비추었다.

이준성은 조명탄 빛이 돌격해 오는 황제군을 비추는 순간, 주저 없이 공격을 명령했다. 곧 해병대원과 천마기동여단 병사가 발사한 뇌격 탄환 수천 발이 허공을 빗살처럼 갈랐다.

이준성은 다시 박격포반 쪽을 바라보며 명령했다.

"박격포반은 지금부터 조명탄과 백뢰탄을 번갈아 가며 쏘아라!"

잠시 후, 낙하산이 달린 조명탄 옆에서 백뢰탄이 높은 포물선을 그리며 지상으로 떨어져 내려 부족한 화력을 채웠다.

한국군은 황제군이 멀리 있을 땐 뇌격으로, 가까이 있을 땐 연뢰를 쏘거나 천뢰 5호를 던져 적을 다시 몰아냈다.

또, 나무 위에 올라간 저격중대 저격수들은 황제군 장교로 보이는 사내만 골라 저격해 적 지휘 체계에 혼란을 일으켰다. 천관과 스코프를 쓰는 저격수는 조명탄이 만들어 낸 불빛만으로 황제군 장교를 정확히 제거하는 신기를 선보였다.

그러나 막다른 골목에 몰린 황제군 역시 쉽게 물러서지 않았다. 전에는 승리하기 위해 싸웠다면 지금은 살아남기 위해 싸웠다. 지금은 찬물, 더운물을 가릴 처지가 아니란 뜻이었다.

결국, 전선 한 군데가 돌파당하며 포위망에 균열이 생길 조짐이 보이기 시작했다. 균열이 생겼다는 말은 살아날 구멍이 생겼단 말과 같아 황제군 수천 명이 그쪽으로 물밀 듯이 몰려갔다.

이준성은 돌파당한 전선에 예비 병력을 투입한 후에 소리쳤다.

"설치해 둔 은철뢰를 전부 터트려라!"

잠시 후, 은철뢰 수십 개가 눈을 멀게 하는 섬광과 화염을 뿜어내 돌파당한 전선 쪽으로 몰려갔던 황제군을 몰아냈다.

그 틈에 뒤에서 대기하던 예비 병력이 재빨리 구멍 난 전선을 메워 포위망을 다시 단단하게 구축했다. 그런 식으로 세 시간가량 싸웠을 때, 황제군은 7,000명이 넘는 사상자가 발생해 전투를 더 이상 지속하기 힘든 상태로까지 발전했다.

속절없이 죽어 가는 부하들을 지켜보며 절망감을 느낀 장교들이 발렌슈타인에게 우르르 몰려가 항복할 것을 주장했다.

그러나 발렌슈타인은 페르디난트 2세의 주력 부대가 곧 당도할 것이란 이유를 내세워 부하의 제안을 단칼에 거절했다.

발렌슈타인은 그가 이끌던 황제군이 호숫가에 갇히기 직전에 주력 부대를 이끄는 페르디난트 2세에게 구원을 요청했다.

그러나 페르디난트 2세가 증원군을 보내리란 희망은 이미 버린 지 오래였다. 서쪽에서 들려오는 포성과 총성, 함성 덕분에 노르트하우젠을 포위한 페르디난트 2세의 주력 부대 역시 프로이센 왕국군에 붙잡혀 있단 사실을 알 수 있었다.

좀 더 가까운 쪽에서 들려오는 총성과 포성이 귀에 별로 익지 않은 것을 보면 프로이센 왕국군이 발렌슈타인의 별동부대와 페르디난트 2세의 주력 부대 사이에 들어와 두 부대가 서로 만나거나 증원을 보내지 못하도록 막는 것 같았다.

만약 그렇지 않았다면, 가까운 곳에서 들리는 포성과 총성은 발렌슈타인의 귀에 익숙한 황제군의 포성과 총성일 것이다.

발렌슈타인이 항복을 미적거리는 유일한 이유는 그가 전쟁을 통해 벌어들인 막대한 이권과 재산에 미련이 생겨서였다.

발렌슈타인은 이번 전쟁에서 패하는 순간, 신성 로마 제국이 더는 존재하지 못하리란 것을 어렴풋하게나마 느낀 사람 중 하나였다. 제국이 사라지면 그가 벌어들인 이권과 재산 역시 물거품처럼 사라질 것이기에 항복을 선택하기 쉽지 않았다.

발렌슈타인이 끌어모은 황제군 중 8할은 돈으로 고용한 용병이었다. 그들이 죽든 말든 발렌슈타인은 별 감흥이 없었다.

발렌슈타인이 어떻게 하나 고민 중일 때였다.

호숫가에서 피어오른 새벽 물안개가 몸과 마음을 축축이 적실 무렵, 귀에 익숙하지 않은 포성이 연달아 들려왔다. 발렌슈타인은 미간을 찌푸리며 이미 기능을 반쯤 상실한 청력을 집중해 포성이 어디서 들려오는지 확인하려 하였다.

그러나 굳이 확인할 필요가 없다는 사실을 곧 깨달았다. 날카로운 소음이 점점 가까워지다가 이내 지척에서 들려온 것이다.

콰아앙!

발렌슈타인이 마지막으로 들은 소리는 3미터 옆에 떨어진 포탄 하나가 매캐한 화약 냄새를 뿜어내며 폭발하는 소리였다.

고막이 찢어졌는지 그 후에는 윙윙 울리는 소리만 들리다가 나중에는 아예 어떤 소리도 들려오지 않았다. 크리스티안 4세의 덴마크군을 묵사발 내고 구스타프 2세를 끝내 전사케 한 신성 로마 제국의 마지막 명장이 세상을 떠난 것이다.

마치 발렌슈타인이 죽기만을 기다렸다는 듯 황제군 장교들은 서둘러 한국군에게 항복했다. 한국군이 슈톨베르크 마을에 있던 천궁포병여단까지 호숫가로 불러와 포격을 시작한 후에는 아예 대항할 마음조차 사라져 바로 투항을 결심했다.

투항을 결심했을 때는 이미 막대한 피해를 입어 사상자만 2만여 명에 달했다. 숲에서 벌인 전투에서 1만 명, 호숫가 전투에서 다시 1만 명이 죽거나 다쳐 불과 한나절 사이에 처음 동원한 병력의 반이 전열에서 이탈해 버린 셈이었다.

이준성은 포로들의 무장을 해제하는 한편, 홍염해병군단과 천마기동여단, 천궁포병여단에게 번갈아 가며 휴식을 취하란 명령을 내렸다. 전황을 뒤엎을 만한 엄청난 승리 덕분에 밤사이 쌓인 피로를 어느 정도 풀긴 했지만, 완전히 풀지는 못해 해가 완전히 뜨기 전까지는 휴식을 취하는 데 집중했다.

이준성은 휴식을 취하며 프로이센 왕국 국왕 빌헬름과 세운 작전 계획을 다시 한 번 검토했다. 그는 빌헬름에게 한 가지만 요구했다. 바로 한국군이 발렌슈타인의 황제군을 제거하는 동안, 페르디난트 2세의 주력 부대를 잡아 달란 요구였다.

빌헬름은 이준성의 요구대로 한국군이 발렌슈타인의 황제군을 제거하는 동안, 페르디난트 2세가 다른 전선에 신경을 쓰지 못하도록 맹공을 퍼부어 이번 승리의 초석을 제공했다.

황제군이 기병과 포병을 동원할 수 없는 숲속으로 상대를 끌어들이는 데 성공한 이준성은 홍뢰와 화룡탄을 동원해 상대가 어쩔 수 없이 호숫가에 배수진을 치도록 강요했다.

작전은 잘 맞아떨어져서 발렌슈타인의 황제군은 호숫가에 갇힌 상태에서 한국군의 맹공을 견디다 못해 항복을 선언했다.

나중에 들은 이야기론 천궁포병여단이 홍뢰로 발사한 화룡탄 한 발이 공교롭게도 발렌슈타인이 머물던 막사 위에 정확히 떨어져 발렌슈타인이 그 자리에서 즉사했다고 하였다.

손목시계의 시간이 08시 30분, 즉 오전 8시 30분을 가리킬 무렵, 이준성은 휴식을 취한 한국군과 함께 노르트하우젠으로 향했다. 이미 반렌슈타인이 이끌던 황제군이 한국군에 대패해 항복했단 소식을 접했는지 페르디난트 2세가 직접 지휘하던 합스부르크 연합군은 한국군이 등장하기 무섭게 바로 뒤로 후퇴했다.

그러나 독하게 마음먹은 이준성은 합스부르크 연합군이 이대로 후퇴하게 두지 않았다. 합스부르크 연합군이 병력을 보존한 상태에서 후퇴하면 전쟁이 장기전으로 흐를 수 있었다.

이준성은 합스부르크 연합군이 퇴각하는 길목에 천궁포병여단을 집중적으로 배치해 상대에게 엄청난 손해를 강요했다.

노르트하우젠에 있던 프로이센 왕국군 역시 빌헬름의 명령을 받고 적을 추격하기 시작해 합스부르크 연합군은 북쪽과 동쪽 양방향에서 상대에게 추격당하는 수모를 겪어야 했다.

추격은 무려 이틀에 걸쳐 100킬로미터 가까이 이어졌는데, 합스부르크 연합군이 얼마나 큰 손해를 보았던지 사람의 시신을 밟지 않고서는 앞으로 나아갈 방도가 없을 지경이었다.

◆ ◈ ◆

이준성은 빌헬름을 만나 앞으로 어떻게 할 것인지에 대해 상의했다. 빌헬름은 프로이센 왕국으로 돌아가 전열을 정비한 후에 합스부르크 잔당을 제거하길 원했다. 하지만 이준성은 기회가 왔을 때 제국을 통일해야 한단 주장을 펼쳤기 때문에, 두 사람의 주장이 평행선을 달리며 의견 일치를 보지 못했다.

그러나 빌헬름은 얼마 후 한국군의 지원이 없으면 제국 통일이 쉽지 않단 생각을 했는지 곧 이준성의 뜻대로 따라 주었다.

한국군과 프로이센 왕국군은 합스부르크 연합군을 추격한단 핑계를 대고 제국 중부와 남부에 침입해 그곳에 있는 여러 제후국을 정복하거나 아예 복속시켜 프로이센 왕국의 영토를 점점 늘려 나갔다. 그리곤 마침내 제국 남부 국경 지대에서 페르디난트 2세가 이끄는 합스부르크 연합군을 상대로 치른 최후의 전투에서 대승을 거둬 통일을 목전에 두었다.

최후의 전투에서 거의 죽을 뻔한 페르디난트 2세는 측근 몇 명만 대동한 상태에서 보헤미아로 도망쳐 프로이센 왕국에 빼앗긴 제국을 되찾을 준비를 하였다. 그사이, 한국군과 프로이센 왕국군은 까다로운 상대인 막시밀리안 1세의 바이에른 공국을 침공해 상대에게 항복을 받아 내기 직전이었다.

그러던 어느 날, 귀족이 쓰던 저택을 자기 처소로 삼은 빌헬름이 이준성을 초대해 음식을 대접했다. 바이에른 공국은 프랑스와 국경을 맞대고 있던 덕분에 제국 내의 다른 지역보다 음식 문화가 발달한 편이었다. 천혜의 옥토를 가진 프랑스는 농산물이 아주 풍부해 척박하기 짝이 없는 유럽의 다른 나라들과 비교해 훨씬 발달한 음식 문화를 지닌 것으로 유명했다.

프랑스인 요리사가 만든 요리를 와인과 함께 정신없이 먹어 치우던 빌헬름은 기분이 좋은지 얼큰하게 취한 얼굴로 말했다.

"하하, 이제 바이에른 공국만 굴복시키면 제국은 우리의 것이나 다름없습니다. 만약 정말로 통일에 성공한다면, 우리 프로이센은 대대손손 한국의 은혜를 절대 잊지 않을 것입니다."

"협정에 있는 몇 가지 사항만 지켜 주면 우리는 문제없습니다."

"그야 당연한 일이지요."

이준성과 빌헬름이 와인을 두 병 가까이 마셨을 때였다.

홍염해병군단장 정충신이 심각한 표정으로 들어와 이준성의 귀에 귓속말하였다. 이준성은 묵묵히 듣고 있다가 빌헬름에게 양해를 구한 다음, 옆에 있는 방으로 들어갔다.

옆방엔 은호원 유럽지부에서 일하는 이경석이 와 있었다.

이경석의 표정 역시 꽤 심각했기 때문에 이준성은 급히 물었다.

"무슨 일인가?"

이경석은 먼저 예를 표한 후에 차분한 어조로 대답했다.

"프랑스의 리슐리외가 영국 국왕 제임스 1세, 네덜란드 공화국의 프레데릭과 공모해 베네룩스를 치려는 것 같사옵니다."

차분한 어조로 말한 것치곤 내용이 꽤 심각했다.

술기운이 날아간 이준성은 잠시 생각해 본 후에 물었다.

"프랑스가 베네룩스에 쳐들어오며 내세운 명분이 있을 테지?"

"네덜란드 공화국의 프레데릭이 자기네 영토를 강탈해 간 한국을 처벌해 달라며 프랑스에 요청해 왔기 때문에 어쩔 수 없이 군대를 출격시킨단 명분을 내세운 상태이옵니다. 영국이 내세운 명분 역시 같은데 사전에 말을 맞춘 것 같사옵니다."

그때, 이경석과 같은 시기에 유럽에 도착해 은호원 유럽지부 업무를 보던 중인 김홍석이 들어왔다. 이경석이 베네룩스에서 최명길을 도와 유럽지부를 운영하는 동안, 김홍석은 한국군과 함께 움직이며 군에 필요한 정보를 제공 중이었다.

이준성은 피식 웃으며 물었다.

"프랑스군이 바이에른을 돕기 위해 왔단 소식을 전하러 왔는가?"

김홍석은 얼떨떨한 표정으로 되물었다.

"어, 어떻게 아셨사옵니까?"

"그보단 자세한 사정을 말해 보게."

"프랑스에서 활동하는 요원을 통해 어젯밤에 국경을 넘은 프랑스군 3만 명이 바이에른 공국에 곧 합류할 것이란 정보를 받았사옵니다. 아마 한두 시간 후면 도착할 것이옵니다."

이준성은 새치가 드문드문 자란 턱수염을 쓰다듬었다.

"리슐리외가 본격적으로 나선 모양이군."

프랑스의 재상 리슐리외는 제국 내에 남아 있는 거의 마지막 저항 세력인 막시밀리안 1세의 바이에른 공국을 지원하기 위해 병력 3만 명을 파견했다. 그리고는 영국 및 네덜란드 공화국과 삼각 동맹을 맺은 다음, 한국군의 거점인 베네룩스를 동시에 쳤다. 이준성이 지휘하는 한국군 주력이 바이에른 공국에 와 있었기 때문에 아주 절묘한 수가 아닐 수 없었다.

이준성은 정충신을 돌아보며 명령했다.

"출발 준비를 하게. 즉시 베네룩스로 돌아갈 것이네."

"알겠사옵니다."

정충신 등이 복귀 준비를 위해 뛰어다니는 동안, 이준성은 빌헬름에게 찾아가 프랑스가 개입했다는 사실을 알려 주었다.

깜짝 놀란 빌헬름은 와인잔을 거의 깨트릴 뻔했다.

"그게 정말입니까?"

“확실한 정보입니다.”

빌헬름은 머리를 쥐어뜯으며 소리쳤다.

“그럴 수가! 프랑스는 바이에른 공국과 사이가 좋지 않단 소문을 들었는데, 그들이 왜 막시밀리안 1세를 돕는다는 말입니까?”

이준성은 여유 있는 표정으로 남은 와인을 마저 비웠다.

“프랑스는 신성 로마 제국에 프로이센 왕국, 아니 프로이센 제국이 들어서는 것을 보고 있을 수 없기 때문입니다. 그들 머리 위에 강대한 제국이 들어서는 걸 반길 사람은 없겠지요.”

“그럼 적과 손을 잡은 이유가 우리를 견제하기 위해서란 겁니까?”

이준성은 담담한 표정으로 고개를 끄덕였다.

“그렇습니다. 심지어 프랑스가 영국, 네덜란드 공화국과 손잡고 내 영지가 있는 베네룩스를 공격한단 소식까지 들어왔습니다. 아마 프로이센 왕국의 강력한 맹방인 우리 한국을 먼저 쳐 프로이센 왕국의 통일 시도를 막으려는 목적일 겁니다.”

빌헬름의 두 눈이 찢어질 듯 커졌다.

“맙소사!”

이준성은 미소를 지었다.

“그럼 제국을 통일하는 일이 쉬운 줄 아셨습니까?”

빌헬름은 이해가 가지 않는단 표정으로 물었다.

"마치 남의 이야기처럼 말씀하시는데, 지금 공격받는 건 대공의 영지가 있는 베네룩스가 아닙니까? 우선 북쪽으로 돌아가서 베네룩스를 노리는 3국부터 막는 게 낫지 않겠습니까? 원하신다면 프로이센 왕국이 전력을 다해 귀국을 도울 겁니다."

이준성은 고개를 저으며 팔짱을 꼈다.

"그럴 필요 없습니다."

빌헬름은 헛바람을 집어삼키며 물었다.

"그럴 필요가 없다니요?"

"프로이센 왕국군은 이곳에서 바이에른 공국-프랑스 연합군을 계속 상대하십시오. 만약 여기서 물러나면, 보헤미아 왕국으로 쫓겨 간 황제가 다시 제국 내부로 손을 뻗치려 들 겁니다."

"그럼 베네룩스에 쳐들어온 3국은 어떻게 처리하실 생각입니까?"

"베네룩스를 노리는 3국 연합군은 우리가 알아서 하겠습니다."

이준성은 떠나기 전에 빌헬름을 만나 몇 가지를 당부한 후에 한국군을 이끌고 공격을 받는 중인 베네룩스로 귀환했다.

첫째는 귀족이 아닌 일반 국민을 대상으로 선동 작전을 펼쳐 자원입대자를 계속 늘려 나가라는 것이었다.

빌헬름은 이 조언을 받아들였고, 덕분에 군세가 거의 7, 8만에 육박해 바이에른 공국-프랑스 연합군 5만 정도는 쉽게 막을 수 있을 듯했다.

이준성이 건네 두 번째 제안은 방어 위주의 전술을 펼치라는 것이었다. 이 또한 받아들인 빌헬름은 종심을 아주 두껍게 하는 종심 방어를 펼쳐 최대한 시간을 끌기로 하였다.

빌헬름이 아주 뛰어난 군사 전략가는 아니지만 버티는 것은 꽤 잘하는 편이었다. 실제로 이준성이 슈톨베르크에서 발렌슈타인의 황제군을 상대할 동안, 그는 노르트하우젠을 포위한 페르디난트 2세의 주력 부대를 한나절 넘게 붙잡아 두었다.

한편, 베네룩스에 도착한 이준성은 은호원 정보원을 통해 돌아가는 사정을 알아보았다. 현재 영국과 프랑스, 네덜란드의 연합 해군은 300척이 넘는 대함대를 이끌고 로테르담으로 쳐들어오는 중이었다. 이에 이순신 장군이 이끄는 원정 함대가 30척에 불과한 전함으로 이를 요격하기 위해 출격했다.

3국의 연합 해군이 300척에 달하는 전함으로 로테르담 항구 주변을 봉쇄하면 귀찮은 일이 많이 발생하기 때문에 일부러 항구 밖으로 나가서 그들을 요격할 작정인 것이다.

이준성은 이순신 장군이 지휘하는 한국 해군과 그 해군이 탑승한 첨단 전함의 위력을 믿었기 때문에 전혀 걱정하지 않았다. 무려 10배가 넘는 적 함대를 상대해야 하는 상황이지만 한국 해군에는 몇 년 전 들여온 나대용급 철갑선 다섯 척과 이번 봄에 들여온 이순신급 철갑선 세 척이 있었다.

나대용급은 목제 선체에 강철 장갑과 증기 기관을 장착한 철갑선으로 홍뢰 40문과 청뢰 10여 문을 장착한 전함이었다. 아마 유럽 해군이 가진 함포로 나대용급 철갑선을 부수려면 수백 발의 넘는 철환을 명중시켜야 할지 몰랐다.

한데 이순신급은 나대용급을 뛰어넘는 성능을 지닌 최신형 전함이었다. 이순신급은 말 그대로 완벽한 철갑선이었으며, 선체를 방수 기능이 있는 약품을 바른 강철로 제작했다.

이순신급 최신형 전함의 주력 무장은 해룡포라 불리는 신형 함포였는데, 구경이 작으면 소해룡포, 크면 대해룡포로 불렸으며 해룡탄이란 이름이 붙은 새 포탄을 주로 발사했다.

무엇보다 해룡포의 가장 큰 특징은 360도 회전이 가능한 회전식 포탑 위에 설치한 함포란 점이었다. 기존에 있던 해성, 해신 등은 물론이거니와 철갑선인 나대용급 역시 전열함처럼 좌현, 우현, 선미, 선수에 함포를 탑재한 형태였다.

그러나 공간이 비좁은 선미, 선수엔 대구경 함포를 대량으로 탑재하기가 어려워서 강한 적을 상대할 땐 반드시 좌현 혹은 우현으로 적함을 겨눈 상태에서 함포를 발사해야 했다.

한데 회전식 포탑을 이용하면 그럴 필요가 없었다. 포탑이 돌아가기 때문에 굳이 전함의 위치를 변경할 이유가 없었다.

회전식 포탑으로 움직이는 해룡포가 이순신급에는 네 문이나 있었다. 대구경인 대해룡포 두 문에 소구경인 소해룡포가 두 문이었는데, 소구경인 소해룡포조차 현재 사용하는 홍뢰의 구경의 거의 두 배에 달했다. 또한 사정거리 역시 엄청나게 늘어 먼 거리에서 먼저 적함을 타격할 수 있었다.

적의 연합 함대는 이순신 장군의 해군이 알아서 처리해 줄 것이기 때문에 이준성은 연합군의 육상 전력에 대해서만 고민했다.

현재 네덜란드 공화국 육군 1만 명과 영국 육군 3만 명은 암스테르담에 집결했다가 로테르담 쪽으로 진군 중이었다. 그리고 프랑스는 6만 명에 달하는 대병력으로 벨기에에 쳐들어가 베네룩스 대공국의 수도인 브뤼셀을 노리는 중이었다.

이준성은 소식을 가져온 은호원 요원에게 물었다.

"현재 전황은 어떤가?"

"네덜란드 공화국군과 영국군을 막고 있는 홀란트사단이 로테르담 외곽에 방어선을 친 상태에서 결사 항전 중이옵니다."

"프랑스 쪽은?"

"수비를 하던 왈롱사단이 연패를 거듭하는 바람에 브뤼셀 외곽 40킬로미터까지 프랑스군이 당도한 상태이온데, 막기가 벅찬지 왈롱사단이 계속 지원을 요청하고 있사옵니다."

이준성은 고개를 돌려 뒤에 있는 한명련을 앞으로 불러냈다.

"맹호특수전여단은 지금 즉시 브뤼셀로 가서 왈롱사단을 지원하게. 알겠지만 프랑스군과 전면전을 벌이란 뜻이 아니네. 후방을 괴롭혀서 프랑스군의 진격 속도를 떨어트려 놓게. 그러면 후방을 정리한 후에 내가 직접 출진해 정리하겠네."

한명련은 바로 경례를 올렸다.

"예, 전하. 바로 출발하겠사옵니다."

"다시 한 번 말하지만 무리할 필요 없네."

"염려 마시옵소서."

맹호특수전여단이 브뤼셀로 떠난 후에 이준성은 한국군을 이끌고 로테르담으로 향했다. 도중에 한국군의 로테르담 입성을 막으려는 네덜란드 공화국과 영국 연합군의 시도가 있었지만, 가볍게 분쇄한 후에 로테르담에 무사히 입성했다.

입성한 후에는 불안해하는 케이트를 만나 안심시킨 다음, 로테르담 창고에 들러 몇 달 전에 들어온 신무기를 점검했다.

"이건 안 쓰려고 했지만, 상황이 이러니 어쩔 수 없지."

이준성은 로테르담에서 훈련 중이던 지원 화기 중대 세 개를 해병 1, 2, 3여단에 각각 배치했다. 그리곤 바로 반격 부대를 꾸려 홀란트사단이 연합군과 전투 중인 외곽으로 향했다.

8,000명으로 이뤄진 홀란트사단은 로테르담 외곽에 방어선을 펼친 다음, 네덜란드 공화국, 영국 연합군을 저지 중이었다.

연합군은 이준성이 도착하기 얼마 전까지 세 차례에 걸쳐 방어선 돌파를 시도했지만 성공하기 직전에 매번 실패했다. 홀란트사단이 마지막에 아껴 두었던 은철뢰를 터트린 것이다.

홀란트사단장과 장병들의 노고를 위로한 이준성은 데려온 천궁포병여단을 바로 전면에 배치해 적진에 포격을 가했다.

화룡탄이 굉음을 내며 떨어질 때마다 적진에 불꽃과 연기가 뭉게구름처럼 피어올랐다. 이에 화들짝 놀란 연합군은 가져온 야포를 총동원해 맞포격을 해 왔다. 그러나 홍뢰의 사정거리가 훨씬 길 뿐만 아니라 발사하는 포탄 역시 차이가 커, 오히려 연합군 쪽 포병이 먼저 제압당하기에 이르렀다.

이에 겁을 먹은 영국은 인도에서 한국군과 맞붙었다가 대패한 동인도 회사의 전철을 밟지 않기 위해 후퇴할 뜻을 비쳤다.

그러나 네덜란드 공화국의 프레데릭이 강력히 반대해 뜻을 이루지 못했다. 여기서 영국군이 후퇴해 버리면 네덜란드 공화국군 혼자 한국군을 상대해야 한다는 뜻이었기 때문이다.

결국 영국군과 네덜란드 공화국군은 한국군 포병을 향해 최후의 돌격을 감행해 본 다음, 성공하면 계속 밀어붙이고 실패하면 즉시 물러서기로 합의를 본 상태에서 공격을 개시했다.

인드라망으로 연합군 작전을 간파한 이준성은 즉시 정충신과 이완을 불러 명령했다. 이완이 이끄는 천궁포병여단에게는 연합군을 깊숙이 끌어들인 후에 산탄을 발사하란 명령을 내렸다. 그리고 정충신에게는 연합군이 포병에게 정신이 팔린 틈을 타서 퇴로에 보병과 지원 화기 중대를 배치하라 명령했다. 두 사람은 곧 명령을 수행하기 위해 출발했다.

명령을 내린 이준성 본인은 대기 중이던 김덕령의 천마기동여단에 합류해 포병과 해병대가 성과를 낼 때까지 기다렸다.

최후의 돌격이란 말에는 있는 전력, 없는 전력을 모두 동원했단 뜻이 들어 있었기 때문에 그 기세가 대단해 지금까지 잘 버티던 홀란트사단마저 뒤로 밀리다가 결국 방어선을 내줬다.

연합군은 뚫린 방어선 쪽에 병력을 집결해 병력을 계속 밀어 넣었다. 마치 장마철에 둑이 무너지는 것처럼 물밀듯이 몰려간 연합군이 마침내 천궁포병여단 지척에까지 이르렀다.

그때, 이완은 냉소를 터트리며 명령했다.

"산탄을 쏴라!"

그 순간, 천궁포병여단 포병이 그들을 향해 진격해 오는 연합군을 향해 홍뢰 30문에 미리 장전해 둔 산탄을 발사했다.

◆ ◈ ◆

산탄이 비처럼 쏟아져 천궁포병여단 포병을 향해 진격해 오던 연합군을 순식간에 쓸어버렸다. 마치 날카로운 화염으로 만든 그물이 덮치는 것 같았기에 피할 방도가 거의 없었다.

그러나 연합군 역시 이번에는 사생결단의 자세로 나왔기 때문에 쉽게 물러서지 않았다. 곧 산탄에 손해를 입지 않은 2파가 천궁포병여단 포병 앞으로 뛰어들어 머스킷을 쏘았다.

천궁포병여단의 재장전 속도가 엄청나긴 하지만 포탄을 기관총처럼 발사할 수는 없는 법이라, 순식간에 위기에 직면했다.

그때, 천궁포병여단을 호위하던 해병 3여단 병력이 앞으로 나와 뇌격을 발사하거나 천뢰 5호를 던져 적을 막아 냈다.

뇌격의 사거리와 명중률이 연합군이 보유한 그 어떤 머스킷보다 뛰어났기 때문에 화력전에서 상대를 쉽게 압도했다.

그때, 화룡탄과 산탄을 재장전한 천궁포병여단이 마침내 두 번째 일제 포격에 들어갔다. 산탄이 가까운 거리에서 부챗살처럼 퍼져 나가는 동안, 다양한 각도의 포물선을 그린 화룡탄이 전선에 발고랑을 내듯 연합군 위에 일자로 떨어졌다.

콰콰콰콰쾅!

중대 규모의 선형진 10여 개를 구성한 상태에서 쳐들어오던 연합군은 화룡탄이 만든 화망에 갇혀 삽시간에 죽어 나갔다.

그러나 연합군 역시 이번이 마지막이란 생각이 강해선지 엄청난 손해를 보면서도 좀처럼 물러날 기미를 보이지 않았다.

망원경으로 전황을 주시하던 정충신은 휴식을 취한 홀란트사단을 추가로 투입해 끝까지 천궁포병여단을 포기 못 하는 연합군을 거세게 몰아붙였다. 홀란트사단은 뇌우 1호에 퍼커션 캡을 끼워 맹렬한 사격을 가했는데, 뇌우 1호가 뇌격과 비교해 2세대 전의 물건이긴 하지만 연합군이 사용하는 머스킷보다는 성능이 훨씬 뛰어나 큰 위력을 발휘했다.

파도처럼 몰아치던 연합군은 해병 3여단과 홀란트사단, 그리고 천궁포병여단의 입체적인 공격에 결국 마지막 카드를 꺼내 들 수밖에 없었다. 바로 수천 기에 달하는 기병 부대였다.

그러나 정충신은 별로 당황한 기색이 아니었다. 그는 연합군 기병 부대가 전선 가까이 접근할 때까지 침착하게 기다렸다.

그때, 전선에 이른 기병 부대 발밑에서 폭음이 일며 땅이 위로 치솟았다. 바로 전선에 매설해 둔 지뢰 5호가 폭발한 것이다.

기병은 지뢰 5호가 깔린 지뢰밭에 갇혀 엄청난 손실을 본 후에야 천궁포병여단 앞에 도착할 수 있었다. 가까스로 도달한 그들이 막 공격을 시작하려는 순간, 이번엔 인계철선으로 묶어 둔 은철뢰가 폭발하며 돌파해 온 연합군 기병 부대에 피해를 입혔다.

고막을 찢는 듯한 굉음과 섬광, 그리고 불꽃을 토해 내는 은철뢰의 파괴력에, 연합군의 돌파 공격은 실패로 끝나 버렸고 더는 공격을 시도할 생각을 못 했다.

홀란트사단이 보유한 은철뢰는 거의 다 소비한 상태지만 한국군이 로테르담에 들렀다가 올 때 창고에 있던 은철뢰 1,000여 개를 새로 가져왔기 때문에 이젠 아낄 필요가 없었다.

연합군은 그리 높지 않은 고지 위에 수천 명의 사상자를 남겨 둔 상태에서 썰물처럼 뒤로 빠져나가기 시작했다. 네덜란드 공화국의 프레데릭 역시 포기했는지 먼저 퇴각하는 영국군의 뒤를 따라 본거지가 있는 암스테르담으로 도망쳤다.

한편, 근처 고지 위에서 소식이 오길 기다리던 이준성은 포성이 들려오는 방향에서 붉은 깃발이 펄럭이는 모습을 보았다.

"정충신이 마침내 적을 고지 밖으로 몰아낸 모양이군."

고개를 끄덕인 이준성은 옆에 세워 놓은 마왕 위에 훌쩍 올라탄 다음, 안장 앞에 달아 둔 방탄 헬멧을 머리에 덮어썼다.

헬멧 안엔 충격을 줄여 주는 완충장치가 있어 아무리 빨리 달려도 이리저리 부딪히는 헬멧 때문에 머리가 아플 일이 거의 없었다. 헬멧에 달린 턱 끈을 바짝 조여 모든 준비를 마친 이준성은 고지를 내려오며 아래를 슬쩍 내려다보았다.

김덕령이 지휘하는 천마기동여단 기병 3,000여 기가 진작부터 준비를 마친 상태에서 이준성의 명이 떨어지기만을 기다리는 중이었다.

김덕령이 말을 몰아 마중을 나오며 물었다.

"성공한 것이옵니까?"

이준성은 미소를 지으며 고개를 끄덕였다.

"성공했네. 정충신이 연합군을 암스테르담 쪽으로 쫓아냈어."

김덕령은 약간 긴장이 풀린 표정으로 대답했다.

"다행이옵니다."

"아직 안심하긴 이르네. 우리가 토끼를 덫에 밀어 넣은 후에야 안심할 수 있을 거야. 자, 이제 우리도 사냥을 시작하지."

"분부 받잡겠사옵니다!"

경례를 올려붙인 김덕령은 각 기병중대 중대장들을 바라보며 작전을 시작하란 신호를 보냈다. 잠시 후, 중대별로 집결한 천마기동여단 기병 3,000여 기가 오른쪽에 있는 고지 위로 돌격했다. 고지가 30미터에 불과한 데다, 잡풀만 듬성

듬성 있어 멧돼지처럼 돌격하는 천마기동여단을 막지 못했다.

이준성 역시 경호원들과 함께 그 가운데 끼어 고지로 향했다. 마왕이 숨을 헐떡거리며 고지 정상에 이르렀을 무렵, 시야가 크게 넓어지며 북동쪽 쪽으로 퇴각 중인 두 무리의 군대가 보였다. 17세기 유럽에선 아직 상비군 개념이 부족했기 때문에 복색이 통일적이지 않았다. 영국의 전성기를 이끌던 레드 코트가 등장하는 것은 몇십 년 후의 일이었다.

다만 그들이 들고 있는 깃발을 통해 어렵지 않게 알아볼 수 있었는데, 앞쪽에서 도망치는 것이 영국군, 그런 영국군을 뒤쪽에서 쫓아가는 것이 네덜란드 공화국군이었다.

김덕령은 천마기동여단 1중대부터 차례대로 내려보내 도망치는 영국군 측면을 벼락처럼 들이쳤다. 1중대부터 11중대까지 10개 중대 총 3,000여 기의 기병이 흙먼지를 피워 올리며 낮은 구릉을 질주하다가 뇌반을 꺼내 사격을 가했다.

한국군에는 4소대, 4중대, 4대대, 4연대, 4사단이 없었다. 숫자 4가 죽을 사(死)와 소리가 같기 때문이었다. 이준성은 미신에 구애받는 성격이 아니지만, 그렇다고 다들 꺼리는 것을 기를 쓰고 사용할 정도로 청개구리 심보는 아니었다.

다른 분야에서는 숫자 4와 죽을 사의 소리가 같다는 사실을 개의치 않을지 모르지만 군대는 달랐다. 매일 누군가의 생과 사가 갈리는 군대에서는 죽을 사를 떠올리게 하는 숫자

4가 불길한 숫자일 수밖에 없는 운명을 타고난 셈이었다.

뇌반의 탄환이 날아가는 순간, 영국군 측면을 지키던 방어 부대가 순식간에 허물어졌다. 그러나 영국군 역시 정병이었기 때문에 당황하지 않고 바로 총병을 배치해 요격했다.

중간에서 천마기동여단을 지휘하던 김덕령은 영국군 총병 수백 명이 측면에 늘어서는 모습을 보기 무섭게 운룡 5호를 투척하란 명령을 내렸다. 유선과 무선 통신이 발달한 현대전에선 지휘관의 목소리가 크든, 작든 별로 중요하지 않았다.

그러나 유무선 통신이 발달하긴커녕, 아예 존재조차 하지 않던 시절엔 지휘관의 목소리가 반드시 크고 우렁차야 했다. 그래야 총성, 포성, 비명과 같은 크고 날카로운 소음 속에서 부하들에게 정확한 명령을 내릴 수가 있기 때문이었다.

다행히 김덕령은 그런 면에서 아주 월등해 명령이 떨어진지 얼마 지나지 않았을 때, 천마기동여단 병사들이 일제히 운룡 5호를 점화시켜 전방으로 투척했다. 수십 개가 넘는 운룡 5호가 연막을 뿜어내 천마기동여단을 보호해 주었다.

영국군 총병은 천마기동여단을 저지하기 위해 머스킷을 발사했지만, 연막 속에 숨은 상대에게 큰 손해를 입히지 못했다.

운룡 5호가 만들어 낸 연막을 이용해 가장 위험한 고비를 수월하게 넘긴 천마기동여단은 마침내 영국군 총병 앞에 도착해 연뢰로 사격을 가했다. 연뢰의 실린더가 돌아갈 때마다 머스킷을 든 영국군 총병이 비명을 지르며 쓰러졌다.

연뢰에 든 소뇌전을 다 소모한 천마기동여단 기병들은 허리춤에 찬 세이버를 뽑아 노를 젓듯 양쪽을 번갈아 베었다. 곧 전선 여기저기서 피가 쏟아지고 비명이 터져 나왔다.

이준성은 천마기동여단 후속 부대와 2파를 형성해 덮쳐 갔다. 속도와 충격력을 거의 다 소모한 천마기동여단 1파는 사방에서 벌떼처럼 모여드는 영국군에 포위당하기 직전이었다.

그러나 이준성을 위시한 천마기동여단 2파가 다시 한번 파도처럼 몰려간 후에는 간신히 버티던 영국군 진형이 허물어져 내렸다. 이준성은 연뢰 두 자루를 쌍권총처럼 쓰다가 세이버를 뽑아 앞을 막아서는 영국군을 사정없이 베어 갔다.

영국군은 천궁포병여단을 공격할 때, 보유한 기병을 거의 다 소진한 탓에 천마기동여단을 막아 낼 부대가 마땅치 않았다.

결국, 진형이 무너진 영국군은 흩어져 반대편으로 달아났다.

김덕령은 살점과 피가 묻은 세이버로 전방을 가리키며 외쳤다.

“도망치는 적을 추격하라!”

“와아아!”

김덕령의 명령에 호응하듯 함성을 지른 천마기동여단 기병들이 도망치는 영국군을 집요하게 추적하며 타격을 입혔다.

여유가 있을 땐 연뢰에 소뇌전이 든 실린더를 갈아 끼워 쏘았다. 그리고 여유가 없을 땐 세이버로 적을 직접 베었다.

영국군이 먼저 도망치는 바람에 뒤에서 따라오던 네덜란드 공화국군 역시 그런 영국군을 쫓아 도망칠 수밖에 없었다.

숫자가 영국군보다 훨씬 적은 네덜란드 공화국군은 단독으로 한국군을 상대할 수 없어 어떻게 해서든 영국군과 보조를 맞춰 움직여야 했다. 물론, 뭉치는 게 꼭 좋은 건 아니었다.

김덕령은 도망치던 영국군 장교의 등에 세이버를 꽂은 다음, 힘을 주어 위로 들어 올렸다. 영국군 장교가 입은 군복이 살과 동시에 찢어지며 뜨거운 피가 폭포수처럼 쏟아졌다.

김덕령은 죽어 가던 영국군 장교가 흩뿌린 피를 뒤집어써서 꼴이 말이 아니었지만, 전혀 신경 쓰지 않고 주위를 관찰하는 데 정신을 집중했다. 곧 전방 200미터 지점에서 미리 약속해 둔 표식을 보았다. 바로 흰색 칠을 한 표지석이었다.

김덕령은 좌우를 번갈아 바라보며 우렁찬 목소리로 외쳤다.

"속도를 늦춰라!"

김덕령의 명령은 여단 본부의 장교들을 통해 눈 깜짝할 사이에 퍼져 갔다. 잠시 후, 영국군을 추격하던 천마기동여단 기병들은 속도를 천천히 늦추었다. 그러나 갑자기 속도를 줄여 버리면 영국군이 눈치를 챌 수 있어 표지석 바로 앞까지 추격한 후에야 고삐를 잡아당겨 군마를 완전히 멈춰 세웠다.

이준성은 표지석 근처에 마왕을 멈춰 세운 다음, 주변을 쓱 둘러보았다. 왼쪽에는 깊은 운하가 있었고 오른쪽에는 30미터 높이의 완만한 구릉 지대가 넓게 퍼져 있었다. 천마기동여단에 쫓긴 영국군과 네덜란드 공화국군은 운하와 구릉 사이에 난 널찍한 길을 따라 북동쪽으로 도망치는 중이었다.

이준성은 서늘한 미소를 지으며 고개를 끄덕였다.

"토끼가 마침내 덫으로 들어갔군."

중얼거린 이준성은 김덕령에게 퇴로를 막으라 명령한 다음, 경호원들과 함께 우측으로 크게 돌아 구릉으로 올라갔다.

구릉 위에선 준비를 마친 해병 1여단과 2여단이 구릉 앞을 지나는 영국군과 네덜란드 공화국군을 기습하기 직전이었다.

이준성은 그중 한 부대에 집중했는데, 바로 이번에 새로 배치한 지원 화기 중대였다. 지원 화기 중대 병사들 앞엔 바위처럼 생긴 커다란 물체가 하나 툭 튀어나와 있었다. 병사들은 곧 물체를 위장하기 위해 덮어 둔 나뭇가지와 낙엽을 걷어 냈다.

잠시 후, 나뭇가지와 낙엽이 치워진 자리에 검은색 가죽 천에 덮인 기다란 물체가 나타났다. 병사들은 중대장의 명령을 받고 기다란 물체를 덮는 데 쓴 가죽 천을 마저 벗겨 냈다.

마침내 한국군이 이번 전투를 위해 준비한 신무기가 모습을 드러냈다. 바로 50구경쯤 되어 보이는 기관총이었다.

화우, 즉 불의 비라는 이름을 가진 이 기관총은 방위사업청을 심혈을 기울여 제작한 신무기로 개발 기간만 무려 6년에 달했다. 그리고 시험 제작에 다시 2년, 실사격 훈련에 2년을 더 투자해 무려 10년 걸친 제작 끝에 완성한 신무기였다.

형태는 리처드 조던 개틀링이 개발한 개틀링 기관총과 비슷했고, 작동 방식 역시 개틀링 기관총처럼 수동이었다. 이준성이 처음 생각한 모델은 자동 장전 방식인 맥심 기관총이지만 개발에 어려움이 존재해 먼저 개틀링 기관총을 제작했다.

개틀링 기관총은 총열이 원형으로 여러 개 붙어 있는 형태였는데, 사수가 방아쇠를 돌리면 탄환이 규칙적으로 날아갔다.

총열을 여러 개 붙여 발사하는 개틀링 기관총은 곧 총열 하나로 탄환을 발사하는 맥심 기관총에 의해 역사의 뒤안길로 사라졌다. 다만 총열을 여러 개 붙여 발사하는 개틀링 기관총의 형태 자체는 미니건이나 발칸포 등으로 발전해 공격

헬리콥터와 전함 등에서 경무장으로 유용하게 쓰이는 중이었다.

각 여단에 하나씩 배치한 지원 화기 중대는 이러한 화우 기관총을 4대가량 운용하기 때문에 현재 이 구릉에 위치한 화우 기관총의 수는 총 12대였다. 해병 3여단은 천궁포병여단을 호위하기 위해 다른 쪽에 있지만 지원 화기 중대는 구릉에 와 있었다.

잠시 후, 해병 1여단장 정봉수와 해병 2여단장 강홍립이 휘하 부대에 공격 명령을 내렸다. 그러자 참호 이곳저곳에 숨어 대기하고 있던 해병대원들이 일어나 뇌격을 발사하기 시작했는데, 역시 가장 눈에 띄는 것은 화우 기관총이었다. 화우 기관총은 일정한 간격으로 탄환을 발사하며 날카로운 총성을 쏟아 냈기 때문에 기관총 총성이 뇌격의 총성을 거의 다 잡아먹을 지경이었다.

이준성은 고개를 돌려 공격을 받는 연합군 쪽을 살펴보았다. 구릉 위에서 날아드는 엄청난 화력에 연합군은 말 그대로 녹아 버렸다. 특히 화우 기관총이 지상을 한번 훑으면 일정한 간격으로 탄환이 박혀 들어 사람과 땅을 찢어발겼다.

아직 제작 능력에 문제가 있어 화우 기관총 12대 중 3대는 총열 불량과 급탄 불량으로 작동을 멈췄지만, 다행히 나머지 9대는 계속 탄환을 발사했다. 특히, 구릉과 운하 사이에 있는 출구에 화우 기관총을 집중적으로 배치했기 때문에 위력이 엄청났다.

심지어 시체와 부상자가 출구를 거의 가득 메워 그쪽으로 도망치기 위해선 시체로 이뤄진 언덕을 넘어가야 할 정도였다.

결국, 연합군은 화우 기관총에 더 당하기 전에 어떻게든 구릉을 먼저 확보해야겠단 생각을 했는지 구릉 쪽으로 돌격했다.

그러나 기관총 앞에서 돌격하는 행동은 바보 같은 짓이었다. 그나마 화우 기관총의 총열 몇 개가 과열 탓에 망가져 다행이지, 그렇지 않았으면 구릉을 돌격하다가 전멸할 뻔했다.

연합군 일부가 참호 앞까지 도달했을 때, 해병 1여단과 2여단 병사들은 아껴 둔 천뢰 5호와 은철뢰를 이용해 반격했다.

곧 폭음과 섬광, 불꽃, 연기가 구릉 전체를 휘감듯이 뒤덮었다.

4장. 베네룩스

4장. 베네룩스

연기가 걷힌 후에 드러난 전장은 참혹하다는 말로는 표현이 부족할 지경이었다. 구릉 여기저기에 흙을 뒤집어쓴 시체가 아무렇게나 굴러다녔다. 또, 중상을 입은 부상자들이 비명과 신음을 토해 내는 소리가 쉼 없이 들려왔으며 녹색에 가깝던 구릉은 엄청난 피를 뒤집어쓴 후에 검붉은 색으로 변했다.

연합군 장병들은 참혹한 광경에 할 말을 잃은 듯 겁에 질린 표정으로 고지 정상에 늘어선 한국군을 노려보다가 누가 먼저랄 거 없이 뒤돌아서 운하 방향으로 도망치기 시작했다.

정봉수와 강홍립은 즉시 추격을 명령했다.

잠시 후, 고지의 참호 안에서 몸을 일으킨 해병대원 수천 명이 도망치는 연합군을 추격하며 미친 듯이 뇌격을 쏘아 댔다.

심지어 운하에 뛰어든 연합군 장병에게까지 뇌격을 쏘았기 때문에 검은색에 가깝던 운하의 물이 붉게 물들었다. 마치 누가 장난치기 위해 붉은 물감을 풀어놓은 것 같았다.

또, 붉은 물이 흐른 후에는 일일이 세는 게 불가능할 만큼 많은 수의 시체가 떠올랐다가 물살에 실려 하류로 떠내려갔다.

이번 전투로 영국군, 네덜란드 공화국군이 연합한 양국 연합군은 무려 3할이 전사하는 엄청난 손해를 입었다. 그리고 5할은 포로로 잡혔는데, 그중 3할이 중상을 입어 오늘내일하는 중이었으므로 전사자가 더 늘어날 수밖에 없는 상황이었다.

살아서 도망친 병력은 2할 남짓이었지만 이미 군대라 부르기가 민망한 상황이었기 때문에 한국군에 위협을 주지 못했다.

심지어 네덜란드 공화국군의 원수 프레데릭과 영국군 사령관 요크 공작이 같이 전사한 탓에 지휘할 사령관조차 없었다.

유럽 사람들에게 이번 로테르담 전투의 인상이 아주 깊게 남았는지 이준성에게 로테르담의 학살자란 별명이 새로 붙었다.

이준성은 그길로 네덜란드에 쳐들어가 암스테르담, 위트레흐트, 알크마르, 흐로닝언, 에인트호번 등을 차례대로 점령했다. 사실상 네덜란드 공화국 전체를 점령한 셈이라, 베네룩스 대공국이 진정한 베네룩스 대공국으로 거듭나는 순간이었다.

베네룩스 대공국의 '네'는 네덜란드를 뜻하지만, 지금까지는 그 네덜란드의 로테르담과 브레다 일부 지역만 점령한 상태였기 때문에 완벽하지 않았다. 한데 이번 기회를 통해 네덜란드 공화국마저 완전히 정복하며 진짜 베네룩스 대공국을 만들었다고 할 수 있었다.

물론, 이준성이 직접 네덜란드 동남쪽에 있는 에인트호번까지 이동해 정복 전쟁을 수행하진 않았다. 프랑스군이 브뤼셀을 포위한 상태였기 때문에 슈메가 지휘하는 해병 3여단과 홀란트사단을 보내 점령하게 한 다음, 이준성 본인은 나머지 부대를 이끌고 벨기에로 넘어가 프랑스군을 상대했다.

이준성이 로테르담 외곽에서 영국군, 네덜란드 공화국군으로 이뤄진 연합군을 상대하는 중일 때, 한명련 휘하의 맹호특수전여단 대원 1,000여 명은 프랑스군 후방에서 게릴라전을 한창 수행 중이었다.

맹호특수전여단은 먼저 프랑스군이 만들어 둔 보급로를 집중적으로 노렸는데, 니노베와 리에드르, 론세, 쎌르를 차례대로 공격해 프랑스군이 제대로 보급을 받지 못하도록 만들었다.

프랑스군은 결국 브뤼셀을 포위한 상태에서 후방을 괴롭히는 맹호특수전여단부터 처리하기 위해 병력을 갈라야 했다.

프랑스군 4~5,000명으로 이루어진 대항 부대 서너 개가 보급로를 수호하는 한편, 교묘한 함정을 파서 맹호특수전여단이 함정에 걸리기를 기다렸다. 동작이 빠른 맹호특수전여단을 쫓아다녀서는 승산이 없다는 판단을 내렸기 때문이었다.

어차피 맹호특수전여단의 목적이 프랑스군이 보급로를 유지하지 못하게 만드는 데 있는 탓에 보급로 근처에서 함정을 파고 기다리면 언젠가는 걸려들 수밖에 없다는 심산이었다.

그러나 그것은 한명련과 맹호특수전여단을 얕잡아 본 것에 지나지 않았다. 한명련과 그를 따르는 베테랑 부사관들은 이런 임무를 20년 가까이 수행해 오고 있었다. 프랑스군이 보급로를 지키며 함정을 파고 있을 때, 한명련이 이끄는 맹호특수전여단은 프랑스군이 전혀 예상하지 못한 작전을 시작했다.

한명련은 살쾡이처럼 번쩍이는 눈으로 어둠에 잠긴 도시를 바라봤다. 불을 밝힌 집과 건물이 군데군데 껴 있긴 하지만 대부분 불이 꺼져 있어 어둠 속에 거인이 누워 있는 듯했다.

한명련은 옆에 서 있는 금발벽안의 사내에게 조용히 질문했다.

"이곳이 릴인가?"

금발벽안의 사내는 의외로 우리말을 아주 능숙히 구사했다. 마치 본토인처럼 정확한 발음으로 한명련의 질문에 답했다.

"맞습니다. 이곳이 프랑스군의 가장 큰 보급 거점인 릴입니다."

한명련은 고개를 끄덕인 후에 말없이 어둠에 잠긴 도시를 다시 바라보았다. 프랑스군 대항 부대가 벨기에 안에 있는 보급로에서 맹호특수전여단이 나타나길 기다리는 동안, 정작 맹호특수전여단은 프랑스 영토 안에 있는 릴에 잠입해 있었다. 프랑스군 수뇌부가 완전히 헛다리를 짚은 셈이었다.

릴의 전경을 한참 바라보던 한명련은 은호원 유럽지부에서 프랑스를 담당하는 현지 요원 중 한 명인 프레드를 데리고 맹호특수전여단 대원이 잠복해 있는 숲 안으로 들어갔다.

곧 중대장 대여섯 명이 도착해 한명련을 에워쌌다. 한명련은 얼굴에 위장 크림을 바른 중대장들의 얼굴을 재빨리 훑어보았다.

부사관은 한 번 입대하면 입대한 부대에서 뜻하지 않게 전사하거나 몸을 다쳐 의병 제대하는 경우가 아니면 같은 부대에서 만기 전역할 때까지 복무하는 경우가 많았다.

하지만 장교는 여러 가지 이유로 일정 기간마다 보직을 옮겨야 해서 집결한 중대장 전부가 모두 2, 3년 차에 불과했다.

남이홍, 요시다, 유태처럼 맹호특수전여단이 창설될 때부터 고락을 함께했던 초기 장교들은 전부 진급해 연대장, 대대장 등으로 다른 부대에서 열심히 복무 중이었다. 심지어 남이홍의 경우에는 몇 년 전에 이미 준장으로 진급해 지금은 본토에 있는 특수 부대인 백마특수전여단의 여단장으로 복무하는 중이었다.

그런 점에서 보면 한명련처럼 20년 가까이 한 부대에서 여단장으로 근무하는 경우는 극히 드물었다. 아니, 그와 유사한 사례조차 찾기 힘들 정도였다. 물론 이 모든 것이 이준성과 한명련의 관계가 일반적인 국왕과 육군 장교의 관계가 아니었기 때문에 가능한 일이었다. 이준성이 임진왜란 와중에 권율의 가족을 도성에서 탈출시킬 때 처음 만난 두 사람은 이후 20년 가까이 같은 전장을 누비며 생사고락을 함께해 왔기 때문에 피가 섞이지 않은 혈육에 가까울 정도였다.

20대 중후반 나이의 중대장들은 경외감이 담긴 표정으로 그들의 직속상관을 뚫어져라 바라보았다. 한명련은 특수부대의 아버지와 같은 사람으로 그가 고안한 전술과 커리큘럼은 지금도 특수 부대 훈련소에서 그대로 쓰이는 중이었다.

더구나 그가 이준성과 함께 만들어 낸 숱한 기적들은 일일이

열거하기가 힘들 정도라, 초급 장교의 눈에 비친 한명련은 직속 상관이란 느낌보다 우상에 더 가까운 느낌을 주었다.

한명련은 중대장들을 돌아보며 간결한 명령을 내렸다.

"1, 2, 3중대는 릴 시내를 불태운다. 그 틈에 9, 10, 11중대는 릴에 있는 군량 창고와 무기 창고, 군수 창고로 이동해 적의 보급 능력을 현저히 떨어트리는 임무를 수행한다. 1차 퇴각 지점은 북동쪽에 있는 3지점이고, 3지점이 막혔을 시엔 5지점에서 재집결해 벨기에로 복귀한다. 질문 있나?"

중대장들은 질문할 게 없다는 듯 모두 고개를 저었다.

한명련은 고개를 끄덕이며 손짓했다.

"시작해라."

잠시 후, 얼굴과 팔, 목에 위장 크림을 바른 1, 2, 3중대 대원 300여 명이 검은색 위장복을 입은 상태에서 어둠에 잠긴 릴 안으로 잠입해 들어갔다. 동시에 숲에 남아 있던 9, 10, 11중대 대원 300명은 릴 외곽에 있는 보급 기지로 출발했다.

한명련은 릴 시내가 잘 보이는 곳에서 은호원 유럽지부 요원들과 함께 작전이 이루어지는 모습을 주의 깊게 살펴보았다.

작전을 시작한 지 1시간쯤 지났을 때였다. 릴 한복판에서 폭음과 함께 붉은 화염이 하늘을 뚫을 듯이 치솟았다. 한데 이는 시작일 뿐이었다. 마치 누가 인계철선의 스위치를 누른 것처럼 시내 전역에서 끊임없이 폭발과 폭음이 이어졌다.

놀란 시민들은 적이 쳐들어온 줄 알고 짐을 꾸려 시내 밖으로 도망치거나, 아니면 소방 도구로 화재를 진압하려 하였다.

그러나 17세기 도시에 소방 시설이 잘되어 있을 확률은 극비 희박했기 때문에 불길은 삽시간에 번져 도시 전체를 태웠다.

불과 1시간여 만에 도시 전체를 불태울 수 있었던 이유는 그들이 중구난방으로 폭발물을 설치하지 않았기 때문이었다.

그동안의 경험과 과학적인 원리를 십분 활용해 폭발물을 설치했기 때문에 설령 소방 시설이 아주 잘 구비되어 있더라도 단시간 내에는 절대 끌 수 없는 대형 화재를 일으킬 수 있었다.

한명련은 감정 없는 눈으로 활활 타오르는 릴을 바라보았다. 그들이 수행하는 작전은 비정규전이었다. 그리고 비정규전은 민간인의 희생을 전제하기 때문에 아군이 보면 훌륭한 파괴 공작이고 적이 볼 땐 테러인 작전을 자주 수행했다.

훗날 이번 릴 화재 사건을 일으킨 한국군에게 동양에서 온 방화범이란 악명이 붙기는 했지만 어쨌든 그 효과는 대단했다.

릴 외곽 주둔지에 있던 병력 수천 명이 릴 화재를 진압하기 위해 급히 투입되었다. 유무선 통신이 발달해 있었다면,

이번 방화가 실화가 아니라 미상의 적이 벌인 조직적인 파괴 공작이란 사실을 금세 간파한 누군가가 릴 외곽 주둔지에 연락해 릴 근처에 적이 있다는 사실을 통보해 주었을 것이다.

그러면 당연히 주둔지를 지키기 위해 상당수의 병력을 남겨 둔 상태에서 릴에 난 화재를 진압하기 위해 움직였을 것이다.

그러나 유무선 통신 장비가 없는 지금은 이게 실화(失火)인지, 방화(放火)인지, 그리고 방화라면 몇 명이 어떤 의도를 가지고 낸 방화인지 알아내기 전에 일단 인력을 있는 대로 다 투입해 불길부터 잡고 보잔 식으로 갈 수밖에 없었다.

수천 명이 화재 진압에 동원되었던 터라, 당연히 릴 외곽 주둔지의 경비는 상대적으로 허술해질 수밖에 없었다. 주둔지 외곽에서 대기하던 9, 10, 11중대 대원들은 이 틈을 놓치지 않고 주둔지 안의 보급 기지를 공격해 기지 창고에 있던 식량, 의복, 무기, 화약 등 태울 수 있는 것은 모두 태웠다.

콰콰쾅!

한명련은 릴 외곽 주둔지에서 화약이 연쇄 폭발하는 바람에 버섯처럼 생긴 거대한 화염이 치솟는 모습을 지켜보다가 발길을 돌려 퇴각 지점이 있는 릴 외곽 북동쪽으로 향했다.

1차 퇴각 지점인 3지점은 아직 조용했다. 한명련은 3지점을 지키는 대원에게 암구호를 소리친 다음, 안으로 들어갔다.

타앙!

그때 익숙한 총성이 들려왔는데, 뇌격의 총성이 분명했다. 깜짝 놀란 한명련 일행은 그 자리에 엎드려 상황을 살폈다.

지금 상황은 두 가지 중 하나로 유추가 가능했다. 첫 번째는 3지점의 수비를 맡은 대원들이 한명련 일행을 적으로 오인한 경우였다. 그리고 두 번째는 3지점을 지키던 대원들에게서 뇌격을 빼앗은 프랑스군이 그들을 저격한 경우였다.

그러나 두 번째 가능성은 현실성이 떨어졌다. 프랑스군이 뇌격을 손에 넣을 순 있지만 불과 1, 2시간 만에 사용법을 완벽히 익혀 그들을 향해 총을 쐈을 것 같지는 않았다.

그렇다면 첫 번째 상황이 맞을 확률이 높았다. 3지점을 지키던 대원 중 하나가 한명련 일행을 적으로 오인한 경우였다.

그 가능성에 점수를 더 줄 수 있는 이유는 애초에 3지점을 지키는 대원 다수가 이번 작전에서 제외된 신병이기 때문이었다. 긴장감을 이기지 못한 신병이 실수를 범한 게 분명했다.

그들의 짐작이 사실인 듯, 잠시 후 3지점 안쪽에서 장교 하나가 헐레벌떡 뛰쳐나왔다.

"죄송합니다. 신병이 놀라서 오인사격을 한 것 같습니다."

그때, 프레드 등 한명련과 같이 온 일행 대부분이 옷에 묻은 먼지를 털며 일어나 조심성 없는 신병에게 욕을 퍼부었다.

한데 한 명은 끝까지 일어서지 못했다. 프레드가 깜짝 놀라 그쪽으로 달려갔다. 프레드가 엎어져 있는 누군가의 몸을 뒤집는 순간, 이마에서 피를 흘리는 한명련의 얼굴이 보였다.

프레드는 물론이거니와 허겁지겁 달려 나왔던 장교 역시 망연자실한 표정을 지으며 그 자리에 털썩 주저앉고 말았다.

오인사격까지는 그럴 수 있었다. 전쟁 중엔 흔하게 벌어지는 실수이기 때문이었다. 특히, 야간에 더 자주 발생했기 때문에 한명련 역시 진입하기 전에 암구호를 확실하게 전달했다.

한데 암구호를 들은 신병은 그게 암구호란 사실을 채 깨닫기 전에 방아쇠울에 걸어 둔 손가락을 본능적으로 당겨 버렸다.

거기까진 이해할 수 있었다. 한데 신병이 발사한 탄환이 여단장인 한명련에게 날아갔을 때부터 일이 꼬일 조짐이 보였다.

그리고 한명련에게 날아간 탄환이 방탄조끼를 걸친 가슴이나 팔다리에 맞은 게 아니라, 위장 때문에 방탄 헬멧을 착용하지 않은 한명련의 이마에 정확히 맞는 순간, 최악의 상황으로 변해 버렸다. 한명련은 손쓸 새도 없이 즉사했다.

임무를 성공적으로 마치고 기분 좋게 3지점에 도착한 맹호특수전여단 대원들은 신병이 쏜 오발탄에 여단장이 맞아 전사했다는 비보를 접하고는 믿을 수 없다는 표정을 지었다.

몇몇은 목 놓아 통곡했고 몇몇은 소리 죽여 흐느꼈다. 특수 부대의 전설이라 불리던 명장 한명련의 최후치곤 너무 허망했다. 맹호특수전여단은 부여단장의 지휘를 받아 작전을 몇 차례 더 성공시키긴 했지만 기뻐하는 대원은 많지 않았다.

이준성이 한명련의 전사 소식을 접한 것은 한국군 지원 부대가 브뤼셀을 포위 중인 프랑스군을 지척에 두었을 때였다.

충격을 받은 이준성은 임시 막사에 들어가 반나절가량을 칩거한 후에야 다시 밖으로 나왔다. 눈가가 붉게 물들어 있었다. 그 후엔 누구도 이준성 앞에서 한명련의 일을 거론하지 않았다. 그는 영현장교에게 한명련의 시신을 잘 수습해서 화장한 다음, 유족에게 돌려보낼 준비를 하라 명령했다.

한편, 로테르담에서 영국군, 네덜란드 공화국군이 연합한 양국 연합군이 한국군에 대패했다는 비보를 접한 프랑스군은 바로 브뤼셀 포위를 푼 다음, 릴과 가까운 코르트레이크 방면으로 퇴각했다. 이준성은 한국군을 이끌고 퇴각하는 프랑스군을 따라잡아 몇 차례 벌인 전투에서 모두 승리를 거뒀다.

퇴각하던 프랑스군 역시 코르트레이크에 도착해선 전열을 정비해 한국군에 맞설 준비에 들어갔다. 코르트레이크는 프랑스 국경과 가까웠다. 만약 이대로 프랑스 국경까지 퇴각하면, 꼬리에 강력한 적을 매단 상태에서 모국으로 귀환해야 했기 때문에 어떻게든 그 전에 한국군을 떨쳐내야 했다.

한국군 역시 프랑스군을 상대하기 위한 만반의 준비를 한 다음, 코르트레이크를 향해 진격했다. 한데 이준성은 프랑스군이 생각하지 못한 선택을 하였다. 그는 병력이 적은 한국군으로 병력이 그 두 배에 해당하는 프랑스군을 포위했다.

◆ ◈ ◆

프랑스군은 강력한 한국군을 꼬리에 매단 상태에서 본국으로 들어가기가 싫었던 탓에 코르트레이크에 들어가 전열을 정비하고 한국군에 맞설 준비를 하였다. 또, 파리 쪽에 사자를 보내 증원군을 빨리 보내 달란 요청 역시 잊지 않았다.

다른 유럽 국가와 비교했을 때, 비옥한 옥토를 지닌 프랑스는 언제, 어느 시대에서나 인구가 많았던 덕에 동원할 수 있는 병력 역시 많았다. 최소 5만 명은 더 징집해 보내 줄 여력이 있는 덕에 코르트레이크에 주둔 중인 프랑스군과 본국에서 올 증원군 5만을 합쳐 10만 명을 만들 수 있었다.

프랑스군 수뇌부는 병력이 10만 명을 넘어가면 한국군의 실력이 아무리 뛰어나도 최소 비길 수는 있을 거라 믿었다.

본국과 수천 킬로미터 떨어져 있는 한국군이 유럽에 투사할 수 있는 병력은 기껏해야 2만 명 남짓이었기 때문에 프랑스군 수뇌부의 이러한 생각이 완전히 틀린 것까진 아니었다.

한데 문제는 그러한 생각을 이준성 역시 한다는 것이었다. 이준성은 프랑스가 증원군을 보내기 전에 코르트레이크의 프랑스군 5만 명을 먼저 제거할 목적으로 포위를 선택했다.

포위전은 병력이 많은 쪽이 병력이 적은 쪽을 상대로 하는 게 보통이지만 이준성은 개의치 않았다. 한국군이 가진 전력이라면 두 배가 넘는 적이라도 충분히 포위할 수 있었다.

이준성은 먼저 홍뢰를 운용하는 천궁포병여단 포병을 코르트레이크 주 출입 세 군데에 집중적으로 배치했다. 그리고는 로테르담에서 가져온 철조망으로 코르트레이크를 두 겹으로 둘러싸 프랑스군이 도시 밖으로 나오지 못하게 만들었다.

또한 철조망 앞에는 은철뢰, 천뢰 5호, 지뢰 5호, 천왕뢰, 다이너마이트로 이뤄진 부비트랩 지대를 설치했다. 철조망 두 겹과 부비트랩 지대로 이루어진 3중 포위망으로 코르트레이크를 에워싸 그 안에 있는 프랑스군을 완전히 고립시켰다.

정충신에게 포위망을 완성했다는 보고를 받기 무섭게 이준성은 주 출입로에 배치해 둔 천궁포병여단에 포격을 지시했다.

펑펑펑펑펑!

곧 익숙한 포성이 들리며 홍뢰가 쏘아 올린 화룡탄 수십 발이 코르트레이크 시가지 위에 작렬했다. 시가지를 무차별적으로 포격하면 설령 코르트레이크를 다시 탈환한다 해도 도시를 버리거나, 아니면 처음부터 다시 건설해야 했다.

그러나 이준성은 5만 명이 지키는 도시 안에 병력을 밀어 넣을 생각이 눈곱만치도 없었기 때문에 전혀 주저하지 않았다.

쾅쾅쾅쾅쾅!

이준성은 폭음이 울릴 때마다 치솟는 화염을 무심한 눈길로 지켜보았다. 화염이 인 곳에서는 곧 우르릉하는 굉음과 함께 건물이 무너져 화염보다 더 짙은 흙먼지가 피어올랐다.

이준성은 냉소를 머금었다.

"지금쯤이면 강력한 포병을 가진 적과 시가전을 벌이는 게 얼마나 무모한 짓인지 깨달았겠군. 이미 늦었겠지만 말이야."

실제로 프랑스군은 강력한 포병을 가진 한국군을 상대로 고정된 진지에서 싸우는 게 얼마나 어리석은 짓인지 깨달았다. 차라리 병력이 기동하기 쉬운 장소였다면 포격을 피해 달아나기라도 할 텐데 좁은 도시 안에서는 그게 불가능했다.

한데 의외로 프랑스군은 좀처럼 나올 생각을 하지 않았다. 그나마 엄폐할 게 있는 도시 안이 이미 포위망을 완성한 한국군에 돌격하는 행동보다 안전하단 판단을 내린 듯했다.

그러나 이준성은 프랑스군이 그렇게 하게 내버려 둘 마음이 전혀 없었다. 프랑스군을 각개 격파하기 위해서는 코르트레이크에 있는 프랑스군부터 어떻게든 빨리 처리할 필요가 있었다.

"흐음, 이번에 가져온 게 화우 기관총만은 아니니까."

고개를 절레절레 이준성은 천궁포병여단장 이완을 불러 물었다.

"신형 포탄을 발사할 준비를 마쳤는가?"

이완은 자신감 넘치는 목소리로 대답했다.

"마쳤사옵니다."

"당연히 실사격을 미리 해 보았겠지?"

이완은 바로 고개를 끄덕였다.

"포탄이 본국에서 도착하던 날 바로 실사격을 해 보았사옵니다."

"성능이 어떻던가?"

"안정성에 약간 문제가 있는 것 외에 다른 문젠 없었사옵니다."

이준성은 미간을 찌푸리며 물었다.

"안정성에 문제가 있나?"

"가끔 포신 안에서 제멋대로 폭발하는 포탄이 있었사옵니다."

이준성은 약간 고민하다가 고개를 끄덕였다.

"알겠네. 내가 조심하란다고 조심이 되는 건지는 잘 모르겠지만, 어쨌든 조심해서 발사하도록 하게. 그 포탄이 있어야 이번 전투를 쉽게 풀어 갈 수 있네. 거북이처럼 등껍질 안으로 말아 넣은 머리를 꺼내려면 그 포탄이 꼭 필요하네."

"맡겨 주시옵소서."

비장한 표정으로 대답한 이완은 부대에 돌아가 신형 포탄을 발사할 준비에 들어갔다. 그로부터 30분이 지났을 때였다.

피융!

처음 들어 보는 포성과 함께 새빨간 무언가가 쏜살처럼 허공으로 솟구쳤다. 새빨간 무언가는 곧 중력의 힘을 이기지 못하고 코르트레이크 안으로 떨어졌는데, 지면에 부딪히는 순간 피처럼 새빨간 화염을 뿜어내 그 주변을 불태워 버렸다.

바로 소이탄이 만들어 낸 엄청난 위력이었다. 소이탄은 소이(燒夷)란 단어가 의미하는 것처럼 무언가를 태우는 포탄이었다.

소이탄은 특히 목조로 지은 주택과 나무가 많은 밀림에서 큰 위력을 발휘하는데, 코르트레이크는 그중 전자에 해당했다.

코르트레이크에는 목조 주택이 많아 소이탄이 떨어지기 무섭게 세찬 불꽃을 피워 올리며 미친 듯이 타올랐다. 소이탄이 무서운 이유는 물이나 모래와 같은 평범한 진화 도구로는 소이탄이 만들어 낸 불길을 잡기가 쉽지 않다는 것이었다.

소이탄의 안정성을 100퍼센트 확보하지 못한 상태인 탓에 포병 여럿이 다치는 불상사가 중간에 발생하긴 했지만, 이준성은 천궁포병여단에 포격을 멈추란 명령을 내리지 않았다.

그저 무심한 시선으로 불타오르는 코르트레이크의 전경을 바라볼 따름이었다. 잠시 후, 몸에 불이 붙은 프랑스군 수백 명이 끔찍한 비명을 지르며 도시 밖으로 뛰쳐나왔다. 그들은 몸에 붙은 불을 끄기 위해 바닥을 미친 듯이 굴렀지만 한번 몸에 붙은 불길은 어떤 짓을 해도 꺼질 기미가 없었다.

그저 끔찍한 고통을 겪다가 차례차례 숨이 끊어질 따름이었다. 철조망 밖에서 그 모습을 지켜보던 한국군 역시 미간을 찌푸리긴 했지만 동정하는 기색은 별로 보이지 않았다.

이번 전쟁은 한국군 주력 부대가 프로이센 왕국을 지원하기 위해 신성 로마 제국에 가 있을 때, 그 틈을 노린 프랑스군이 선공하며 일어난 전쟁이었다. 대국이 한 짓치곤 아주 비열했기 때문에 한국군은 프랑스군을 별로 좋게 생각하지 않았다.

천궁포병여단이 소이탄을 100여 발가량 쏟아부었을 때였다. 마침내 버티기를 포기한 프랑스군이 도시 밖으로 나와 공격을 감행했다. 그러나 2중으로 이뤄진 철조망과 그 철조망 근처에 펼쳐져 있는 부비트랩 지대를 뚫기 쉽지 않았다.

부비트랩이야 소모성 무기이기 때문에 어느 정도 희생을 감수하면 돌파할 수 있었다. 그러나 장애물인 철조망은 부비트랩처럼 폭발해서 사라지는 게 아닌 탓에 골치를 썩였다.

프랑스군은 방패처럼 몸을 가릴 수 있는 도구를 이용해 철조망에 접근한 다음, 날카로운 금속 무기로 철조망을 잘라 냈다.

지금까지는 한국군이 펼친 철조망과 같은 부비트랩을 상대로 가장 적합한 해결책을 제시한 군대인 셈이었다. 그러나 한국군은 프랑스군이 철조망을 자르게 그냥 놔두지 않았다.

그 즉시, 미리 배치해 둔 화우 기관총과 백뢰, 홍뢰 등을 적극적으로 활용해 프랑스군의 시도를 번번이 무산시켰다.

그러나 프랑스군 역시 이대로 있다가는 산 채로 불에 타 죽거나 화우 기관총에 온몸이 찢겨 나갈 판이라 바로 다른 해결책을 찾아냈다. 철조망을 자르기보다는 아예 그 위에 사다리나 군마의 사체 같은 것을 올려서 철조망 지대를 통과하는 방법을 쓴 것이다. 심지어 갱도를 만들어서 아예 철조망 지대와 부비트랩을 우회하는 방법까지 사용했다.

이준성은 인드라망을 이용해 첫 번째 철조망 지대를 돌파한 프랑스군이 두 번째 철조망 지대로 우르르 몰려가는 모습을 무심한 눈빛으로 지켜보다가 왼손을 살짝 들어 올렸다.

잠시 후, 두 번째 철조망 지대 앞에서 은철뢰가 폭발해 철조망 지대 두 개 사이에 끼어 있던 프랑스군 전체를 강타했다.

그리고 은철뢰가 폭발한 후에는 화우 기관총과 뇌격 등으로 사격을 가해 숨이 붙어 있는 프랑스군을 마저 처치했다.

아마 보통은 이쯤 했으면 항복이나 퇴각을 선택하기 마련이었다. 그러나 프랑스군은 오히려 병력을 더 축차 투입했다.

프랑스군은 한국군이 사용하는 전술을 심도 있게 연구했는지 은철뢰가 소모성 무기임을 안다는 듯 거침없이 돌진했다.

프랑스군은 한국군이 뇌격과 천뢰 5호, 화우 기관총으로 만들어 낸 조밀한 화망을 인해전술로 뚫고 들어왔다. 마치 이번에 성공하지 못하면 두 번은 없다는 듯 총력을 기울였다.

결국, 두 번째 철조망마저 뚫리며 최전선인 참호 앞까지 프랑스군이 이르렀다. 이준성은 경호원과 함께 돌파당한 쪽으로 이동해 무너지는 전선을 다시 복구했다. 이준성 본인 역시 소매를 걷어붙이고 뛰어들어 프랑스군과 백병전을 벌였다.

프랑스군이 찌른 창을 세이버로 막아 낸 이준성은 왼 주먹으로 프랑스군의 얼굴을 내려찍었다. 코뼈가 주저앉은 프랑스군이 비틀거리며 물러설 때, 창을 막아 낸 세이버로 얼굴을 다시 그어 버렸다. 프랑스군은 비명을 지르며 나자빠졌다.

이번엔 프랑스군 두 명이 뭐라 고함을 치며 동시에 덮쳐 왔다. 냉소를 머금은 이준성은 세이버를 두 번 연속 휘둘러 프랑스군이 휘두른 칼을 튕겨 낸 다음, 세이버로 아래쪽을 베어 갔다. 무릎이 잘려 나간 프랑스군이 고통스러운 비명을 내지를 때, 세이버로 목과 얼굴을 베어 마저 쓰러트렸다.

그때, 프랑스군 장교 하나가 등 뒤에서 칼로 이준성의 어깨를 베어 왔다. 그러나 칼이 미처 이준성의 어깨에 닿기도 전에 바람처럼 나타난 낭환이 수중의 칼을 번개같이 휘둘렀다.

프랑스군 장교는 실전 검술을 익혔는지 첫 번째 공격은 피했지만 바람처럼 이어진 두 번째 공격에는 속수무책으로 당했다.

프랑스군 장교는 곧 허벅지, 손목처럼 인체의 주요한 혈관이 지나가는 자리에서 피를 뿜어내며 참호 안으로 떨어졌다.

이준성은 그 틈에 연뢰를 뽑아 참호를 넘어오는 프랑스군을 연달아 쓰러트렸다. 그러나 참호로 몰려오는 프랑스군은 끝이 없었다. 한 명을 죽이면 두 명이 더 달려들고 두 명을 죽이면 다섯 명이 달려들었다. 심지어 프랑스군 총병 일부는 백병전을 벌이는 부대를 향해 머스킷까지 발사했다.

당연히 머스킷으로 발사한 탄환 중 일부는 자기편에 가서 맞았지만 마치 진내 포격처럼 이를 말리는 지휘관이 없었다. 프랑스군이 얼마나 조급해졌는지 알 수 있는 대목이었다.

이준성은 막무가내로 달려드는 프랑스군을 참호 쪽으로 밀어 버린 다음, 연뢰를 쏴서 숨통을 끊었다. 그리고는 뒤쪽으로 나와 잠시 숨을 돌렸다. 그때, 대형 머스킷을 든 프랑스군 총병 몇 명이 집중 사격을 가하기 위해 총구를 한쪽으로 모으는 모습이 얼핏 보였다. 바로 이준성이 있는 쪽이었다.

이준성은 본능적으로 몸을 옆으로 날려 피했다. 그러나 몸을 날렸을 땐 이미 프랑스군 총병이 든 머스킷이 하얀 연기를 뿜어내고 있었다. 간발의 차이로 피하는 게 늦은 것이다.

그때, 커다란 그림자가 눈앞을 막아서는 모습이 보였다. 이준성은 눈을 크게 뜨며 그 앞을 막아선 자의 등을 쏘아보았다.

퍽퍽!

그 순간, 그 앞을 막아선 자가 몸을 몇 차례 움찔한 다음, 고목이 쓰러지듯 그가 몸을 날린 방향으로 천천히 쓰러졌다.

이준성은 쓰러지는 그를 얼른 부축하며 얼굴을 확인했다. 경호실장 마사카츠였다. 그를 노리고 쏜 머스킷 탄환 여섯 발 중 네 발은 빗나가고 두 발은 마사카츠의 몸에 명중했다.

그리고 몸에 명중한 두 발 중 한 발은 방탄조끼에 맞았다. 그러나 나머지 한 발이 문제였다. 나머지 한 발은 목을 정확히 꿰뚫은 듯 상처 부위에서 피가 거품과 함께 쏟아져 나왔다.

상처에서 거품이 나온다는 뜻은 기도 쪽을 맞았단 뜻이었다. 한국의 의학 기술이 다른 나라에 비해 훨씬 발달한 건 사실이지만 기도가 찢어진 사람을 야전에서 응급 처치해 살릴 정도로 발달하진 못했다. 이준성은 얼른 소지한 응급 치료 장비에서 붕대를 꺼내 마사카츠의 목에 난 상처를 압박했다.

그러나 피가 워낙 많이 나와 붕대가 곧 붉게 젖어 버렸다. 그때, 마사카츠가 고통스러운 표정으로 이준성의 팔을 잡았다.

그러나 기도가 찢어진 탓인지 무언가 말을 하려 할 때마다 말 대신에 피거품이 나왔다. 결국, 마사카츠는 마지막 유언조차 제대로 내뱉지 못하고 몸에서 천천히 힘이 빠져나갔다.

이준성은 절명한 마사카츠를 한동안 내려다보다가 옆에 있는 다른 경호원에게 마사카츠의 시신을 후방으로 옮기게 했다.

이후 프랑스군이 꾸역꾸역 몰려드는 전방을 바라보다가 근처에 있던 전령을 불러 새로운 명령을 내렸다. 전령은 비장한 표정으로 고개를 끄덕인 후에 천궁포병여단이 있는 방향으로 달려갔다. 그로부터 얼마 후, 천궁포병여단이 발사한 소이탄이 참호 근처에 떨어져 사방으로 불길을 토했다.

대부분은 참호를 공격 중이던 프랑스군 위에 떨어졌지만, 참호 안으로 떨어지는 소이탄 역시 전혀 없진 않았다. 곧 몸에 불이 붙은 병사들이 처절한 비명을 지르며 바닥을 굴렀다.

말 그대로 최후의 상황에서 꺼내 들 법한 진내 포격이 이루어진 것이다. 어쨌든 이번 공격은 확실히 통해 겁에 질린 프랑스군이 우왕좌왕하기 시작했다. 이준성은 그 틈에 화우 기관총을 가진 지원 화기 중대를 보내 프랑스군을 몰아쳤다.

화우 기관총이 교차 사격을 가할 때마다 프랑스군 수십 명이 수증기 같은 핏방울을 허공에 뿌려 대며 바닥으로 쓰러졌다.

소이탄 덕분에 전열을 정비할 시간을 가진 한국군은 뇌격과 뇌반, 연뢰 등 동원할 수 있는 모든 화기를 총동원해 프랑스군을 공격해 나갔다. 어지간하던 프랑스군 역시 불벼락을 연상케 하는 소이탄과 소나기처럼 퍼부어지는 각종 탄환 앞에선 더 이상 버티지 못하고 주춤주춤 뒤로 물러서기 시작했다.

프랑스군은 그 후에도 포기 않고 몇 번 더 돌격해 왔지만 끝내 돌파에 실패해 사상자 수천 명을 남긴 후에 퇴각했다.

그리고 그로부터 30분이 채 지나기 전에 프랑스군 수천 명이 항복해 왔다. 그들은 대부분 일반 병사들이었는데, 끝까지 항복을 반대하던 귀족으로 이뤄진 프랑스군 장교 수십 명을 죽인 후에 백기를 머리 위로 들고 참호 쪽으로 걸어왔다.

마침내 코르트레이크 전투가 끝난 것이다.

◆ ◈ ◆

한국군 역사가들은 이번 전투에 코르트레이크 전투라는 이름을 명명했다. 그러나 프랑스군 역사가들은 전혀 다른 의미를 지닌 명칭을 붙였는데, 바로 코르트레이크 대학살이었다.

불과 이틀 사이에 끝난 전투치곤 그 피해가 엄청나기 짝이 없었기 때문이다.

이틀간 치른 전투에서 발생한 전사자만 무려 1만여 명에 부상자가 2만여 명, 실종자가 4,000명, 포로가 7,000명이었다. 프랑스군이 동원한 병력 5만여 명 대부분이 죽거나 다치거나, 포로로 잡혔다.

역사상 어느 한쪽이 5만 명에 가까운 대병력을 동원한 전투에서 이 정도 사상자가 발생한 건 거의 손에 꼽을 정도였다.

이준성은 코르트레이크에 이틀 동안 머물며 전장을 정리한 후에 은호원 유럽지부장 최명길로부터 직접 보고를 받았다.

"프랑스 쪽의 상황은 어떤가?"

최명길은 특유의 담담한 표정으로 새로 얻은 정보를 보고했다.

"프랑스 파리에 잠입해 있는 우리 측 요원 몇 명이 프랑스

증원군 6만 명이 파리를 떠나 릴 쪽으로 이동 중인 사실을 확인한 후에 바로 유럽지부 쪽으로 소식을 보내왔사옵니다."

"소식이 도착한 게 몇 시간 전인가?"

"오늘 오전이었으니 6시간 전쯤이옵니다."

"그럼 그들은 코르트레이크 소식을 아직 듣지 못했을 수 있겠군."

최명길 역시 그렇게 생각하는지 고개를 끄덕였다.

"그럴 것이옵니다."

눈을 가늘게 뜬 상태에서 생각을 정리하던 이준성이 최명길을 바라보며 물었다.

"그들이 코르트레이크 소식을 듣게 되면 어떻게 나올 것 같은가?"

"두 가지 중 하나일 것이옵니다."

"말해 보게."

최명길은 차분한 어조로 자신의 의견을 피력했다.

"첫 번째는 벨기에와 프랑스 국경에 병력을 증강하여 한국군의 프랑스 본토 침공을 경계하는 선택이옵니다. 그리고 두 번째는 첫 번째 실패에 굴하지 않고 또다시 벨기에 안으로 병력을 진주시키는 선택이옵니다. 그 외에 외교적으로 해결하려 들거나 배상금 같은 수단으로 경색된 국면을 푸는 선택 역시 있을 테지만, 현실성이 떨어지는 관계로 앞서 말한 두 가지 가능성이 가장 크다고 생각하옵니다."

"둘 중 하나만 선택해야 한다면?"

최명길은 잠시 고민해 본 후에 대답했다.

"프랑스 본토 침공을 경계해 국경에 병력을 증강 배치하는 것이 지금으로서는 가장 가능성이 높지 않을까 생각하옵니다."

최명길의 장점 중 하나는 선부르게 단정을 짓지 않는다는 점이었다. 물론 가끔은 책임지는 상황을 회피할 목적으로 일부러 그러는 것처럼 보일 수도 있었지만, 어쨌든 그는 모든 가능성을 염두에 둔 상태에서 이준성에게 필요한 정보를 전달했다.

사실 과감한 결단을 내리는 것은 국왕인 이준성의 몫이지, 최명길의 몫은 아니었다. 최명길은 이준성이 옳은 방향으로 결단을 내리는 데 도움을 주기 위해 나름대로 최선을 다했다.

만약 프랑스군이 조금 전에 최명길이 말한 것처럼 한국군의 본토 침공에 대비해 국경 수비군을 증강한다면, 이준성과 한국군은 두 가지 선택지 중 하나를 골라야 하는 상황이었다.

첫 번째는 프랑스군이 릴에 도착하기 전에 먼저 릴을 점령해 상대가 먼저 공격해 오도록 강요하는 선택지였다. 그리고 두 번째는 프랑스군이 릴에 도착하길 기다렸다가 출발하여 상대가 구축한 방어선을 정면으로 돌파하는 선택지였다.

물론 둘 중 더 좋은 선택지는 첫 번째 선택지였다. 프랑스군이 릴에 도착하기 전에 릴을 먼저 점령하여 프랑스군이 그들을 공격하게 만들 수 있다면 편한 전투를 할 수 있었다.

그러나 현실적인 문제로 인해 두 번째 선택지를 고를 수밖에 없었다. 우선 병사의 체력이 문제였다. 현재 한국군 주력 부대는 프로이센 왕국군을 돕기 위해 신성 로마 제국 깊숙이 들어가서 쉬지 않고 전투를 치르던 도중 소식을 접하고 급히 복귀한 상태였다.

그런 데다 영국군, 네덜란드 공화국군이 로테르담 외곽까지 밀고 들어온 통에 다시 쉴 새 없이 출격해 전투를 치러야 했다. 사실 여기까지였다면 그동안 해 온 강도 높은 체력 훈련 덕에 버틸 수가 있었다. 그러나 프랑스군이 브뤼셀을 점령하기 직전이었던 터라, 다시 쉴 새 없이 벨기에로 이동해 5만이 넘는 프랑스군과 이틀에 걸쳐 격전을 치렀다.

이미 그동안 비축해 온 체력을 다 소진한 상태에서 젖 먹던 힘까지 끌어내 다시 싸웠기 때문에 바로 이동하는 결정은 벼랑 끝에 몰린 병사들을 벼랑 밑으로 밀어 버리는 것과 같았다.

두 번째 문제는 한국 해군이 아직 적들과 전투를 치르지 않았다는 것이었다. 현재 이순신 장군이 지휘하는 해군 대함대는 프랑스 영토인 칼레 근처에서 300척으로 이뤄진 프랑스, 영국, 네덜란드 공화국 연합 함대와 대결을 벌이기 직전이었다.

한데 육군이 먼저 앞서 나가다가 자칫 실수하여 프랑스군에 포위라도 당하는 날에는 해군의 도움을 받을 방법이 없었다.

육지에서는 변수가 있지만, 바다에서는 변수가 거의 없었다. 아무리 강한 태풍이 불어도 바다에선 생존할 자신이 있었다.

하지만 육지에서 벌이는 전투는 변수가 많을 수밖에 없었다. 군에 전염병이 돌거나, 아니면 한동안 보급을 받지 못한 상태로 적과 백병전을 벌여야 하는 상황이 온다면 위험할 수 있었다.

그런 점에서 해군과 육군이 보조를 맞춰 움직이는 수륙병진을 위해서라도 육군이 먼저 앞서 나갈 순 없는 상황이었다.

심사숙고한 이준성은 정충신을 불러 명령했다.

"그동안 쉼 없이 싸우느라 고생한 장병에게 충분한 휴식을 제공해 주게. 그리고 로테르담과 브뤼셀에 있는 군수 창고에 있는 군량, 무기를 이쪽으로 옮겨 오는 작업도 서둘러 주고."

"알겠사옵니다."

대답한 정충신이 조심스러운 목소리로 물었다.

"하면 프랑스 쪽으로는 언제 출발하실 예정인지?"

"해군 쪽의 상황을 알아본 후에 움직일 것이네."

"그럼 소장은 그리 알고 돌아가도록 하겠사옵니다."

정충신이 돌아간 후, 이준성은 코르트레이크 외곽에 있는 야전 병원에 들러 이번 전투를 치르는 과정에서 큰 부상을 입은 병사들을 위로했다.

코르트레이트 외곽에 마련한 야전 병원에는 본토에서 온 군의관 30명과 간호사 100여 명이 500여 명에 달하는 부상자를 돌보는 중이었다. 베네룩스의 다른 곳에서 환자들을 진료하는 의사와 간호사까지 합치면 현재 의사는 100여 명, 간호사는 500여 명 정도가 유럽에서 활동하는 상황이었다.

의사는 8년 과정으로 이루어진 국립대학교 의과대학을 졸업한 후에 3년의 수련의 과정과 자격시험까지 통과한 후에야 의사 면허증을 받았기 때문에 다들 실력이 뛰어난 편이었다. 간호사 역시 마찬가지여서 분야별로 차이는 조금 있지만, 의료 수준이 19세기 말에서 20세기 초반까진 와 있었다.

특히 야전 병원에 필요한 외과 기술과 진통제, 마취제, 소염제, 항생제와 같은 외상과 관련한 약제의 발전이 아주 빨랐다.

한국 의료 분야의 아버지라 할 수 있는 허준은 지병 탓에 몇 년 전에 세상을 떠났지만, 그와 이준성이 협동해 만든 한국 의료 체계와 수련 체계는 큰 탈 없이 돌아가는 중이었다.

야전 병원에 들러 부상병을 위로한 이준성은 다음 날 일찍 화장터를 찾아 전사자의 유해를 화장하는 모습을 지켜보았다.

지금은 유럽에서 본토로 시신을 온전한 상태로 운송할 방법이 없었기 때문에 미리 화장해서 유골을 보내는 수밖에 없었는데, 오늘은 전사자의 첫 번째 화장이 이루어지는 날이었다.

오늘 화장하는 명단에 오인사격으로 안타깝게 숨진 맹호특수전여단장 한명련과 이준성을 지키다가 순직한 경호실장 마사카츠가 포함되어 있어 이준성은 오전 일찍 화장장을 찾았다.

이준성은 한명련과 마사카츠의 시신이 화장장 안으로 들어갈 때, 절도 있게 경례를 올려붙였다. 그것이 그가 조국을 위해 희생한 그들을 위해 할 수 있는 거의 유일한 일이었다.

여단장의 마지막 길을 배웅하기 위해 화장장에 와 있던 맹호특수전여단 대원 수백여 명이 정복으로 갈아입은 상태에서 절도 있게 경례를 올려붙였다. 그리고 경례를 다 올린 후에는 맹호특수전여단 여단가를 큰 소리로 복창하며 울먹였다.

그 반대편에서는 경호실장을 하늘로 떠나보낸 경호원들이 모여서 각자 원하는 방식으로 세상을 떠난 상관을 추모했다.

이준성은 화장을 마친 유골이 유골함에 담기는 모습까지 지켜본 후에 맹호특수전여단 부여단장인 김준룡과 경호실 부실장 낭환 두 명을 불렀다. 그리고 그 두 명에게 맹호특수전여단 여단장과 경호실 실장을 제수했다. 두 자리 다 아주 중요한 보직이어서 지휘 공백이 생기게 둘 수 없었다.

이준성이 떠난 사람을 추도하고 남은 사람을 위로하는 중일 때, 바다에서는 일촉즉발의 분위기가 물씬 풍기는 중이었다.

이순신 장군이 지휘하는 한국 해군은 프랑스 항구인 칼레에서 북동쪽으로 30킬로미터 떨어진 해상에서 프랑스, 영국, 네덜란드 공화국 소속 함대 300여 척과 대치 중이었다. 네덜란드 공화국은 이미 멸망한 상태지만 해군은 아직 패하지 않았기 때문에 영국, 프랑스와 행동을 같이하는 중이었다.

이순신 장군은 여전히 원정 함대 기함으로 쓰이는 장보고함 함교에 있는 지휘관용 의자에 앉아 망원경으로 파도가 넘실거리는 대서양을 잠시 쳐다보다가 망원경의 위치를 조금 왼쪽으로 옮겼다. 왼쪽엔 나대용급 철갑선 5척과 이순신급 철갑선 3척이 두 줄로 늘어선 상태에서 최전선을 형성했다.

철갑선으로 이루어진 돌격 함대 뒤에는 해성과 해신, 해왕, 해궁급 전함 30여 척이 대기 중이지만 공격 대형보다는 수비 대형에 더 가까웠다. 즉, 이번 전투는 철갑선 돌격 함대가 주도하고 나머지는 이를 지원하는 식으로 이루어질 예정이었다.

철갑선 돌격 함대의 준비 상황을 살펴보던 이순신 장군은 눈이 짓물러 오는지 눈에 대고 있던 망원경을 떼고 손수건으로 눈가를 문질렀다. 의자 옆에 있던 장군의 큰아들 이회가 걱정스러운 표정으로 그런 아버지에게서 시선을 떼지 못했다.

여든을 훌쩍 넘긴 이순신 장군은 이준성의 거듭된 권유에도 불구하고 원정 함대에 남기를 고수했다. 이준성은 어쩔 수 없이 장군의 큰아들인 이회와 조카인 이완을 아예 유럽으로 불러들여 고령인 장군을 옆에서 잘 보필하게 하였다.

이순신 장군 역시 이번 해전이 그가 이번 생에서 치르는 마지막 해전임을 직감한 듯했다. 직전까지는 기력이 쇠한 탓에 체력이 눈에 띄게 떨어져 있었는데, 이번 해전을 준비하면서 기력이 다시 돌아왔는지 젊은 시절처럼 왕성한 활동량을 자랑하며 하나에서부터 열까지 모든 준비를 직접 챙겼다.

이회는 아버지가 기력을 되찾아서 기쁘긴 하지만 속으로는 이것이 아버지의 몸속에 남아 있는 마지막 기력까지 죄다 끌어다 쓰는 게 아닌가 하며 남몰래 자신의 아버지를 걱정하는 중이었다.

이순신 장군은 마른기침을 몇 번 한 후에 다시 망원경을 눈에 가져갔다. 이순신 장군은 이상하게도 시력만큼은 전혀 녹슬지 않아 멀리 떨어진 전장을 한눈에 다 파악할 수 있었다.

철갑선 돌격 함대 앞 1킬로미터 지점에는 전함으로 이루어진 거대한 섬이 세 개 떠 있었다. 셋 중 가운데 있는 섬이 가장 컸는데, 바로 돛대에 부르봉 왕조의 국기를 단 프랑스 함대였다. 그리고 그 오른쪽에 프랑스 함대보다 규모는 약간

작지만, 배수량에서는 전혀 밀리지 않는 영국 함대가 있었다.

또, 프랑스 함대 왼쪽에는 지금은 사라진 오라녜 공작 가문의 깃발을 내건 네덜란드 공화국 함대가 오밀조밀하게 모여 있었다.

적진까지 살펴본 이순신 장군은 다시 한번 망원경으로 조류의 흐름을 확인한 다음, 고개를 들어 장보고함 돛대 위에 달린 풍향계를 확인했다. 풍향과 풍속 모두 아주 적당했다.

이순신 장군은 푸른 바다와 그 바다 위에서 빠르게 흘러가는 구름을 잠시 지켜보다가 조용히 왼쪽 손을 위로 들어 올렸다.

이순신 장군의 일거수일투족을 뚫어져라 감시하던 함대 통신 부사관들은 그 즉시 가용할 수 있는 모든 수단을 동원해 개전을 알렸다. 바늘 떨어지는 소리까지 들릴 정도로 조용하던 함교 안이 금세 시장바닥처럼 시끄럽게 변하며 부산스러워졌다.

이순신 장군은 통신 부사관들이 시끄럽게 외치는 소리가 마치 자장가인 양, 미소를 지으며 망원경을 다시 집어 들었다.

그때, 돌격 함대를 지휘하는 이운룡 제독은 이순신급 철갑선 1호함인 이순신함 함교에서 눈을 감은 채 의자에 앉아 있었다.

잠시 후, 뿌우하는 뱃고동 소리가 사방에서 들려왔다. 어떤 것은 멀리서 어떤 것은 가까이서 들려왔는데, 소리가 마치 중첩되듯 뒤섞이는 바람에 혼백이 놀라 달아날 지경이었다.

그 순간, 감았던 눈을 번쩍 뜬 이운룡이 지휘봉으로 전방을 가리켰다.

"출격하라! 작전대로 우리가 가장 먼저 적진으로 들어갈 것이다!"

"예, 제독!"

크게 대답한 이순신함 함장은 즉시 기관사에게 출발하란 명령을 하달했다. 명을 받은 기관사는 바로 엔진에 있는 내연 기관에 시동을 걸었다. 전함과 같은 무거운 물체를 움직이기 위해서는 엄청난 크기의 내연 기관이 필요했는데, 이순신함 역시 마찬가지여서 시동을 켜는 순간 선체가 부르르 떨렸다.

내연 기관은 증기 기관과 비교해 안정적이면서도 강한 출력을 낼 수 있었기 때문에 이순신함은 빠르게 속도를 끌어 올렸다.

나대용급 철갑선에는 증기 기관을 설치했지만, 한국이 보유한 과학 기술력을 총동원해 제작한 이순신급 철갑선에는 석유에서 추출한 중유를 연료로 사용하는 내연 기관이 들어 있었다.

한국 석유공사는 만주, 남시베리아, 중동, 아프리카, 동남아시아의 유전을 확보하거나, 아니면 유전이 있는 지역의 왕,

토호와 계약을 맺고 상당한 양의 석유를 생산해 내는 중이었다.

그리고 그렇게 해서 생산한 석유를 본국에 있는 정제 시설로 옮겨 정제했는데, 지금은 끓는점이 가장 낮은 휘발유부터 끓는점이 가장 높은 중유까지 다양한 연료를 생산 중이었다.

석유를 정제하면 중유와 같은 연료뿐만 아니라 플라스틱, 아스팔트, 화학 제품의 원료까지 나오는 덕에 석유 정제 산업은 국가 기반 산업 중에서도 큰 비중을 차지하고 있었다.

한국 역시 내연 기관을 개발함과 동시에 석유 채굴, 석유 정제 기술을 같이 발전시켜 현재는 전라도 여수와 경상도 울산, 함경도 원산, 평안도 남포 등에 정제 시설과 석유를 정제해 나온 각종 부산물을 가공하는 화학 단지가 들어서 있었다.

현재 돌격 함대는 이순신급 철갑선 3척과 나대용급 철갑선 5척으로 이루어져 있었는데, 이운룡은 이 8척을 4척씩 묶어서 두 개의 분함대를 만들었다. 그리고는 1분함대를 프랑스 함대와 영국 함대 사이로, 2분함대를 프랑스 함대와 네덜란드 공화국 함대 사이로 들여보내 양쪽에서 적을 공격했다.

이운룡이 직접 이끄는 1분함대는 그중 프랑스 함대와 영국 함대 사이를 뚫고 들어가는 중이었다. 한국 해군의 의도를 눈치 챈 프랑스 함대와 영국 함대는 전함으로 함대 사이에 있는 틈을 메우려 들었다. 틈을 메워야 한국 해군의 돌파를 허용하지 않을 수 있었다. 그러나 이운룡이 한발 더 빨랐다.

이운룡은 즉시 함장에게 포를 가동하라 명령했다.

잠시 후, 이순신함에 탑재한 대해룡포가 해룡탄을 발사하기 시작했다. 해룡탄은 홍뢰에 사용하는 화룡탄보다 컸기 때문에 아무리 큰 전함이라도 명중만 하면 한 발만으로도 가라앉힐 수 있었다. 지금 역시 마찬가지여서 해룡탄에 맞은 프랑스군 전함 한 척이 거의 산산조각 나듯이 부서져 타올랐다.

이순신함은 거리를 좁히면서 계속 해룡탄을 발사했는데, 상대 전함의 속도가 느렸기 때문에 빗나가는 경우가 거의 없었다.

연합군 함대는 아직 함포를 쏘지도 않았는데 벌써 바다 곳곳에 새빨간 불길에 휩싸여 가라앉는 전함이 보이기 시작했다.

훗날 칼레의 비극이라 불리는 대해전의 서막이었다.

5장. 칼레의 비극

5장. 칼레의 비극

함교의 강화 유리창을 통해 전함의 이동 방향을 살펴보던 이순신함 함장은 갑자기 뒤를 돌아보며 사관들에게 소리쳤다.

"전방에 대형 부유물 발견! 모두 충격에 대비하라!"

전방 30미터 지점에 해룡탄에 맞아 불타오르는 적함의 커다란 잔해 일부가 흘러들어 와 진로를 방해하는 중이었다. 사관들은 급히 충격에 대비하란 명령을 함 내에 반복해 전파했다.

이운룡 역시 의자 옆에 놓인 지지대를 한 손으로 잡고 전방을 노려보았다. 노란색 구명조끼를 걸친 이순신함 승조원들이 갑판에 있는 안전 구역으로 달려가는 모습이 보였다.

"10, 9, 8, 7……."

이순신함과 부유물의 충돌 예정 시간을 계산한 항해사가 큰 소리로 카운트다운을 외치며 승조원이 마음의 준비를 할 수 있게 도왔다. 눈을 부릅뜬 채 전방을 쏘아보던 항해사가 숫자 0을 큰 소리로 외치는 순간, 강한 충격이 선체를 강타했다.

승조원 거의 전부가 부유물에 부딪힌 충격으로 몸을 휘청거렸다. 다행히 크게 다친 승조원은 없었고 선체 역시 멀쩡했다. 선수 오른쪽 선체 측면이 움푹 들어간 게 거의 다였다.

철갑선끼리 부딪쳤다면 무사하기 어려웠을 테지만 연합함대가 동원한 전함은 전부 목재로 만들어진 범선이었다. 철갑선과 목제 범선이 충돌하면 결과야 뻔할 수밖에 없는 것이다.

부유물을 가볍게 튕겨 내 버린 이순신함은 마침내 프랑스, 영국 함대 사이를 뚫고 들어가 함에 장착한 대해룡포 두 문과 소해룡포 두 문을 전부 가동하기 시작했다. 해룡포는 회전식 포탑을 사용했기 때문에 범선처럼 원하는 방향으로 함포를 발사하기 위해 선체의 방향을 돌릴 필요가 없었다.

다만, 대해룡포 두 문과 소해룡포 두 문의 구경이 워낙 큰 탓에 발사할 때마다 그 반동으로 선체가 전기에 감전당한 사람처럼 찌르르 울렸다. 이운룡은 강한 반동을 이기지 못한 선체가 우그러지는 것 같은 느낌에 약간 당황하긴 했지만, 곧 쉴 새 없이 터져 나가는 적함을 보며 희색을 드러냈다.

콰콰콰콰쾅!

해룡포로 발사한 해룡탄이 빨랫줄처럼 날아갈 때마다 적함이 폭발하듯 터져 나갔다. 해룡탄이 가진 충격력이 워낙 대단해 아무리 단단한 적함도 포탄에 맞으면 선체에 구멍이 뚫리며 폭발했다. 더욱이 적함은 격벽 설치를 제대로 하지 않았기 때문에 해룡탄이 선체 안에서 폭발할 때, 적함에 실려 있는 화약에 불이 붙어 더 큰 폭발을 일으키고는 하였다.

해룡탄에 맞은 적함의 선체가 화염과 연기에 휩싸여 타오르다가 뒤늦게 폭발한 화약 때문에 완전히 산산조각이 났다.

이순신함이 지나가는 곳마다 화염과 연기가 하늘을 뚫을 듯이 치솟았다. 불과 30여 분이 지나기 전에 이순신함 혼자 7척이 넘는 적함을 침몰시켰다. 그리고 이순신함 뒤를 따라가는 나대용급 철갑선이 양 현에 탑재한 홍뢰 수십 문을 일제히 발사해 이순신함이 미처 정리하지 못한 적함을 마저 불태웠다. 마치 해역 전체가 불바다로 변한 것 같았다.

이런 상황은 프랑스 함대와 네덜란드 공화국 함대 사이에서도 똑같이 일어나고 있었다. 그쪽으로 돌파해 들어간 이순신급 철갑선 1척과 나대용급 철갑선 3척이 화력을 쏟아부어 전투를 시작한 지 30분 만에 10척이 넘는 전함을 파괴했다.

연합 함대 역시 계속 당하고 있지만은 않았다. 그들은 한국 해군의 철갑선을 향해 가용할 수 있는 모든 무기를 총동원해 공격했다. 양 현에 탑재한 함포로 철환을 쏘았고 수병은 머스킷이나 활로 철갑선 승조원을 집중적으로 공격했다.

그러나 철갑선은 괜히 철갑선이 아니었다. 철환이 날아들 때마다 강철로 만든 선체가 움푹 들어가긴 했지만, 선체를 관통하는 데는 실패했다. 또, 적함의 수병이 쏘아 대는 머스킷과 활로는 엄폐물 뒤에 숨은 한국 해군을 제거하지 못했다.

오히려 한국 해군이 적함에 가한 반격이 훨씬 더 위협적이었다. 한국 해군 기술자들은 전함 고정용으로 개량한 화우 기관총을 강철 장갑이 달린 기관총좌에 설치했다. 그리곤 그 안에 기관총사수와 부사수가 들어가 기관총을 발사했다.

두두두두두!

해군 전함에 주로 쓰인다고 해서 해우 기관총이란 이름이 붙은 이 기관총은 영 점 몇 초의 짧은 간격을 두고 쉼 없이 대구경 탄환을 발사해 접근한 적함의 뱃전을 쓸어버렸다.

두두두두두!

기관총으로 적함의 뱃전을 긁을 때마다 선체에 큼직한 구멍이 뚫렸다. 또, 뱃전에 숨어 머스킷과 활을 쏘던 연합 함대 수병은 머리나 팔다리가 찢겨 나가 그 자리에서 즉사했다.

이순신급 철갑선에는 이런 해우 기관총좌가 10개가 있었다.

그리고 나대용급 철갑선에는 7개가 있었다. 한데 이운룡이 타고 있는 이순신함은 적 함대 한가운데 들어와 있는 탓에 선체에 설치한 해우 기관총좌 10개를 전부 가동 중이었다.

두두두두두!

이순신함은 1초에 수십 발이 넘는 대구경 탄환을 사방으로 쏟아 냈다. 그리고 선체 가운데에 탑재한 해룡포 4문은 포탑을 빙빙 돌려 가며 해룡탄을 공중으로 쉼 없이 쏘아 올렸다.

이운룡은 함교 위에서 그 모습을 지켜보며 감탄을 금치 못했다. 해우 기관총좌는 빨랫줄 같은 주황색 불길을 사방으로 토해 냈다. 그리고 해룡포 4문이 번갈아 가며 포신을 움찔거릴 때마다 회색 포연이 선체 상공을 휘돌다가 바닷바람에 실려 흩어졌다. 함포 발사 반동이 어찌나 큰지 포성이 들릴 때마다 배에 있는 내장 기관까지 쿵쿵 울릴 정도였다.

감탄을 금치 못하던 이운룡은 무슨 생각이 들었는지 망원경으로 전방을 살폈다. 연합 함대가 300척을 동원했단 말이 사실인지 거의 1시간이 지난 후에야 연합 함대 후미가 보였다.

이운룡은 함장을 돌아보며 큰 소리로 명령했다.

"이젠 배수량이 큰 전함을 집중 공격하도록 하시오!"

"예, 제독!"

대답한 이순신함 함장은 바로 갑판에 있는 화기 통제관에게 명령을 전달했다. 잠시 후, 포신을 크게 젖힌 해룡포가 주

위에 있는 대규모 전함을 조준해 포격을 가하기 시작했다.

함대를 지휘하는 기함은 보통 호위함에 둘러싸여 있거나, 아니면 퇴각이 쉬운 후방 쪽에 있기 마련이었다. 한데 지금은 후자여서 프랑스 함대를 지휘하는 기함과 영국 함대를 지휘하는 기함이 이순신함의 포격 사거리에 들어와 있었다.

펑펑펑펑펑!

해룡포 포신이 움찔하며 하얀 포연을 내뿜는 순간, 멀리 떨어져 있던 프랑스군 기함 쪽 근처에서 불꽃이 크게 피어올랐다.

그러나 포탄은 아쉽게도 기함을 호위하던 호위함에 명중해 목적을 이루지 못했다. 하지만 화기 통제관 역시 포기하지 않고 포수에게 포각을 조정해 다시 발사하라 명령했다.

잠시 후, 해룡포 4문이 동시에 같은 방향으로 해룡탄을 쏘아 올렸다. 해룡포 4문이 발사한 해룡탄 두 발과 소해룡탄 두 발이 적함 사이를 비행하듯 날아가 기함 쪽으로 떨어졌다.

콰콰콰쾅!

폭음이 연달아 울리며 주황색 화염이 크게 솟구쳤다. 해룡탄 한 발과 소해룡탄 한 발은 기함을 호위하던 호위함 두 척에 가서 맞았지만, 각도를 조정해 발사한 해룡탄 한 발과 소해룡탄 한 발은 마침내 부르봉 왕조의 깃발을 돛대에 높이 매단 초대형 전함의 함교와 선수 아래에 가서 명중했다.

펑펑펑!

프랑스군 기함은 순식간에 불꽃과 시커먼 연기에 휩싸여 타올랐다. 그리곤 불길이 선체에 저장해 둔 화약 쪽으로 번졌는지, 갑자기 선체 안에서 수십 미터 높이의 화염이 치솟았다.

화염에는 거대한 기함을 두 쪽으로 쪼갤 만한 위력이 실려 있어 프랑스군 기함이 굉음을 쏟아 내며 선수와 선미가 떨어져 나갔다. 그리고는 선수와 선미가 마치 쌍둥이 건물처럼 수면에 박살 난 단면을 처박고 천천히 가라앉기 시작했다.

이순신함이 조금 전에 침몰시킨 커다란 기함이 진짜 기함이었는지 근처에 있던 호위함이 당황스러운 기색을 드러냈다. 진퇴를 결정해야 하는 기함이 바닷속으로 가라앉은 것이다.

이순신함은 즉시 해룡포 4문의 포신을 정반대로 돌려 영국 함대의 기함을 노렸다. 그러나 영국 함대는 프랑스 함대의 기함이 속절없이 수장되는 모습을 지켜봤는지 재빨리 호위 함대를 몇 겹으로 구축해 이순신함의 집중 포격을 견뎌 냈다.

그러나 영국 함대의 기함 역시 화망을 빠져나가는 데는 끝내 실패했다. 이순신함 뒤에서 따라오던 나대용급 철갑선 2척과 또 다른 이순신급 철갑선 1척이 연달아 퍼부어 대는 해룡탄과 화룡탄 세례에 영국 함대의 기함을 호위하던 호위 함대가 차례차례 박살 나 바닷속으로 전부 가라앉아 버렸다.

마치 입고 있던 갑옷이 하나씩 떨어져 나간 상황과 비슷했다. 그리고 영국 함대의 기함 역시 마지막에는 이순신급 철갑선이 발사한 해룡탄 세 발을 동시에 얻어맞고 프랑스 함대의 기함과 비슷한 운명을 맞고 말았다. 화염과 연기에 휩싸여 타오르다가 화약에 불이 붙어 세 조각으로 쪼개졌다.

가라앉는 기함 위에서 영국 수병 수백 명이 밀려드는 화염을 피해 칼레 앞바다의 거친 물살 속으로 몸을 날리는 모습이 보였다. 그러나 바다에 뛰어든 수병들 역시 살아남기 어렵기는 마찬가지였다. 칼레 앞바다는 워낙 조류가 강하고 거칠어 바다 수영을 아무리 잘해도 살아남기가 어려웠다.

해룡포로 프랑스 함대 기함과 영국 함대 기함을 격침하는데 성공한 돌격 함대 1분함대는 속도를 높여 바깥으로 빠져나갔다.

이제 4, 500미터만 더 나아가면 연합 함대 사이를 완전히 관통할 수 있었다. 그때, 연합 함대 전함 몇 척이 이순신함 앞으로 뛰어들려는 자세를 취하는 게 보였다. 철갑선 돌격 함대가 전장을 떠나지 못하도록 만들려는 심산임에 분명했다.

한국 해군의 철갑선 돌격 함대가 프랑스 함대와 영국 함대 사이를 뚫고 바깥으로 빠져 버리면 퇴로마저 막힐 위험이 있었다.

이미 각 함대의 기함을 상실한 마당에 퇴로까지 막혀 버리면 말 그대로 각국이 자원과 병력을 쥐어짜 마련한 전함 300척과 수병 수만 명이 그대로 몰살당할 수밖에 없는 탓에 적 전함 몇 척이 육탄 공격으로 1분함대 앞을 막아서고 있었다.

이운룡이 명령을 내리기도 전에 이미 이순신함 함장은 화기 통제관에게 앞을 막아선 적함을 포격하란 명령을 내렸다.

해룡포 4문이 다시 포신을 좌우로 돌려 맹렬한 포격을 가했다. 4문 중 소해룡포 1문이 포신 과열로 인해 고장을 일으키긴 했지만 어쨌든 앞을 막아서는 적함을 거의 요격해 냈다.

그러나 마지막 남은 적 전함 1척은 포격을 운 좋게 피해 낸 후에 이순신함이 가려는 방향 앞에 장승처럼 떡하니 버티고 섰다.

그 모습에 당황한 함장이 고개를 돌려 이운룡을 바라보았다.

미간을 찌푸리고 있던 이운룡은 주저 없이 지휘봉을 내리쳤다.

"지금부터 속도를 최대로 끌어 올리시오! 이대로 돌파하겠소!"

"예, 제독!"

불안감이 약간 담긴 표정을 지으며 대답한 함장은 조타수에게 이순신함의 엔진을 최대 속도로 가동하란 명령을 내렸다.

조타수는 손에 묻은 땀을 군복 바지에 쓱쓱 닦아 낸 후에 자동차의 액셀러레이터에 해당하는 레버를 위쪽으로 밀었다.

레버가 안정권을 의미하는 파란색을 지나 위험한 구간임을 뜻하는 붉은색 구간으로 들어서는 순간, 엔진이 귀청을 찢을 듯한 굉음을 내며 선체 곳곳에서 금속 마찰음이 들렸다.

좌좌좌악!

처음에는 물살을 힘겹게 가르는 느낌이었다면 속도가 빨라진 지금은 전함이 물살을 헤치고 앞으로 솟구치는 듯했다.

그때, 항해사가 다시 목청 높여 소리쳤다.

"충돌 10초 전!"

"충돌 10초 전!"

항해사의 경고를 모든 승조원이 복창해 경고를 듣지 못한 다른 승조원들이 충돌에 대비할 수 있는 시간을 벌어 주었다.

이운룡은 앞에 있는 지지대를 두 손으로 힘주어 잡았다. 그때, 이순신함 강철 선체가 앞을 막아선 프랑스군 전함 가운데를 들이받았다. 마치 고싸움을 하듯 이순신함 선수와 프랑스군 전함 가운데가 충돌하기 무섭게 같이 위로 떠올랐다.

그러나 어차피 이길 수 없는 싸움이었다. 강철 선체로 만들어진 이순신함은 프랑스군 전함 중앙을 우그러트리며 파고들었다. 그러나 프랑스군 전함 역시 선체 너비가 만만치 않은 탓에 3분의 2쯤 파고들었을 때 속도가 점점 느려졌다.

만약 이런 상황에서 프랑스군 전함이 화약에 불이 붙어 폭발한다면, 그 틈에 끼어 있는 이순신함 역시 무사하기 힘들었다.

이운룡은 급히 조타수 쪽으로 뛰어가 빨간 구간에 머물러 있는 레버를 검은색이 칠해져 있는 마지막 구간까지 확 올려 버렸다.

검은색은 엔진이 돌아갈 수 있는 최대 한계를 뜻하기 때문에 평소에는 절대 그곳까지 올리지 않았다. 그러나 지금은 작전 전체의 승패가 달려 있기 때문에 이운룡은 거침없었다.

잠시 후, 선미 하부에 달린 프로펠러 두 개가 미친 듯이 회전하며 프랑스군 전함 선체에 틀어박힌 이순신함을 앞으로 밀어갔다. 심지어 프랑스군 전함까지 같이 밀어 버린 정도였다.

콰콰콰쾅!

그때, 가까스로 버티던 프랑스군 전함이 굉음을 내며 쪼개진 후에 양쪽으로 떨어져 나갔다. 그리고 전함을 억죄어 오던 프랑스군 전함으로부터 자유로워진 이순신함은 앞에 있는 부유물을 짓밟아 버리며 전진해 마침내 전장을 빠져나왔다.

마지막 순간, 좌현 프로펠러가 부유물과 부딪혀 고장을 일으키긴 했지만 어쨌든 프랑스 함대와 영국 함대 사이를 관통하는 데 성공해 처음 계획한 대로 퇴로를 차단할 수 있었다.

돌격 함대 1분함대가 프랑스 함대와 영국 함대 사이를 뚫고 나온 지 10분쯤 지났을 때, 2분함대가 프랑스 함대와 네덜란드 공화국 함대 사이를 뚫고 나와 퇴로 양측을 모두 포위했다.

이 엄청난 결과에 연합 함대 수뇌부는 퇴각을 결정하기에 이르렀다. 한국 해군 돌격 함대에 50여 척이 넘는 전함이 침몰하는 동안, 연합 함대는 해군 돌격 함대의 철갑선을 1척도 격침하지 못했다. 교환비가 1 대 50이 아니라, 0 대 50이었다.

이런 상황에서 계속 싸워 봐야 승산이 있을 턱이 없었다. 연합 함대 수뇌부는 결국 각 함대에 각자도생하란 명령을 내렸다. 즉, 알아서 살아남으란 뜻이었다. 이미 프랑스 해군 총사령관과 영국 해군 총사령관이 전사한 상태였기 때문에 무책임한 행동이라기보다는 어쩔 수 없는 선택에 더 가까웠다.

그러나 퇴로 쪽엔 이미 철갑선으로 이루어진 돌격 함대 1분함대와 2분함대가 막고 있었기 때문에 연합 함대는 선수를 45도 돌려 뚫려 있는 좌우측 해역으로 빠져나가기 시작했다.

그러나 연합 함대의 이러한 움직임은 이순신 장군의 예측을 벗어나지 못했다. 이순신 장군의 명령을 받은 탁나신 분함대와 이영남 분함대가 학이 날개를 펼치듯 좌우로 퍼져 나갔다.

마침내 이순신 장군의 장기라 할 수 있는 학익진이 모습을 드러낸 것이다. 좌우로 넓게 퍼져 나간 탁나신 분함대와 이영남 분함대는 학이 날개를 펼친 것처럼 해역 전체를 둘러싼 후에 맹렬한 포격을 가했다. 그 바람에 연합 함대 소속 전함 수십여 척이 포위망에 갇혀 허둥지둥거리다가 침몰했다.

퇴로를 막은 돌격 함대까지 그물을 좁히듯 안으로 파고들어 왔기 때문에 세 방향에서 동시에 협공을 당한 연합 함대는 150여 척이 넘는 손해를 입은 후에야 탈출할 수 있었다.

앞서 돌격 함대에 당한 50척을 합치면 연합 함대가 동원한 전함 300척 중에서 200척이 넘는 전함이 침몰한 상황이었다.

그러나 한국 해군은 남은 100여 척을 이대로 놓아줄 생각이 전혀 없다는 듯 추격을 개시했다. 특히 내연 기관과 증기 기관을 사용하는 돌격 함대가 추격 부대 선봉장을 자처했기 때문에 3일간 이뤄진 추격전에서 50척을 더 침몰시켰다.

◆ ◈ ◆

한국 해군은 이번 전투를 칼레 대해전이라 부르며 유럽 제해권을 제패하는 데 결정적인 역할을 해낸 전투로 생각했다.

반대로 당하는 쪽이었던 유럽의 역사가들은 칼레의 비극이라 불렀다. 비극이란 이름에 걸맞게 프랑스, 영국, 네덜란드 공화국이 동원한 전함 300척 중 무려 250척이 침몰했다.

보통 이런 규모의 해전이 벌어졌을 때, 100척을 기준으로 30척 정도는 침몰, 20척 정도는 반파를 당하거나 혹은 어딘가 고장이 나서 수리가 필요한 손해를 입는 게 일반적이었다.

즉, 100척을 기준으로 그중 7할 이상은 어떻게든 생존한다는 뜻이었다. 그러나 칼레 대해전에서는 유럽의 운명을 걸고 집결한 전함 300척 중에 불과 50척만 살아남았고 나머지는 전부 침몰했다. 그야말로 압도적인 패배를 당한 셈이었다.

전과 보고를 위해 전령선을 타고 장보고함에 도착한 이운룡은 거울 앞에 서서 장교만 걸치는 하얀색 정복과 검은색 군모를 단정히 정돈한 후에 문을 열고 함교 안으로 들어갔다.

그가 타던 이순신급 철갑선인 이순신함은 전투를 치르다가 소해룡포 1문과 좌현 프로펠러가 고장 나는 바람에 로테르담에 있는 정비창으로 급히 돌아가는 중이었다. 프로펠러 하나는 남아 있기 때문에 견인선의 도움은 필요 없었다.

물론, 프로펠러와 소해룡포의 고장이 없더라도 한 번은 정비창에 들를 수밖에 없었다. 맨 앞에서 돌격한 탓에 상대의 집중 포격을 받아 강철 강판에 우그러진 데가 많았다. 로테르담 정비창에서 우그러진 강판을 펴고 고장 난 프로펠러와 소해룡포를 고치는 대로 현장에 다시 복귀할 예정이었다.

함교 내부로 들어온 이운룡은 그를 향해 경례를 올리거나 환호성을 크게 지르는 함교 사관의 환대에 가볍게 답례하며 강화 유리창 앞에 있는 이순신 장군에게 걸어갔다.

이순신 장군은 여느 때처럼 함교 강화 유리창 앞에 있는 지휘관용 의자에 앉아 큰아들 이회의 보살핌을 받는 중이었다.

이운룡은 이순신 장군의 옆모습을 힐끔 보았다. 이순신 장군은 피곤한 기색으로 의자 등받이에 기대 눈을 감고 앉아 있었다.

이운룡은 목소리를 한껏 낮춰 속삭이듯이 이회에게 물었다.

"어젯밤에 제독께서 편찮으셨다는 말을 들었는데, 지금은 좀 어떠십니까? 함교에 나오셔도 괜찮을 정도로 회복하신 겁니까?"

이회가 걱정스러운 낯빛을 숨기지 않으며 대답했다.

"군의관이 어젯밤에 절대 안정을 취해야 한다고 강조했는데, 아버님께서 무슨 일이 있어도 회의에 참석해야 한다며 고집을 부리시는 통에 어쩔 수 없이 모시고 나온 것입니다."

이운룡 역시 걱정스러운 기색을 보이며 한숨을 쉬었다.

"빨리 차도가 있어야 할 텐데 걱정이 크시겠습니다."

이회가 고개를 끄덕이며 물었다.

"제독께서는 이번 전투의 전과를 보고하러 오신 것이겠지요?"

"맞습니다. 한데 제독께서 편찮으신 상황에서 보고를 드리기는 어려울 것 같습니다. 지금은 어차피 국왕 전하의 다음 어명을 기다리는 중이라, 보고는 그리 급할 게 없으니까요."

그때, 눈을 감고 있던 이순신 장군이 쇠약한 목소리로 말했다.

"난 괜찮네."

놀란 이운룡은 즉시 경례를 올려붙인 후에 전과를 보고했다.

"알겠습니다. 우선 이번 전투를 통해 프랑스, 영국, 네덜란드 공화국이 연합해 만든 연합 함대의 전함 300척 중 250척을 완파해 침몰시켰사옵니다. 도망친 50척 중 대다수가 영국 함대 소속으로 그들은 도버를 건너 본국으로 귀환 중입니다."

이운룡은 이순신 장군의 눈치를 살피다가 보고를 이어 나갔다.

"아군은 이영남 분함대 소속 전함 두 척, 탁나신 분함대 소속 전함 세 척이 전투 중에 침몰하였사옵니다. 그 외에 10여 척의 전함이 피해를 봤지만, 긴급 수리하여 항해에는 큰 문제가 없는 것으로 밝혀졌습니다. 또, 이순신급 철갑선 이순신함과 나대용급 철갑선 최무선함이 잔고장을 일으켜 현재는 로테르담 정비창으로 이동 중입니다. 병력 피해는 좀 더 조사를 해 봐야겠지만, 일단 지금까지 알아낸 수치를 말씀드리면 연합 함대는 3만 명 안팎의 사상자가 발생한 것으로 보입니다. 그리고 아군의 피해는 전사 56명, 중상자 81명, 경상자 251명이 발생했고 실종자는 20여 명 안팎입니다."

이운룡은 다시 보고를 멈춘 후에 이순신 장군의 기색을 살폈다. 그러나 이순신 장군은 여전히 눈을 감은 채 별말이 없었다. 그저 입가에 가느다란 미소만 매달려 있을 따름이었다.

이운룡은 헛기침을 살짝 한 후에 다시 보고를 이어 갔다.

"전사자는 바로 수습한 후에 영현선에 실어 로테르담으로 보냈습니다. 그리고 중상자와 경상자는 병원선으로 후송해 치료 중입니다. 또, 실종자를 찾기 위해 해역을 수색 중인데, 기상이 갑자기 나빠져 지금은 잠시 중단한 상태입니다."

보고를 마친 이운룡은 뭔가 이상한 기분이 들어 이회에게 눈짓을 보냈다. 이회 역시 불길한 예감이 들었는지 얼른 아버지의 맥박을 확인했다. 그 순간, 이회의 얼굴이 와락 일그러졌다. 마치 억지로 눈물을 참는 것 같은 모습이었다.

이회는 아버지의 코밑에 조심스레 손가락을 가져다 대고 한참을 기다렸다. 그러나 원하던 반응을 보이지 않았는지 결국 닭똥 같은 눈물을 뚝뚝 흘리며 그 자리에 무릎을 털썩 꿇었다.

이운룡은 얼른 이회를 부축하며 물었다.

"왜 그러시오? 설마 제독께서……."

이회는 입술을 깨물며 고개를 끄덕였다.

참담한 표정을 지은 이운룡 역시 끓어오르는 슬픔을 감내할 방법이 없는지 눈가가 금세 붉어졌다. 그러나 군인답게 곧 정신을 차린 그는 다시 자리에 일어섰다. 그리고는 평안한 모습으로 세상을 떠난 장군을 향해 절도 있게 경례를 올렸다.

부산스럽게 움직이던 장교와 부사관 10여 명이 그 모습을 보고 깜짝 놀라 그 자리에 얼어붙었다. 그리고는 무슨 일이 벌어진 것인지를 눈치 챘는지 바로 부동자세를 취한 후에 경례를 올렸다. 몇 명은 복받치는 슬픔을 이기지 못하고 흐느끼며 울었다.

이운룡은 떨리는 목소리로 명령했다.

"어서 가서 제독 주치의를 모셔 와라!"

"예!"

대답한 부사관 몇 명이 바로 함교를 뛰쳐나갔다.

잠시 후, 이준성이 직접 보낸 주치의 두 명이 도착해 이순신 장군의 생명 징후를 확인했다. 그러나 그들 역시 숨이 붙어 있단 증거를 찾아내지 못했는지 송구스러운 기색으로 이회와 이운룡에게 고인이 사망했단 사실을 공식적으로 통보했다.

이운룡은 슬픔에 잠겨 있는 이회를 위로했다.

"고인을 잃은 슬픔이야 어디 친족만 하겠습니까마는, 소장을 포함한 한국 해군의 모든 장병은 어떤 식으로든 고인에게 은혜를 입은 몸이라 비통한 마음을 금할 길이 없습니다."

"그렇게 말씀해 주셔서 감사합니다. 아버님 역시 제독 등과 함께 싸울 수 있어 항상 영광이었노라 말씀하시곤 했습니다."

이운룡은 한참 후에 착 가라앉은 목소리로 물었다.

"어떻게 하는 게 좋겠습니까?"

이회가 아버지의 모습을 한동안 바라보다가 대답했다.

"선친께서 제게 유언을 남기시길, 전투가 끝나기 전까지는 선친의 유고 사실을 외부에 알리지 말라 하셨습니다. 병사들이 동요할 것을 우려해서지요. 저 역시 마찬가지입니다."

이운룡은 잠시 생각한 후에 고개를 끄덕였다.

"알겠습니다. 고인의 유언대로 하겠습니다. 하지만 국왕 전하께는 알리는 게 좋을 것 같습니다. 이런 중차대한 일로 국왕 전하를 속이는 것은 큰 불경을 저지르는 행동이니까요."

이회 역시 반대하지 않았다.

"같은 생각입니다."

이운룡은 함교의 사관과 주치의 등의 입단속을 한 다음, 이순신 장군이 사망했다는 소식을 이준성에게 은밀히 전달했다.

해전에선 승리했지만, 그 와중에 이순신 장군이 사망했단 소식을 접한 이준성은 코르트레이크에서 이틀을 칩거하며 이번 전투에서 사망한 이순신 장군과 해군 장병의 명복을 빌었다.

이준성은 이순신 장군의 조카 이완을 따로 불러 장군이 전사했단 소식을 전했다. 이완은 크게 슬퍼했지만, 장군이 워낙 고령인 탓에 충격을 받은 모습까지는 아니었다. 그 역시 장군의 유언대로 이번 전투를 끝까지 책임지기로 하였다.

이준성은 이운룡을 해군 참모총장에, 이영남을 원정 해군 사령관에, 탁나신을 북대서양함대 사령관에 각각 임명한 다음, 프랑스의 주요 항구를 포격하라는 새로운 명령을 내렸다.

곧 전열을 정비한 한국 해군은 프랑스의 주요 항구인 덩케르크, 칼레, 불로뉴, 디에프, 르아브르, 캉 등을 포격하여 항구에 남아 있는 프랑스군 해군 전력을 철저히 섬멸해 나갔다.

그사이, 이준성은 릴에 있는 프랑스군 6만 명을 섬멸할 준비에 들어갔다. 다행히 이번 전투를 앞두고 이준성이 고심해 만든 새 병기가 현장에 도착해 마음의 짐을 덜 수 있었다.

또, 새 병기와 함께 본토의 가족이 보낸 편지 몇 통이 같이 도착했다. 왕세자는 무늬만 왕세자이지, 국왕과 다름없는 권한을 가진 상태였다. 이준성이 20년 넘게 본토를 떠나 있던 탓에 왕세자가 국왕의 업무를 대신 볼 수밖에 없었다.

현재 왕세자는 이원익, 이항복, 이덕형과 같은 노신들이 병환과 고령 등의 이유로 은퇴하는 바람에 차기 총리로 취임한 김육, 경제부장관 조익, 외교부장관 윤선도 등과 함께 이준성이 자리를 비운 한국 정부를 순조롭게 운영하는 중이었다.

또, 어느새 서른을 훌쩍 넘긴 왕세자는 10여 년 전에 고등학교 때 처음 만난 남 씨 성의 설란이란 처자와 국혼을 치렀다.

지금은 설란과의 사이에서 벌써 아들 두 명과 딸 한 명을 둔 상태였는데, 이준성에게는 첫 손자, 손녀인 셈이었다. 이준성은 미리 맏손자를 왕손으로 제수해 국본을 튼튼히 해 두었다.

다행히 왕손은 아버지와 할아버지에게서 튼튼한 몸을 물려받았는지 10살이 넘은 지금까지 특별한 병치레 없이 무럭무럭 자라 지금은 경복궁 근처에 있는 초등학교에 다니는 중이었다. 또, 왕세자의 장녀와 차남 역시 순조롭게 성장해 부모는 물론이거니와 조부, 조모의 걱정을 덜어 주었다.

둘째인 성이 역시 벌써 20대 후반의 나이로 송 씨 성의 연이란 처자와 혼례를 치른 후에 딸 둘과 아들 하나를 두었다.

어렸을 때부터 공부에 남다른 재능을 보이던 성이는 남들보다 2년 일찍 국립 서울대학교에 입학한 수재 중의 수재였다.

서울대 공대와 같은 대학의 공대 대학원을 우수한 성적으로 졸업한 성이는 현재 서울대 공대 조교수로 부임해 제자들을 가르치는 한편, 국립 통신 연구소 선임 연구원으로 재직하며 유무선 통신의 권위자로 통하는 중이었다. 통신 중에서도 유선 통신, 즉 전화기 쪽이 성이가 연구하는 분야였다.

마지막으로 셋째며 장녀인 령이는 서울대 미술학과를 나왔으며 현재는 작품 활동에 매진하는 중이었다. 혼기가 찼음에도 시집을 가지 않겠노라 발표하는 바람에 무빈의 속을 끓인단 소식을 몇 달 전 받은 편지에서 읽은 기억이 났다.

이준성은 가족이 보낸 서찰 중에서 중전과 수빈, 무빈이 보낸 서찰을 먼저 읽어 보았다. 다들 건강하게 지내는 모양인지 남편의 안녕과 무사 귀환을 기원하는 내용이 주를 이뤘다.

이준성이 유럽에서 케이틀린이란 여자를 신부로 맞이해 지금은 연이라는 딸까지 보았단 소식을 부인들 역시 전해 들은 지 오래라 케이틀린과 연이를 보고 싶다는 내용도 있었다.

이준성은 부인에 이어 자식들이 보낸 편지를 읽어 내려갔다. 왕세자는 이번에 아내가 네 번째 아이를 가졌단 내용을 적어 보냈다. 그리고 아버지가 무척 그립다는 내용도 있었다.

편지엔 손자와 손녀가 할아버지를 그린 그림이 들어 있어 이준성을 흐뭇하게 만들었다. 손자와 손녀는 태어나서 지금까지 이준성의 실물을 본 적이 없었지만, 궁에 그를 그린 초상화가 있었다. 그리고 1년 전에 렘브란트가 그린 그의 초상화를 몇 점 보내 놓았기 때문에 그 그림을 보고 따라 그린 듯했다.

성이는 무뚝뚝한 편이라 일상적인 내용보다는 현재 성이가 도맡아 개발 중인 전화기와 관련한 내용이 주를 이루었다.

다행히 전화기 역시 개발이 어느 정도 끝나 지금은 인천, 개성, 수원 등에 전화국을 설치해 테스트하는 중인 듯했다.

마지막으로 장녀인 령이는 여느 때처럼 시시콜콜한 얘기까지 다 써서 보냈다. 편지 마지막에는 교류하며 지내는 화가 중에 마음에 드는 청년이 한 명 있는데, 몇 년 전에 상처(喪妻)한 적이 있어 고민이란 내용이 적혀 있었다. 중전과 왕세자, 그리고 무빈이 상처한 사내의 전력을 문제 삼아 그와의 교제를 허락하지 않을까 걱정이 되는 모양이었다.

이준성은 부인에게 보내는 답장을 먼저 쓴 다음에 왕세자에게 따로 답장을 보냈는데, 업무와 관련한 충고를 몇 가지 담은 뒤 답장 마지막에 령이가 만난다는 청년을 조사해서 쓸만한 사람이라 생각된다면 령이와 혼인시키란 말을 적었다.

편지가 들어 있던 상자 바닥에는 흑백 사진을 몇 장 끼워 넣어 만든 사진첩이 들어 있었다. 3년 전, 국립 연구소 하나가 이준성이 준 조언을 이용하여 사진기를 처음으로 개발하는데 성공했는데, 마침내 오늘 그 첫 결과물이 도착한 것이다.

아직은 촬영 기술과 현상 기술이 떨어져 사진이 그리 선명하지 않았지만, 알아보지 못할 정도는 아니었다. 사진첩 첫 장에는 나이가 곱게 든 중년 부인 세 명의 독사진과 그 중년 부인 세 명이 의자에 나란히 앉아 있는 단체 사진이 있었다.

그리고 두 번째 장에는 근정전에서 체구가 듬직한 왕세자가 정숙해 보이는 왕세자빈과 나란히 서서 찍은 것처럼 보이는 사진이 있었고, 옆에는 손자, 손녀의 독사진이 들어 있었다.

세 번째 장에는 성이와 왕자빈, 그리고 손녀, 손자의 사진이 있었고 네 번째 장에는 무빈을 닮아 화려한 장미를 연상케 하는 령이의 독사진이 두 장 들어 있었다. 령이는 예술가답게 다른 가족보다 훨씬 활동적인 자세를 취하고 있었다.

다른 가족은 사진기를 똑바로 바라보며 앉아 있거나 서 있었지만, 령이는 캔버스로 보이는 화폭에 그림을 그리는 것 같은 자세를 취한 상태에서 카메라 쪽을 힐끔 보고 있었다.

또, 두 번째 사진에서는 교태전 복도에 걸어 둔 자신의 그림 중 하나를 가리키며 치아가 보일 정도로 환하게 웃고 있었다.

이준성은 사진첩 마지막 장을 넘겨 보았다. 마지막 장에는 부인과 아이들, 그리고 손자, 손녀들이 다 나온 단체 사진이 들어 있었다. 그는 손가락으로 사진에 있는 얼굴들을 천천히 쓰다듬어 보았다. 그가 아무리 냉정한 성격을 지녔다 해도 20년 넘게 보지 못한 가족이 그립지 않을 리 없었다.

그러나 이준성은 아이들이 커 가는 모습, 그리고 아내들이 점점 나이 들어가는 모습, 또 손자와 손녀들의 재롱을 포기하는 대신에 이번 일을 선택한 것을 전혀 후회하지 않았다.

이준성은 20년 동안 한 가지 일에 몰두했고 지금은 그 일이 마침내 결실을 보기 직전이었다. 사진첩을 개인 장구류 안에 집어넣은 이준성은 밖으로 나와 전군에 출격을 명령했다.

◆ ◈ ◆

프랑스군은 릴을 중심으로 깊은 종심을 형성한 방어선을 갖춘 다음, 한국군이 먼저 공격해 오기를 기다리는 중이었다.

자국 해군이 칼레에서 한국 해군에 대패한 지금으로선 한국군의 육상 진격을 막는 것만이 피해를 최소화하는 방법이었다.

어떻게든 릴에서 한국군을 저지해 상대가 본토 내륙으로 쳐들어가 수도인 파리를 위협하는 상황만큼은 막아야 했다.

절박한 심정이야말로 병사들의 사기를 끌어 올리는 가장 확실한 방법이었기 때문에 현재 릴을 지키는 프랑스군 6만 명은 사생결단의 자세로 한국군이 쳐들어와 주기를 기다렸다.

한편, 이준성이 이끄는 한국군 2만여 명은 릴의 상황을 전혀 모르는 듯 평소와 다름없는 모습으로 진격을 서둘렀다. 마치 상대가 쳐 놓은 함정에 스스로 걸어 들어가는 것 같았다.

코르트레이크를 떠난 지 이틀만인 1626년 9월 16일, 한국군은 릴을 중심으로 펼쳐져 있는 거대한 방어선 앞에 당도했다.

몇 달 전에 맹호특수전여단이 릴 시내를 불태웠던 탓에 도시 곳곳에 불탄 흔적이 남아 있는 건물이 우중충하게 서 있었다.

그리고 그 도시 양편으로 거의 10킬로미터에 가까운 긴 전선이 펼쳐져 있었다. 한국군이 주로 사용하는 참호 전술에 비할 바는 아니지만 어쨌든 전선 자체는 꽤 견고한 편이었다.

인드라망으로 전선을 훑은 이준성은 피식 웃었다.

"장기전을 원하는 모양인데, 우리도 그렇게 급한 건 아니니까."

이준성은 이완을 불러 천궁포병여단을 전선에 넓게 배치해 프랑스군 진형을 포격하란 명령을 내렸다. 이완은 시키는 대로 천궁포병여단이 보유한 홍뢰 50문을 프랑스군이 형성한 전선 앞에 폭넓게 배치해 적진을 포격하기 시작했다.

포병이 적진을 포격하는 동안, 정충신이 지휘하는 홍염해병군단은 하던 대로 참호와 교통호를 팠다. 그리고 참호 앞에는 철조망을 세운 다음, 부비트랩을 깔아 기습에 대비했다.

해병대는 이런 식의 전투를 수십 번 치른 탓에 누가 시키지 않아도 자기 할 일을 찾아서 하였다. 1중대가 곡괭이와 야전삽으로 참호를 파는 동안, 2중대는 가져온 빈 포대에 참호를 팔 때 나온 흙을 담아 모래 포대로 만들었다. 그리고 3중대는 2중대가 만든 모래 포대를 참호 앞에 두껍게 쌓았다.

1시간쯤 지난 후에는 임무를 교대해 번갈아 가며 참호를 만들었다. 전방 참호를 완성한 후에는 전초 기지로 사용할 지하 초소와 교통호, 각종 탄약을 저장하는 유개호를 완성했다.

해병대원이 참호를 파는 위치에서 서쪽으로 불과 1킬로미터만 걸어가도 포탄이 떨어지는 지옥이 펼쳐져 있었지만, 작업하는 해병대원 그 누구도 그쪽 방면엔 눈길을 보내지 않았다.

이준성은 일대에서 가장 높은 곳에 올라가 전방을 주시했다. 마을 사람들이 수확한 곡식을 풍차를 이용해 제분하는 방앗간이었는데, 지붕이 첨탑처럼 높아 전망대로 쓰기 좋았다.

이준성은 포탄이 떨어지는 프랑스 진형에 시선을 주었다. 그리 높지 않은 포물선을 그린 화룡탄이 공중에 희미한 흔적을 남긴 다음, 자석에 이끌리듯 프랑스군 위에 떨어졌다.

콰콰쾅!

화룡탄이 떨어진 곳에서는 어김없이 붉은 화염과 함께 수톤은 족히 넘어 보이는 흙덩이가 먼지를 피워 올리며 치솟았다.

가끔 흙과 먼지 속에 사람의 몸에서 나온 것이 분명한 피와 살덩이가 섞여 있긴 했지만, 인드라망으로도 포탄이 얼마나 효과적으로 적을 살상하는 중인지 알아내기 쉽지 않았다.

천궁포병여단이 홍뢰의 포신이 달아오를 정도로 프랑스군 진형 위에 포격을 가했을 때였다. 마침내 견디다 못한 프랑스군이 공들여 마련한 참호를 나와 후방으로 퇴각하기 시작했다. 마치 개미굴에서 기어 나오는 개미를 보는 것 같았다.

비서실에서 나온 랭커스터가 그 모습을 보고 환호했다.

"이런 식으로 계속 나가면 곧 파리에 입성할 수 있겠사옵니다."

이준성은 피식 웃으며 대꾸했다.

"그래, 파리에 도착하는 데 100년쯤 걸리겠지만 말이야."

"아, 그 생각은 미처 못 했사옵니다."

무안해진 랭커스터가 붉어진 얼굴로 머리를 긁적거릴 때였다.

이준성은 정충신에게 명해 부비트랩을 해제한 다음, 프랑스군이 버린 참호를 접수하게 하였다. 자연히 사령부, 포병 등 한국군의 주요 부대 역시 해병대와 함께 앞으로 이동했다.

다음 날, 한국군은 어제와 마찬가지로 참호를 파고 철조망을 깔아 부비트랩을 설치했다. 그리고는 앞으로 옮겨 온 천궁 포병여단을 이용해 프랑스군의 새 참호에 포탄을 퍼부었다.

그날 오후, 포격을 견디다 못한 프랑스군은 다시 참호를 버리고 퇴각했고 한국군은 프랑스군이 버린 참호를 또 접수했다.

랭커스터가 어제 말한 대로 이런 식으로 계속 가다간 언젠가는 파리에 도착할 수 있을 것 같았다. 물론 그게 100년까지는 아니더라도 상당히 오랜 시간이 걸리겠지만 말이다.

한국군은 어느새 프랑스군이 버린 릴을 차지해 그곳에 사령부를 다시 세웠다. 이준성 역시 릴에 마련한 사령부로 옮겨가 한국군을 지휘했다. 전투를 시작한 지 사흘째 되던 날, 이준성은 릴에 있는 성당 종탑에 올라가 전방을 관찰했다.

프랑스군은 사흘째에도 어김없이 참호를 버리고 퇴각했다. 그날 저녁, 이준성은 프랑스군의 의도가 뭔지 추측해 보았다.

현시점에서 가장 정답에 가까운 추측은 역시 프랑스군이 이런 식으로 지연전을 유도해 시간을 벌려 한단 추측이었다.

전쟁이 일상처럼 여겨지는 유럽에서는 전투가 몇 달, 몇 년 동안 이어지는 게 그리 이상한 광경이 아니었다. 즉, 프랑스든 영국이든 국력을 쥐어짜서 버티는 데는 다들 도사였다.

프랑스가 한국군이 먼저 지쳐 나가떨어지길 기대하며 악착같이 버티는 게 아주 터무니없는 추측까지는 아니란 뜻이었다. 이를테면 때리는 쪽이 먼저 지쳐 포기해 버리는 것이다.

물론 이준성은 프랑스군과 몇 달, 몇 년 동안 싸우고 있을 생각이 없었다. 싸울 수는 있지만, 상대의 의도에 말려들어 하늘을 가르는 포탄만 쳐다보고 있을 생각은 없었다.

다음 날, 이준성은 릴 남쪽에 있는 작은 언덕 위에서 전투를 지켜보았다. 그러나 마치 데자뷔처럼 똑같은 광경이 이어질 뿐이었다. 천궁포병여단이 포격하면 프랑스군은 퇴각했다.

그리고 해병대는 프랑스군이 버린 참호를 접수했고 사령부와 천궁포병여단은 해병대와 보조를 맞추기 위해 전진했다.

해병대가 프랑스군이 버린 참호를 정비하는 모습을 지켜보던 이준성은 혹시 이게 프랑스군의 함정일지 모른단 생각이 불쑥 들었다. 그들을 프랑스 본토로 깊숙이 끌어들여 포위한 다음, 보급로를 차단해 서서히 말려 죽이는 것이다.

그러나 이내 고개를 저었다. 프랑스군이 포위해 오면 한국군은 그 포위망을 뚫어 버리면 그만이었다. 한국군이 가진 압도적인 화력이라면 오히려 프랑스군이 포위해 오는 게 더 유리할 정도였다. 일단, 지금처럼 계속 도망치진 않을 테니까.

그때였다.

-프랑스군이 포위해 오는 게 더 유리하다는 건가요?

조용하던 유진이 갑자기 말을 걸어와 그를 깜짝 놀라게 했다.

"뭐, 그렇지. 지금처럼 도망만 치진 않을 테니까."

이준성은 대답하며 유진이 보여 준 놀라운 진화에 또다시 감탄을 금치 못했다. 아마 유진을 설계한 과학자들 역시 지금과 같은 결과를 예상하지 못했을 것이다. 유진은 이준성의 뇌에 30년 넘게 기생하면서 놀라운 성장을 이루어 냈다.

전에는 뇌를 대신하는 생체컴퓨터의 느낌이 강했다면 지금은 말 그대로 이준성의 진짜 뇌처럼 이질감이 거의 없었다.

이준성은 몇 년 전까지만 해도 뇌를 이식한 부작용을 겪어야 했다. 마치 머리에 쇳덩이가 들어가 있는 것 같은 이질감은 물론이거니와 두통, 발열, 심지어는 중추 신경계 전체가 영향을 받아 경련이 일거나 팔다리가 제멋대로 움직였다.

한데 지금은 부작용을 거의 느끼지 못했다. 지금처럼 유진이 말을 걸어야지만 존재를 느낄 정도로 일체화에 성공했다.

유진이 보여 준 가장 놀라운 변화는 그의 기억과 생각을 관장하는 부분까지 적극적으로 관여하는 게 가능하단 점이었다.

즉, 유진의 도움을 받으면 그의 기억과 생각 등을 파일로 만들어 그녀가 보유한 데이터베이스에 저장할 수 있단 뜻이었다. 물론 그럴 수 있단 것이지, 실제로 해 보지는 않았다.

지금 역시 이준성의 생각을 읽은 유진이 먼저 말을 걸어왔다.

"한데 갑자기 그건 왜 묻는 거지?"

-프랑스군이 포위해 오는 게 우리 쪽에 더 유리하다면, 프랑스군이 먼저 우리를 포위해 오도록 만들 수는 없는 건가요?

"아!"

이준성은 뭔가를 깨달은 사람처럼 머리를 재빨리 굴렸다. 그리고는 옆을 홱 돌아보았다. 마침 한국군 왼쪽에 꽤 큰 야산이 하나 있었다. 피레네 산맥과 알프스 산맥 정도를 제외하면 평탄한 지형을 가진 유럽에서는 보기 드문 야산이었다.

"괜찮군."

이준성은 그날 밤 네 번째로 마련한 사령부에 주요 지휘관을 불러 작전을 설명했다. 그리고는 바로 작전을 실행했다.

전투는 같은 방식으로 닷새 더 이어졌지만, 전과 다른 점이 하나 있었다. 그건 바로 천궁포병여단이 프랑스군을 향해 발사하던 화룡탄 숫자가 날이 갈수록 줄어든단 점이었다.

처음에는 차이가 크지 않아 눈치 채는 사람이 몇 명 없었지만, 닷새째에는 아예 포성 자체가 들려오지 않았다. 천궁포병여단이 그동안 쏘아 댄 포탄의 수가 족히 1,000여 발에 가까웠기 때문에 한국군은 물론이거니와 프랑스군 역시 한국군이 가진 포탄을 다 소모했단 사실을 눈치 챌 수밖에 없었다.

포탄이 날아오지 않는다면 피할 이유 역시 이제는 없는 셈이었다. 한국군이 보유한 포탄의 재고가 떨어질 때까지 퇴각하며 버틴다는 프랑스군의 전략이 제대로 통하는 순간이었다.

프랑스군은 더는 참호를 버리고 퇴각하지 않았다. 오히려 참호 앞에 새 참호를 파 거리를 조금씩 좁혀 오기 시작했다.

그러나 그게 끝이었다. 중화기로 무장한 한국군을 먼저 공격하는 건 섶을 지고 불로 뛰어드는 것과 같음을 아는 것이다.

다음 날, 한국군 진채 안에서 엄청난 굉음과 함께 화염이 크게 치솟았다. 10킬로미터 밖에서 봐도 알 수 있을 정도의 폭발이어서 당연히 프랑스군 역시 그 모습을 똑똑히 보았다.

화약을 다룰 때 실수하면 그와 비슷한 일이 일어나기 때문에 프랑스군 역시 한국군 내부에서 화약과 관련한 실수가 일어났을 거라 예상했다. 그리고 그 말은 화약을 사용하는 중화기를 사용하기 어려울지도 모른다는 뜻을 의미했다.

프랑스군이 사용하는 머스킷과 야포 둘 다 흑색화약을 엄청나게 잡아먹기 때문에 한국군 역시 그럴 거라 짐작한 것이다.

한데 한국군이 폭발로 입은 피해는 단순히 화약만 잃은 데서 그치지 않은 듯했다. 한국군을 감시 중이던 프랑스군 첩자 몇 명이 한국군 후방에서 온몸에 붕대를 감은 부상병 수백 명이 후방에 있는 릴로 급히 후송되는 광경을 목격했다.

프랑스군은 처음에 첩자의 보고에 긴가민가했지만, 한국군이 갑자기 전선을 축소한 다음 천천히 퇴각하는 모습을 보고선 더는 의심하지 않았다. 이전에 보았던 대규모 폭발로 인해 한국군 상당수가 죽거나 상처를 입은 게 분명해 보였다.

프랑스군 수뇌부는 몇 시간에 걸친 격론 끝에 마침내 수세에서 공세로 전환하기로 마음먹었다. 현재 프랑스 국민은 최전방 상황에 분노한 나머지 봉기를 일으키기 직전이었다.

한국군의 자세한 전력을 알 리 없는 프랑스 국민은 해군이 참패한 데 이어 육군까지 자국 내에 들어온 상대를 몰아내지 못하는 모습을 보며 자국 군인에게 실망감을 표출했다.

그 실망감은 점차 분노로 바뀌어 군 수뇌부뿐만 아니라 재상인 리슐리외와 국왕인 루이 13세를 비난하기에 이르렀다. 재상 리슐리외는 그나마 군의 사정을 아는 탓에 수뇌부를 압박하지 않았지만, 군무에 어두운 루이 13세는 계속 사람을 보내 한국군을 빨리 국경 너머로 쫓아내라고 닦달했다.

프랑스군 수뇌부는 그들이 상대하는 한국군이 얼마나 무서운 존재인지 알지 못하는 루이 13세를 대놓고 욕하며 국왕의 명령을 무시하는 중이었다. 한데 한국군이 예기치 않은 사고로 인해 릴로 퇴각하려는 움직임을 보이기 시작했다.

기회가 왔음을 직감한 프랑스군 수뇌부는 머리를 맞댄 상태에서 그들이 고안해 낼 수 있는 최선의 작전을 만들어 냈다.

다음 날 오전, 프랑스군은 마침내 참호 밖으로 나와 한국군을 향해 돌격했다. 그러나 무턱대고 돌격한 것은 아니었다. 우선 좌우 측면에 힘을 주어 한국군을 측면부터 압박해 들어갔다.

갑작스러운 측면 공세에 당황했는지 한국군은 제대로 싸워 보지 못하고 후퇴했다. 그리고 프랑스군은 그 틈에 재빨리 한국군을 3면에서 에워싼 다음, 공격을 맹렬히 퍼부었다.

한국군 역시 부비트랩과 백뢰, 화우 기관총 등을 이용해 반격을 가했지만, 프랑스군의 인해전술 앞에 힘을 쓰지 못했다.

전투를 개시한 지 불과 3시간이 채 지나기 전에 한국군은 결국 릴 쪽으로 퇴각하기 시작했다. 한국군은 그들이 있던 참호에 지뢰 5호와 같은 부비트랩을 매설하여 프랑스군의 발을 잠깐 묶어 두긴 했지만, 이는 임시변통일 따름이었다.

곧 전투를 시작한 이래로 처음 보는 광경이 펼쳐졌다. 한국군은 정신없이 후퇴하고 프랑스군은 신이 나서 이를 쫓았다.

프랑스군 수뇌부는 이때 이미 승리를 확신하는 중이었다. 지금까지는 그저 프랑스식 애피타이저인 오르되브르였을 따름이었다. 진짜 주 요리는 아직 등장하지도 않은 상태였다.

한국군이 언덕과 야산 사이에 있는 좁은 통로를 급히 빠져나가려 할 때였다. 프랑스군 기병 부대 1만여 기가 야산을 우회해 좁은 통로에 갇혀 있는 한국군의 퇴로를 차단해 왔다.

바로 프랑스군이 준비해 둔 이번 전투의 주 요리가 등장하는 순간이었다. 프랑스군 기병 부대가 성공적으로 한국군의 퇴로를 차단했단 소식을 접한 프랑스군 수뇌부는 마치 그 순간만을 기다리고 있었다는 듯 보병 부대를 재촉해 한국군을 4면에서 포위해 들어갔다.

그때, 마왕 위에 타고 있던 이준성이 서늘한 미소를 지었다.

"시작해라!"

그 순간, 전혀 생각하지 못한 바람이 전장에 불기 시작했다.

독재자

6장. 대륙의 패권

6장. 대륙의 패권

유진의 조언에서 힌트를 얻은 이준성은 프랑스군이 먼저 공격해 오도록 만들기 위해 몇 가지 속임수를 준비해 실행했다.

첫 번째는 상대가 포탄이 떨어진 것처럼 믿게 만드는 것이었다. 전날에는 포탄을 마음껏 쏘다가 다음 날부터 갑자기 포탄을 쏘지 않으면 상대가 속임수를 눈치 챌 위험이 있었기 때문에 이준성은 닷새에 걸쳐 포탄의 수를 천천히 줄여 나갔다.

홍뢰로 발사하는 포탄의 수를 천천히 줄여 가다가 닷새째에는 포탄을 다 소비한 것처럼 포격을 가하지 않은 것이다.

프랑스군이 속임수에 넘어갔는지 확인할 길이 없었다. 그러나 일단 속았단 전제하에 이준성은 두 번째 단계로 넘어갔다.

두 번째 단계는 한국군 진형 내부에서 누가 봐도 심각한 사고가 일어났음을 상대가 직감하게 하는 것이었다. 이준성은 이를 위해 다이너마이트 100개에 천뢰 5호, 지뢰 5호, 은철뢰 등을 묶어 터트렸다. 물론 아군이 폭발에 휘말려 드는 일을 막기 위해 미리 병력을 소개한 후에 진행했다.

프랑스군은 아마 한국군 진형 한가운데서 갑자기 올라온 거대한 버섯구름을 보기 무섭게 속으로 쾌재를 불렀을 것이다.

열병기가 전쟁에 등장한 이래, 각 군은 화약과 화기를 안전하게 취급할 수 있는 해결책을 찾기 위해 백방으로 노력했다.

열병기의 발달은 냉병기가 주지 못하는 강력한 위력을 적에게 투사할 수 있게 해 주었다. 그러나 반대로 취급이 까다로워 자칫하다간 그 열병기에 자신들이 먼저 죽을 수 있었다.

머스킷 사수가 총신이 폭발해 크게 다치는 사고는 일상적인 일처럼 여겨졌다. 또한, 포탄을 장전한 야포가 갑자기 폭발해 포병이 떼죽음당하는 사고 역시 심심치 않게 일어났다.

한데 그중 최악은 역시 야포와 머스킷 등에 들어가는 화약을 저장해 놓은 창고에 화재가 발생해 폭발하는 상황이었다.

프랑스군 또한 화약이 불에 취약하단 사실을 잘 알았기 때문에 여러 가지 안전대책을 찾아내 화약을 저장했지만 몇 달에 한 번씩은 꼭 화약이 폭발하는 대형 사고가 터지곤 했다.

그런 프랑스군으로서는 한국군 진형 한가운데서 올라온 거대한 버섯구름을 보기 무섭게 화약을 취급하던 한국군 중 누군가가 실수해 사고가 일어났다고 확신할 수밖에 없었다.

이준성은 프랑스군의 그러한 확신에 쐐기를 박을 목적으로 말 피를 온몸에 적신 부상병 수백 명을 후송 마차에 실은 뒤 야전 병원이 있는 후방으로 보내는 위장 작전을 실행했다.

한국군이 프랑스군을 감시하듯이 프랑스군 역시 한국군을 감시 중이었기 때문에 한국군이 부상병 수백 명을 후방으로 후송 중이란 소식은 곧 프랑스군 수뇌부의 귀에 들어갔다.

프랑스군 수뇌부는 그때 이미 뜻하지 않은 사고로 인해 전황이 그들에게 더 유리해졌다고 생각했다. 상대는 포탄이 떨어진 데다, 사고까지 생겨 엄청난 손실을 본 상황이었다.

이준성은 거기서 한발 더 나아갔다. 그는 마치 얼마 전에 일어난 사고 때문에 병력이 부족해 어쩔 수 없다는 듯 전선을 대폭 축소한 다음, 릴 쪽으로 서서히 퇴각하기 시작했다.

사람은 냉철한 이성을 이용해 합리적인 사고를 하는 지능이 뛰어난 동물이지만, 가끔은 너무 흥분한 나머지 옆을 보지 못하게 가리개를 씌워 놓은 경주마처럼 변하는 경우가 있었다.

지금이 딱 그러한 경우였다. 프랑스군 수뇌부는 마치 옆을 보지 못하는 경주마처럼 이준성의 속임수에 속아 넘어가 한국군의 전력이 약해졌다는 자체 평가를 내리기에 이르렀다.

공교롭게도 프랑스 국왕 루이 13세가 어떤 식으로든 결판을 지으라는 식으로 독촉해 오는 중이었던지라, 프랑스군 수뇌부는 결국 수세에서 공세로 전환하는 실수를 저질러 버렸다.

처음에는 순조로웠다. 프랑스군의 측면 포위 공격에 겁을 먹은 한국군은 꼬리를 만 개처럼 릴 쪽으로 허겁지겁 퇴각했다. 아니, 퇴각이라기보다는 도망친다는 표현이 적당했다.

신이 난 프랑스군 수뇌부는 승기에 쐐기를 박을 목적으로 그동안 아끼고 아꼈던 기병 부대 1만여 기에 한국군을 앞질러 가 상대의 퇴로를 차단하라는 명령을 내리기에 이르렀다.

전장 왼편에 유럽에서는 보기 힘든 꽤 큰 야산이 있었기 때문에 프랑스군 기병 부대가 왼편을 크게 돌아 퇴로를 막는 동안, 이 사실을 전혀 알 리 없는 한국군은 그저 언덕과 야산 사이에 있는 퇴로를 빠져나가는 데 급급할 따름이었다.

프랑스군 기병 부대가 퇴로를 막는 순간, 프랑스군 수뇌부는 보병을 재촉해 포위망에 갇힌 한국군을 거세게 몰아붙였다.

그러나 프랑스군 수뇌부는 이 모든 일련의 과정이 이준성의 철저한 계획하에 이루어졌다는 사실을 꿈에도 모르고 있었다.

이준성은 야산과 언덕 사이에 난 퇴로에 들어가기 무섭게 청오공병여단장을 불러 지면에 지뢰 5호를 매설하란 명령을 내렸다. 그사이, 후방 야전 병원으로 이송 간 줄 알았던 병력은 야산과 언덕에 몰래 잠입해 기관총좌를 설치했다.

프랑스군을 속이기 위해 상처를 입은 것처럼 위장해 후방으로 보냈던 병력은 사실 진짜 부상병이 아니라 화우 기관총을 운영하는 지원 화기 중대 병사들이었다. 야간에 은밀히 기동한 그들은 언덕과 야산에 잠입해 기관총좌를 설치했다.

그리곤 그 위에 풀과 나뭇가지를 덮어 엄폐한 상태에서 프랑스군 기병이 야산과 언덕 사이의 길로 들어서길 기다렸다.

디스탱이란 이름을 사용하는 프랑스군 기병대장은 이 사실을 전혀 모르는 상태에서 휘하 기병에게 돌격을 지시했다.

야산과 언덕 사이에 난 길을 따라 신나게 달릴 때까지는 문제가 없었다. 그러나 한국군 후미가 시야에 잡히는 순간, 발밑에서 거품처럼 생긴 게 툭툭 튀어 올라오기 시작했다.

콰콰콰콰쾅!

거품은 곧 날카로운 폭음을 내며 폭발해 흙과 먼지, 돌덩이를 사방으로 쏟아 냈다. 거품이 만든 폭발에 휘말린 기병은 군마와 함께 나자빠져 바닥을 구르다가 움직임을 멈추었다.

폭발에 직접 휘말리지 않은 기병 역시 멀쩡하지 못했다. 거품은 폭발할 때 달궈진 쇳조각 수천 개를 뱉어 냈는데 그 쇳조각이 우산살처럼 넓게 퍼져 주변 10여 미터로 날아간 것이다.

프랑스군 기병 부대에선 풀 플레이트 갑옷을 걸친 기사를 찾아보기 쉽지 않았다. 갑옷을 꿰뚫는 화기가 점점 발전함에 따라 경무장한 일반 기병이 대세를 이뤘기 때문이었다.

그런 상황에서 달궈진 쇳조각은 인마 모두에게 치명적이었다. 곧 곳곳에서 군마와 기병이 비명을 지르며 바닥을 굴렀다.

후미에서 따라가던 디스탱은 급히 군마를 멈춰 세웠다. 그리고는 찢어질 것처럼 커진 눈으로 눈앞에 펼쳐진 광경을 믿을 수 없다는 듯 쳐다보았다. 앞에서 흙과 화염이 솟구쳐 오를 때마다 부하들이 군마와 함께 먼지 속으로 사라졌다.

그러나 디스탱 역시 위그노 전쟁 등에서 활약하며 산전수전 다 겪은 노련한 지휘관이었다. 애초에 디스탱이 뛰어난 인물이 아니었다면 이런 중차대한 임무를 맡지 못했을 것이다.

함정임을 직감한 디스탱은 급히 부하들에게 후퇴하라 명령했다. 아니, 도망치라 명령했다는 표현이 더 정확해 보였다.

대기병용 지뢰인 지뢰 5호에 상당한 손해를 보긴 했지만, 아직 궤멸적인 타격까진 아니었다. 여기서 병력을 수습해 전열을 정비할 수만 있으면 기회가 전혀 없는 것은 아니었다.

프랑스군 기병 부대는 고통에 몸부림치는 동료와 군마를 전장에 버려둔 상태에서 급히 기수를 돌려 왔던 길을 돌아 나갔다. 그러나 출구를 막 빠져나가려는 순간, 길 양쪽에 있는 언덕과 야산 위에서 주황색 화염이 빨랫줄처럼 날아들었다.

주황색 화염이 길 위를 지날 때마다 기병과 군마가 뿜어낸 수증기 같은 핏물이 꽃처럼 피었다가 다시 사라지곤 하였다.

이를 악문 디스탱은 부하들을 독려해 어떻게든 사신이 내려앉은 길을 빠져나가려 했다. 그러나 한국군 지원 화기 중대 기관총 사수들이 그들을 놔주지 않았다. 기관총 사수들은 미리 계획한 대로 교차 사격을 가해 도망칠 틈을 주지 않았다.

야산과 언덕 위에서 날아든 기관총 탄환이 마치 격자무늬를 그리듯 서로 교차해 그 안에 갇힌 프랑스 기병을 난자했다.

디스탱은 탄환에 맞을 때마다 팔과 다리, 머리가 홱홱 뜯겨 나가는 부하들을 보며 기겁했다. 한국군이 무슨 무기를 사용해 공격하는지는 몰랐지만, 악마의 무기임에 틀림없었다.

디스탱은 출구 앞에서 비처럼 쏟아지는 탄환을 보다가 입술을 깨물며 고개를 양옆으로 돌렸다. 언덕 정상과 야산 중턱에서 100여 미터 간격으로 화염과 같은 섬광이 번쩍였다.

한국군이 은폐, 엄폐를 잘해 놓은 탓에 적의 모습은 보이지 않았지만, 저 화염과 같은 섬광을 없애지 못하면 여기서 전멸할 수밖에 없었다. 그러나 야산 쪽은 일찌감치 포기했다.

야산은 경사가 가파른 데다 나무와 바위까지 많아 기병은 커녕 보병조차 올라가기 쉽지 않아 보였다. 그렇다면 언덕에 있는 한국군을 없앤 다음, 그쪽으로 피하는 수밖에 없었다.

언덕은 가장 높은 정상이 2, 30미터에 불과했다. 또, 완만한 구릉으로 이루어져 있어 기병이 충분히 올라갈 수 있었다.

디스탱은 급히 남은 병력을 수습해 언덕으로 올라갔다. 다행히 한국군은 출구 쪽을 차단하느라 그쪽은 신경 쓰지 않았다.

그러나 언덕을 반쯤 올랐을 때, 발밑에서 또 한 번 거품 같은 게 터져 나왔다. 한국군이 언덕 위에 지뢰 5호를 깔아 둔 것이다. 다시 수십 명이 넘는 기병이 지뢰 5호에 당해 나가떨어졌다. 프랑스군 기병은 겁에 질려 기수를 급히 돌렸다.

한데 그때 디스탱이 돌아서는 기병 앞을 막아서며 그들이 안심할 만한 이야기를 해 주었다. 한국군이 매설한 지뢰는 소모성 무기라 한번 터지면 다신 폭발하지 않는단 이야기였다.

이에 약간 안심한 프랑스군 기병은 다시 언덕 위로 질주했다. 그러나 이번엔 눈을 멀게 하는 섬광과 함께 땅 전체가 뒤흔들리는 폭발이 일어나 프랑스군 기병 부대를 주저앉혔다.

한국군이 기관총좌 앞에 은철뢰를 대량으로 매설해 둔 것이다. 거기다 기관총좌를 지키는 병력이 굴속에서 튀어나와 뇌격과 천뢰 5호 등을 던지며 기습을 가해 오는 통에 프랑스군 기병 부대의 언덕 점령 계획은 처절한 실패로 끝났다.

그러나 디스탱은 끝까지 포기하지 않고 겁에 질린 부하들을 계속 독려했다. 디스탱은 어차피 죽을 거라면 도살장에 끌려온 소처럼 상대가 죽여 주길 기다리는 것보다 용감하게 적과 싸우다 죽는 게 훨씬 더 명예롭다는 주장을 펼쳤다.

그러나 그 디스탱마저 얼마 가지 못해 한국군이 발사한 뇌격 탄환에 벌집으로 변해 쓰러졌다. 명령을 내리는 지휘관이 죽으면 병사들은 세 가지 중 하나를 선택하기 마련이었다.

첫 번째는 분노해 더 강하게 공격하는 것이었고, 두 번째는 흩어져 도망치는 것이었다. 그리고 마지막 세 번째는 항복하는 것이었다. 그러나 지금은 첫 번째, 두 번째 방법을 선택할 수가 없었다. 더 강하게 공격하는 것은 더 빨리 죽는 것을 택하는 방법이었다. 그리고 한국군 기관총 사수가 출구를 봉쇄하고 있는 상황에서는 도망칠 방법 또한 없었다.

결국 살아남은 프랑스군 기병 3,000여 명은 들고 있던 무기를 바닥에 버리거나, 아니면 두 팔을 높이 들어 올려 저항하지 않겠다는 신호를 보냈다. 한국군이 항간의 소문처럼 악랄하다면 항복한 병사마저 학살할 수 있었기 때문에 프랑스군 기병의 얼굴은 긴장감으로 인해 파랗게 질려 있었다.

그러나 한국군은 소문처럼 아주 악랄하지는 않았다. 항복 의사를 전달하는 순간, 지옥에서 들려오는 종소리나 진배없던 기관총 총성이 뚝 그쳤다. 그리고는 둥그런 철모와 군복 위에 나뭇가지를 꽂은 한국군이 튀어나와 그들을 제압했다.

프랑스군 수뇌부가 야심 차게 준비한 작전이 6,000명이란 엄청난 사상자를 낸 상태에서 실패로 돌아가는 순간이었다.

한편, 프랑스군 기병 부대가 너무 빨리 무너지는 바람에 다른 전선에 있는 프랑스군은 아직 그 소식을 전해 듣지 못했다.

그저 기병 부대가 뒤에서 나타나길 기다리며 한국군을 맹렬히 공격해 갈 따름이었다. 한데 그쪽 역시 상황이 급변했다.

기관총을 보유한 지원 화기 중대를 이용해 프랑스군 기병 부대를 함정에 빠트리는 데 성공한 이준성은 이완을 불러 물었다.

"방포하는 데 얼마나 걸릴 것 같은가?"

"20분은 필요하옵니다."

이준성은 손목시계의 시간을 확인해 본 후에 고개를 저었다.

"20분은 너무 기네. 15분으로 줄이게."

입술을 깨물며 고민하던 이완은 결국 고개를 끄덕였다.

"알겠사옵니다. 15분 안으로 방포를 마치겠사옵니다."

"좋아."

이준성의 허락을 받은 이완은 바로 참모들과 함께 뒤쪽으로 뛰어갔다. 15분 안에 방포를 마치려면 지금부터 개 발에 땀 나듯 뛰어야 했다. 이준성은 그사이 반원 형태의 강력한 방어진을 구축해 사방에서 덮쳐 오는 프랑스군을 막아 갔다.

한국군은 이미 전투를 수십 차례 경험한 직업 군인으로 이루어져 있었기 때문에 급박한 상황에서도 침착하게 대응할 수 있었다. 시간이 주는 압박감은 누구에게나 똑같이 적용되지만, 실행하는 주체가 누군지에 따라 결과물이 달라졌다.

베테랑으로 이루어진 한국군은 그런 면에서 아주 훌륭한 결과물을 생산해 냈다. 비록 첫 번째 전선은 5분 만에 무너지긴 했지만 두 번째 전선은 10분 이상 버텼고, 세 번째 전선은 적을 막아서는 것을 넘어 다시 밀어내기까지 하였다.

이준성은 손목시계의 시간을 다시 확인했다. 이완이 약속한 15분에서 2분이 더 지나 있었다. 이준성은 미간을 찌푸리며 천궁포병여단이 있는 후방을 보았다. 그러나 막 전령을 그쪽으로 보내려 할 때, 익숙한 포성이 귓가를 간지럽혔다.

마침내 방포를 마친 천궁포병여단이 화룡탄을 쏘아 올린 것이다. 한국군 머리 위를 지나간 화룡탄이 프랑스군 진형 위에 정확히 명중하며 화염과 연기, 먼지 등을 피워 올렸다.

프랑스군은 한국군이 포탄을 발사하는 모습을 지켜보며 크게 당황했다. 포탄에 실제로 입은 피해보다 정신적인 피해가 더 심할 정도였다. 프랑스군이 공세로 나선 이유 중 하나는 한국군이 포탄을 모두 소진했을 거란 확신 때문이었다.

한데 한국군을 끝장내려는 순간, 이젠 볼 일이 없을 거라 믿은 포탄이 재차 등장했다. 이는 프랑스군에 어마어마한 충격을 주는 사건이었다. 순간적으로 전선 전체가 쥐죽은 듯 조용해진 가운데 포성만 들리는 것 같은 느낌마저 들었다.

프랑스군 역시 급히 끌어온 야포로 반격했다. 그러나 화룡탄이 프랑스군 포병 위에 떨어진 후에는 그마저도 쉽지 않았다.

이준성은 거기서 그치지 않고 백뢰로 소이탄을 발사하게 하였다. 곧 프랑스군 진형 위에 화룡탄이 만들어 낸 붉은색 화염 위로 소이탄이 만들어 낸 주황색 불길이 더해졌다.

◆ ◈ ◆

프랑스군 진형 안에서 몸에 불이 붙은 병사 수백여 명이 고통에 몸부림치며 죽어 나갔다. 그리고 화룡탄 파편에 맞아 생긴 부상자는 일일이 다 세기가 불가능할 정도로 많았다.

반면, 홍염해병군단이 지키는 전선 쪽에서는 뇌격 탄환 클립이 튕겨 나가는 소리가 쉴 새 없이 이어졌다. 치열한 전투를 펼친 부대는 벌써 두 번째 탄약을 보급받는 중이었다.

해병대원은 전투 직전에 5발이 들어 있는 탄환 클립 100개를 보급받았다. 즉, 500발 넘게 보급받았단 뜻인데 이마저도 부족해 1,000발이 넘는 탄약을 보급받는 부대까지 있었다.

다행히 뇌격은 구조가 단순하면서도 아주 튼튼한 덕에 고장 나는 뇌격은 그중 10퍼센트에 지나지 않았다. 1,000발을 쏘고도 고장률이 10퍼센트란 것은 아주 좋은 총기임을 뜻했다.

이준성은 참호 위에 올라가 뇌격의 방아쇠를 연신 당겼다. 속사로는 이준성을 따라올 자가 없어 탄환 클립이 팅 소리를 내며 튀어 오르는 순간, 이미 그의 왼손은 탄환 클립이 들어 있는 탄약 주머니를 향하고 있었다. 이준성은 새 탄환 클립을 재빨리 장전한 다음, 코킹해 방아쇠를 당겼다.

포격에 놀라 도망치던 프랑스군이 등에서 피를 뿌리며 쓰러졌다. 등을 보인 상대에게 총질하는 것이 중세 기사도에 어긋날지 모르지만, 현대전에서는 자주 일어나는 상황이었다.

세 번째 탄환 클립까지 소진한 이준성은 네 번째 탄환 클립을 장전하며 전방을 둘러보았다. 곳곳에서 불길과 연기가 솟았다. 그리고 불과 얼마 전까지 방어선을 공격하던 프랑스군은 시체로 누워 있거나, 아니면 뒤로 도망치는 중이었다.

이준성은 뒤쪽을 돌아보며 손을 크게 저었다. 잠시 후, 천궁포병여단과 박격포 중대가 포격을 멈추었는지 포성이 잦아들기 시작했다. 포성이 그치길 기다린 그는 바로 뇌격에 총검을 끼워 넣은 다음, 주변을 돌아보며 큰소리로 외쳤다.

"전군 돌격!"

해병대원은 마치 그 말만을 기다려 왔다는 듯이 며칠 굶은 사자 무리처럼 우리를 뛰쳐나와 도망치는 프랑스군을 사냥했다.

프랑스군이 많을 때는 지향 사격 자세를 취한 뇌격으로 숫자를 줄여 나갔다. 그리고 프랑스군이 혼자일 때는 착검한 뇌격으로 찔러 갔다. 프랑스군은 대체로 해병대원보다 머리 하나는 더 있을 정도로 건장한 체격을 지니고 있었다.

그러나 완력 면에서는 해병대원을 뛰어넘지 못했다. 해병대원은 이준성이 만든 정교한 체력 훈련 프로그램을 이용해 신체를 단련해 왔기 때문에 힘이 더 세고 동작은 더 재빨랐다.

프랑스군이 휘두른 세이버를 뇌격으로 밀어낸 해병대원 하나가 체중을 앞에 실은 상태에서 뇌격을 길게 찔러 갔다.

뇌격에 장착한 강철 총검이 프랑스군 가슴팍을 그대로 꿰뚫었다. 프랑스군이 신음을 내뱉으며 괴로워하는 순간, 해병대원은 총검을 옆으로 크게 비튼 후에 힘을 주어 빼냈다.

그렇게 하면 상처가 크게 벌어져서 치료하기가 더 어려워졌다. 잔인하지만 아주 효과적인 방법으로 해병대 신병 훈련소에 입소하면 가장 먼저 배우는 백병전 기술 중 하나였다.

해병대가 숨이 턱에 찰 때까지 프랑스군을 추격했을 때였다. 마침내 그들을 도와줄 진짜 추격 부대가 모습을 드러냈다.

바로 김덕령이 지휘하는 천마기동여단이었다. 지금까지는 천마기동여단이 활약할 상황이나 전투가 없었기 때문에 그들은 말에서 내려와 평범한 보병처럼 싸울 수밖에 없었다.

그런 그들에게 마침내 기병으로 돌아갈 수 있는 임무가 하나 떨어졌다. 바로 도망치는 프랑스군을 추격해 섬멸하란 임무였다. 김덕령을 위시한 천마기동여단은 해병대가 프랑스군을 추격하며 적의 발길을 붙잡는 동안 재빨리 보병에서 기병으로 전환한 다음, 해병대와 교대하기에 이르렀다.

그러나 천마기동여단의 추격 방법은 해병대와 크게 다르지 않았다. 프랑스군이 멀리 있을 때는 뇌반으로 사격했고, 가까이 있을 때는 세이버를 뽑아 목이나 등을 베어 갔다.

다만, 천마기동여단의 속도가 훨씬 빠르다는 게 해병대와 다른 점일 따름이었다. 천마기동여단은 해병대가 1시간에 걸쳐 이룬 성과를 불과 10분 만에 달성했다. 그리곤 도망치는 프랑스군을 계속 추격해 마침내 섬멸하는 데 성공했다.

릴 남서쪽 10킬로미터 지점에 있는 아라스에서 출발한 천마기동여단은 프랑스군을 추격하며 아미앵이란 도시에 이르렀다. 아미앵은 프랑스 파리와 100여 킬로미터밖에 떨어져 있지 않았기 때문에 프랑스 전역에 충격을 가져다주었다.

천마기동여단이 아미앵을 접수하는 동안, 이준성은 나머지 부대를 수습해 진격했다. 그러나 천마기동여단이 있는 아미앵으로 가는 것은 아니었다. 이준성의 목표는 아미앵이 아니라 파리였다. 천마기동여단처럼 아라스에서 출발하기는 했지만, 파리로 이어진 도로를 따라 바뽐므, 뻬혼느, 후와, 콩피에뉴, 크헤이를 거쳐 파리 턱밑인 생드니에 입성했다.

리슐리외는 아미앵에 있는 천마기동여단의 파리 입성을 저지할 목적으로 그쪽으로 3만 명이 넘는 병력을 파견했다. 기병 부대의 속도라면 적어도 닷새 안에는 파리에 입성할 수 있기 때문이었다. 그러나 리슐리외는 허를 찔리고 말았다.

이준성은 천마기동여단을 미끼로 삼아 파리에 있는 수비병 대부분을 빼낸 다음, 바람같이 기동해 생드니에 입성했다.

리슐리외는 즉시 아미앵으로 가던 병력에 빨리 귀환하여 파리를 수호하란 새 명령을 내렸다. 그러나 병력이 돌아서서 파리로 복귀하려는 순간, 천마기동여단에게 기습을 받아 뜻을 이루지 못했다. 이준성에게 또 한 번 당한 셈이었다.

풍전등화의 위기에 처한 파리는 그야말로 아비규환이 따로 없었다. 한국군이 쳐들어오기 전에 안전한 남쪽으로 도망치려는 시민과 동양에서 온 야만족에게 수도를 넘겨줄 수 없다며 끝까지 저항하려는 시민 사이에 내분까지 발생했다.

파리는 지금까지 다른 민족이나 다른 나라의 군대에 정복당한 역사가 없었다. 우선 로마 제국은 파리란 도시를 처음 건설한 국가이지, 기존에 있던 파리를 점령한 것이 아니었다.

로마 제국은 갈리아족 중 하나인 파리시족을 굴복시키고 그들이 살던 지역에 요새를 건설했는데, 그 요새가 지금의 파리였다. 그리고 프랑크 왕국을 만든 클로비스 1세가 파리를 수도로 정한 후에는 프랑스인의 자부심을 드러내는 도시였다.

물론 센강으로 쳐들어온 바이킹을 돌려보내기 위해 막대한 조공을 바친 굴욕도 있었고, 백 년 전쟁 때는 오를레앙과 부르고뉴가 내전을 벌여 파리를 피로 물들인 사건도 있었다.

또, 최근에 벌어진 위그노 전쟁 때는 가톨릭교도가 신교도인 위그노를 학살하는 성 바르톨로메오 축일의 학살이 벌어지긴 했지만 다른 민족에게 파리를 내준 적은 한 번도 없었다.

한데 한국군에 겁을 집어먹은 파리 시민 일부가 도망치려 들었기 때문에 자긍심 높은 파리 시민이 이를 막아선 것이다.

특히 도망치려는 시민 상당수가 지체 높은 귀족과 부유한 상인들이었기 때문에 파리 시민을 더 분노하게 하였다

결국 남아서 항전하자는 쪽이 승리해 끝내 파리 전체를 봉쇄하는 결과로 이어졌다. 즉, 한국군과의 전쟁이 어떤 식으로든 결판나기 전에는 들어오지도, 나가지도 못하는 것이다.

생드니의 높은 첨탑 위에 올라가 이 모습을 지켜보던 이준성은 감탄한 표정으로 고개를 크게 끄덕였다. 확실히 프랑스는 유럽의 다른 나라에 비해 특이한 점이 많은 국가였다.

아니, 엄밀히 말하면 프랑스에 영국까지 합쳐서 특이한 점이 많은 국가라 보는 게 맞았다. 영국은 마그나카르타, 청교도 혁명, 명예혁명, 권리 장전 등으로 이어지는 일련의 과정을 통해 시민이 만든 의회가 군주를 대신해 국가를 통치하는 입헌 군주제란 독특한 정치 체제를 완성하는 데 성공했다.

또, 프랑스는 프랑스 대혁명을 통해 왕은 신으로부터 왕권을 부여받은 존재가 아니라, 왕이 국가를 안정적으로 통치할 수 있도록 왕과 시민 사회가 일종의 계약을 맺은 것에 불과하다는 혁명적인 사상을 전 세계에 전파하는 데 성공했다.

이는 왕이 정치를 잘못하면 시민 사회가 그 계약을 파기, 즉 왕을 끌어내리고 새 왕을 옹립할 수 있단 뜻이었다. 그리고 거기서 한발 더 나아가 아예 왕이란 직책을 없앤 다음, 시민 사회가 중지를 모아 국가를 운영할 수 있음을 뜻했다.

다시 말해 지금 대부분의 나라가 표방하는 민주주의의 개념이 이때 거의 처음 만들어진 것이라 할 수 있었다. 물론 그러한 사상을 가장 잘 받아들인 국가는 바로 미국이었다. 영국의 식민지로 있는 동안, 의회의 개념을 배운 미국은 프랑스의 혁명 정신을 이어받아 지금의 미국을 만들어 냈다.

프랑스 대혁명이 일어나려면 아직 150년을 더 기다려야 하지만 프랑스 국민의 기질은 이때도 비슷했는지, 루이 13세나 리슐리외의 명령을 받는 게 아니라 자신들이 먼저 나서서 결사 항전을 주장했다. 그리고 그 주장을 결국 관철시켰다.

그러나 파리 시민이 무턱대고 결사 항전을 주장하는 것은 아니었다. 파리 시민들 역시 나름대로 믿는 구석이 있었다.

전장에 화기가 속속 등장함에 따라 기존에 있던 요새와 성벽이 더는 적을 효과적으로 막아 주지 못했다. 기존에 있던 요새와 성벽은 궁수를 조밀한 지역에 많이 배치하기 위해 교회 첨탑처럼 높게 짓는 게 특징이었다. 그러나 높게 지으면 지을수록 머스킷과 야포의 공격에 취약할 수밖에 없었다.

첨탑처럼 우뚝 솟은 성채는 훌륭한 표적 그 이상도, 그 이하도 아니었던 탓이었다. 이에 이탈리아에서 먼저 새로운 형태의 성채가 등장하기 시작했다. 이탈리아인은 적의 야포와 머스킷 공격을 막기 위해 성채의 높이를 대폭 낮추었다.

또, 야포로 발사한 철환에 무너지지 않도록 성벽을 아주 두껍게 건설했으며, 그 형태 또한 별이나 불가사리 모양을 띠었다.

성채를 별이나 불가사리 형태로 만들면 사각이 줄어들어 농성이 훨씬 수월해졌다. 그리고 한 번에 투입할 수 있는 병력 역시 많아져 수에서 앞서는 이점 역시 취하기가 쉬웠다.

이를테면 이전엔 성문처럼 중요한 곳에나 건설하던 옹성을 사방에 건설해 적의 공성 능력을 떨어트리기 시작한 것이다.

마지막으로 성 외곽에 해자처럼 깊은 골짜기를 만들기 시작했다. 깊은 골짜기를 만들면 적은 지상보다 훨씬 낮은 위치에서 위에 있는 성벽을 올려다보며 공격할 수밖에 없었다.

즉, 성채를 위협하는 가장 큰 적인 적군의 포병이 성벽을 제대로 포격하지 못하도록 강제한 것이다. 이 시기의 야포는 거의 다 직사포였기 때문에 골짜기 안에서는 포각이 나오지 않아 상대방의 요새나 성을 제대로 포격할 수 없었다.

이런 식의 요새를 영어로 스타 포트라 불렀다. 말 그대로 별을 닮은 요새란 뜻이었다. 한데 프랑스에는 이 스타 포트를 제대로 만들 줄 아는 장군이 한 명 있었는데, 바로 보방식 요새로 유명한 세바스티앙 르 프레스트르 드 보방이었다.

보방은 당연히 프랑스의 수도를 보호하기 위해 자신의 철학이 담긴 보방식 성벽을 만들어 파리 전체를 감쌌다. 그리고 파리 시민들은 보방이 만든 성벽을 철석같이 믿고 있었다.

한국군의 공격 방식이 야포에 크게 의존한단 점을 생각하면 파리 시민이 자신감을 가지는 이유를 이해할 수 있었다. 보방식 요새는 야포를 막는 데 특히 뛰어나기 때문이었다.

성난 프랑스 민중이 파리를 지켜 주는 성벽으로 집결하는 모습을 첨탑 위에서 지켜보던 이준성은 고개를 절레절레 저었다.

보방식 요새가 사라진 이유는 하나였다. 바로 전장에 곡사포가 등장했기 때문이었다. 직사포는 물리적인 한계로 인해 성벽 너머를 공격할 수 없지만, 곡사포는 아니었다. 곡사포는 포각을 조정하면 포탄을 성벽 안으로 날릴 수 있었다.

더욱이 한국군은 이미 직사와 곡사가 모두 가능한 홍뢰를 다량으로 보유한 상태였다. 아마 프랑스군은 한국군에 관해 조사하기는 했지만, 한국군 포병이 어떤 무기로, 어떤 식으로 싸우는지까지는 자세히 알아내지 못한 것 같았다.

제대로 알았다면 파리에 처박힐 게 아니라 광활한 프랑스 영토를 활용해 최대한 시간을 끌거나, 아니면 항복했을 것이다.

그러나 프랑스는 항복을 권하는 사신을 쫓아냈을 뿐만 아니라 광활한 영토를 이용해 장기전을 벌이지도 않았다. 그저 보방식 요새에 의지해 한국군의 공격을 막으려고만 들었다.

이준성은 천년이 넘는 역사를 가진 파리를 포격하는 게 마음에 들지 않기는 했지만 다른 방법이 없는 탓에 명령을 내렸다.

"시작하라!"

잠시 후, 생드니에 자리 잡은 천궁포병여단이 포각을 한껏 높인 홍뢰 수십 문을 발사해 마침내 파리 시내를 포격했다.

곧 파리 시내 곳곳에서 불길이 크게 번지며 연기가 치솟았다. 당황한 상대가 성벽에 배치한 요새포를 발사했지만, 그들이 발사한 쇳덩어리 포탄은 한국군 진채에 닿지 못했다.

프랑스군이 사용하는 요새포와 천궁포병여단이 사용하는 홍뢰는 유효 사거리에서만 거의 수백 미터 넘게 차이 났다.

유서 깊은 도시인 파리는 첫날에만 화룡탄 300발을 얻어맞아 말 그대로 불타올랐다. 불길이 얼마나 거센지 해가 진 이후에도 불야성처럼 파리 전체가 불길에 휩싸여 있을 정도였다.

프랑스군과 파리 시민이 밤을 새워 가며 진화에 나섰지만 바람만 살짝 불어도 불을 끈 자리에 새 불씨가 생겨나곤 하였다. 꺼도 꺼도 계속 되살아나는 불 때문에 잠을 잘 수 없었다.

지옥 같은 첫날밤을 보낸 파리 시민은 왕궁에서 흘러나온 소식 때문에 다시 분노해 루이 13세에게 대면을 요청했다. 루이 13세와 리슐리외가 작당해서 곧 한국군에 항복할 것이란 괴소문이 파리 전체에 급속도로 퍼져 나간 탓이었다.

실제로 리슐리외는 파리 시민이 모인 왕궁 앞에 직접 출두해 자신이 루이 13세에게 항복할 것을 설득했다고 자백했다.

여기서 더 싸우는 건 쓸데없는 희생만 부른단 이유였다.

그러나 자부심 높기로 유명한 파리 시민은 굴복을 거부하고 끝까지 결사 항전을 펼칠 것을 주장했다. 만일 루이 13세가 시민들의 요구를 받아들이지 않으면 반란이 일어난 조짐마저 보였다. 결국, 루이 13세와 리슐리외는 항복을 철회하고 계속 항전하겠단 내용을 발표하며 파리 시민의 분노를 가라앉혀야 했다.

한국군이 어제처럼 야포로 포격을 해 오면 속절없이 당하긴 마찬가지지란 생각에 프랑스군과 시민이 자원해 만든 파리 의용군은 성벽을 나가 한국군과 정면 대결을 펼치기로 하였다.

이튿날 오전, 일제히 성문을 열어젖힌 프랑스군과 파리 의용군 수만 명은 생드니 등에 포진한 한국군을 향해 돌격했다.

수만 명이 파리를 지키기 위해 일제히 돌격하는 광경은 놀라움을 넘어 장엄하기까지 하였다. 그들이 걸음을 디딜 때마다 땅이 흔들렸고 함성을 지를 때마다 대기가 웅웅 울렸다.

생드니 첨탑 위에서 그 모습을 지켜본 이준성은 고개를 살짝 저은 후에 손을 들어 올려 공격을 개시하란 명령을 내렸다.

가장 먼저 천궁포병여단이 돌격해 오는 프랑스군과 파리 의용군을 향해 홍뢰를 발사했다. 얕은 포물선을 그린 화룡탄이 날아들어 프랑스군과 파리 의용군을 뭉텅이로 쓰러트렸다.

포병 다음으론 해병대가 보유한 박격포 중대가 포문을 열었다. 백뢰로 발사한 백뢰탄과 소이탄이 비 오듯 쏟아졌다.

거기다 참호 안에서 대기하던 해병대원 수천 명이 뇌격과 천뢰 5호로 공격을 가했고, 첨탑이나 지붕 등에 올라간 저격 중대 병사들은 화려한 군복을 입은 장교를 골라 저격했다.

500여 미터를 전진하기 위해 수천 명을 희생한 프랑스군과 파리 의용군이 마침내 참호 앞에 이르렀을 때였다. 참호 뒤쪽 높은 지대에 감춰져 있던 화우 기관총이 불을 뿜었다.

기관총이 탄환을 쏟아낼 때마다 피와 살점이 하늘을 뒤덮었다.

◆ ◈ ◆

프랑스군과 파리 의용군이 한국군에게 돌격하는 게 얼마나 멍청한 짓인지 깨달았을 무렵에는 이미 상황이 끝나 있었다.

파리 성문과 생드니에 있는 한국군 진채 사이에는 적게 잡아도 수천 명이 넘는 시체가 굴러다녔다. 수천 구의 시체에서 흘러나온 피가 말 그대로 시냇물을 이루어 콸콸 흘러갔다.

또, 피 냄새와 화약 냄새, 사람들이 죽어 가며 쏟아 낸 배설물 냄새가 뒤섞여 전장에서만 맡을 수 있는 악취를 뿜어냈다.

간신히 살아남은 프랑스군과 파리 의용군은 망연자실한 표정으로 주위를 둘러보았다. 시체 때문에 발을 디딜 곳이 없을 정도였다. 생존자들은 멍한 시선으로 주변을 둘러보았다.

원래 아드레날린이 몸과 정신을 지배할 때는 두려운 것도 없고 고통도 잘 느끼지 못한다. 그러나 아드레날린이 빠져나간 후엔 전에 느끼지 못했던 것들이 몇 배의 강도로 덮쳐 오곤 한다. 프랑스군과 파리 의용군 대부분이 그런 상태였다.

사람들이 도저히 어찌할 방법이 없는 이런 끔찍한 상황에 부닥쳤을 때 보이는 반응은 제각각인 경우가 많았다. 보통은 울부짖거나 머리를 쥐어뜯으며 괴로워하기 마련이었다.

그리고 남보다 비위가 약한 사람들은 눈앞에 어지럽게 널려 있는 피와 살점, 찢어진 팔다리와 내장, 그리고 거기서 풍겨 오는 끔찍한 악취의 홍수를 견디지 못하고 구토를 해 댔다.

또, 어떤 이들은 망연자실한 표정으로 멍하니 서서 주위를 하염없이 둘러보거나 두려움에 질려 얼굴색이 변하곤 하였다.

한데 그들에게는 한 가지 공통적인 감정이 존재했다. 그것은 무력감이었다. 그리고 그 무력감은 곧 저항을 포기하게 만드는 결정으로 이어졌다. 누가 먼저 무기를 버렸는진 상관없었다. 지옥에서 살아남은 프랑스군과 파리 의용군 전부가 바닥에 무기를 버린 다음, 항복하겠다는 의사를 전해 왔다.

파리 성벽 위에서 프랑스군과 파리 의용군 수천 명이 순식간에 죽어 나가는 모습을 지켜본 다른 시민들 역시 뾰족한 수가 없는 탓에 곧 성문 위에 하얀색 깃발을 높이 달았다.

얼마 후, 프랑스 대표단이 밖으로 나와 한국군 수뇌부와 항복 협상을 벌였다. 프랑스 대표단이 요구하는 건 세 가지였다.

첫 번째 요구는 파리를 약탈하지 말아 달라는 것이었다. 그리고 두 번째 요구는 일반 시민에게 위해를 가하지 말아 달란 부탁이었다. 그리고 마지막 세 번째는 루이 13세의 신변 안전을 보장해 달라는 것이었다. 이준성은 바로 승낙했다.

이준성은 부하들에게 포로를 부려서 엉망으로 변한 전장을 수습하게 한 다음, 해병 1여단만 대동한 상태에서 파리로 들어갔다. 아름다운 도시를 건설하는 데는 1,000년이 필요하지만, 그 아름다운 도시를 불태우는 데는 하루면 족했다.

연기를 피워 올리는 건물이 최소 수백 채가 넘었다. 또, 얼굴에 검댕이 묻은 어른과 아이들이 길가에 모여 증오가 담긴 눈빛으로 파리 시내를 통과하는 이준성 일행을 노려보았다.

"다른 전쟁은 몰라도 이번 전쟁만큼은 내가 일으킨 게 아니야."

고개를 절레절레 저은 이준성은 해병 1여단의 삼엄한 호위를 받으며 왕궁으로 향했다. 프랑스인 저격수가 길옆에 늘어선 건물에 숨어 저격을 시도하거나, 아니면 아예 대놓고 길에 뛰어들어 총을 쏠 수 있는 탓에 경호를 책임지는 낭환과 해병 1여단장 정봉수는 신경이 날카로워져 있었다.

다행히 무모한 짓을 하는 프랑스인은 없었다. 이준성은 루이 13세가 기다리는 왕궁에 무사히 도착했다. 왕궁 정문을 통과한 이준성 일행은 화재를 겪었던 것 같은 커다란 정원을 지나 아름답게 꾸며진 부르봉 왕조의 왕궁 현관에 도착했다.

루이 13세는 침통한 표정으로 산처럼 거대한 흑마 위에서 가볍게 몸을 날려 지상으로 내려온 거대한 체구의 중년 사내를 힐끔 쳐다보았다. 당연히 그 중년 사내는 이준성이었다.

잠시 후, 이준성은 왕궁 응접실에서 루이 13세와 대화를 나눴다. 그리고 둘 사이엔 대화를 통역할 통역관이 자리해 있었다.

이준성은 화려한 치장이 돋보이는 응접실을 칭찬하며 말했다.

"그래도 궁에는 큰 피해가 없는 것 같아 다행이오."

루이 13세는 쓴웃음을 지으며 대답했다.

"정원이 조금 불타기는 했지만, 그 외에 다른 피해는 없었소."

그때, 이준성이 상체를 앞으로 숙이며 진지한 어조로 말했다.

"이번 전쟁은 프랑스의 선공으로 일어난 전쟁이오."

"이번 전쟁에 우리의 잘못이 좀 더 크단 점은 나뿐만이 아니라 프랑스 고위 관료들 역시 어느 정도 인정하는 바이오."

이준성은 미소를 지으며 고개를 끄덕였다.

"그렇다면 다행이오."

루이 13세가 내키지 않는다는 표정으로 물었다.

"우리가 귀국에 어떻게 보상을 했으면 좋겠소?"

이준성은 어깨를 으쓱거리며 대답했다.

"미리 걱정할 필요 없소. 우린 프랑스를 어떻게 해 볼 생각으로 파리까지 온 게 아니니까. 그저 약간의 배상과 함께 책임자 처벌만 요구할 거요. 그 정도는 감수할 수 있지 않겠소?"

이준성은 요구사항이 적힌 문서를 루이 13세에게 건넸다. 프랑스어로 적혀 있었기 때문에 루이 13세가 글을 읽지 못하거나 난독증을 앓지 않는다면 내용을 쉽게 알아볼 수 있었다.

문서를 읽던 루이 13세는 처음에는 기뻐하다가 나중에는 미간을 잔뜩 찌푸렸다. 문서 앞장에는 루이 13세의 예상치보다 훨씬 적은 배상액이 적혀 있었다. 루이 13세가 예상한 배상액의 거의 3분의 1에 불과해 자연스레 미소가 나왔다.

그러나 책임자 처벌을 요구하는 단락에 이르러서는 미간이 절로 찌푸려졌다. 다른 사람은 그렇다 치더라도 리슐리외 추기경을 사형하란 요구는 받아들이기 쉽지 않은 문제였다.

루이 13세가 문서를 탁자 위에 내려놓으며 말했다.

“다른 건 다 괜찮지만, 리슐리외 추기경을 죽이란 요구는 받아들일 수 없소. 애초에 이번 일은 리슐리외 추기경이 꾸민 게 아니오. 그는 그저 군부의 요구를 수용했을 뿐이오.”

이준성은 미소를 지었다.

“지금 나에게 프랑스 군부가 네덜란드 공화국의 프레데릭 헨리와 영국의 제임스 1세를 꼬드겨서 이번 전쟁을 일으켰다고 말하는 거요? 이 세상에 그 말을 믿어 줄 사람이 얼마나 있을 것 같소? 우리 속담에 3척 동자도 믿지 않을 거란 속담이 있는데 지금이 딱 그러한 짝이군. 프레데릭 헨리와 제임스 1세가 아무리 멍청해도 프랑스 군부가 하자는 대로 했을 리는 없지 않겠소? 최소 국왕인 당신이 그들에게 직접 부탁했거나, 아니면 재상인 리슐리외 추기경이 무언가 확답을 주었기 때문에 그들이 있는 돈 없는 돈 다 끌어모아 이번 전쟁을 일으킨 거 아니겠소? 날 너무 호구로 보지 마시오.”

흠칫한 루이 13세가 미간에 힘을 주며 물었다.

“당신 말에 일리가 있소. 내가 당신의 입장이었어도 그렇게 생각했을 테니까. 하지만 우리가 개입했단 뚜렷한 증거가 없는 이상, 이 모든 게 당신 머리에서 나온 억측이지 않소?”

이준성은 껄껄 웃었다.

“하하. 난 당신만큼이나 억측을 싫어하는 사람이오.”

이준성은 품에서 서류 한 뭉치를 꺼내 루이 13세에게 건넸다.

서류 위에 선명하게 찍혀 있는 부르봉 왕조 문장을 보는 순간, 루이 13세는 귀신을 본 사람처럼 흠칫 놀라 몸을 떨었다.

루이 13세는 서류 뭉치를 살펴보지 않아도 그 안에 뭐가 들어 있는지 알 수 있었다. 이건 그와 리슐리외가 프레데릭 헨리와 제임스 1세를 설득하기 위해 보낸 편지 중의 일부였다.

얼굴이 하얗게 질린 루이 13세가 더듬거리며 물었다.

"이, 이걸 어떻게 입수했소?"

"하하, 내가 사업상의 비밀을 다른 사람에게 알려 줄 것 같소?"

루이 13세는 일리가 있다는 생각이 들었는지 쓴웃음을 지었다.

사실, 이 서류들은 네덜란드 공화국과 영국에 잠입해 있는 은호원 요원이 빼낸 것들이었다. 최명길이 지휘하는 유럽지부는 현지인을 돈으로 포섭하거나, 아니면 약점을 찾아 협박하는 방법 등을 써서 수백 명이 넘는 첩보 요원을 양성했다.

첩보 조직은 점조직 형태로 이루어져 있어 그중 몇 명이 들켜도 조직엔 큰 피해가 없었다. 얼마나 비밀스러운지 첩보 요원끼리도 상대가 한국에 협력하는 요원인지 모를 정도였다.

결국, 루이 13세는 왕궁 시종장을 불러 명령했다.

"지금 당장 리슐리외 추기경을 체포해 데려오게."

"알겠사옵니다."

이준성은 시종장이 나가는 모습을 지켜보다가 피식 웃었다.

루이 13세가 이유를 모르겠단 표정으로 물었다.

"왜 웃는 거요?"

이준성은 손사래를 치며 더 크게 웃었다.

"하하, 아니오. 그냥 돌아가는 상황이 웃겨서 웃은 것뿐이오."

루이 13세는 더 모르겠다는 표정으로 이준성을 바라보았다.

왕궁과 30킬로미터 정도 떨어져 있는 어느 길 위에서 농부 복장을 한 동양 사내가 프랑스인으로 보이는 청년과 대화를 나누었다. 청년은 눈을 반짝거리며 파리 쪽을 가리켰다.

"이곳이 틀림없습니다. 왕궁에 있던 그자가 이곳으로 도망치는 것을 요원 몇 명이 육안으로 직접 확인까지 했으니까요."

"수고했네. 이건 수고비일세. 동료들과 나누어 가지게."

농부 복장을 한 동양 사내가 등에 짊어진 배낭 안에서 황금이 들어 있는 두둑한 주머니를 몇 개 꺼내 청년에게 건넸다.

"잘 쓰겠습니다."

대답한 청년은 이내 먼지가 뿌옇게 올라오는 황량한 들판 속으로 모습을 감추었다. 농부 복장을 한 동양 사내는 청년이 사라지는 모습을 끝까지 지켜보다가 손가락을 슬쩍 튕겼다.

잠시 후, 길 양쪽에 있는 관목 숲속에서 땅을 슬쩍 치는 소리가 들려왔다. 만족한 표정으로 고개를 끄덕인 동양 사내는 길이 내려다보이는 나무에 올라가 숨을 죽이고 기다렸다.

동양 사내의 정체는 바로 몇 달 전에 맹호특수전여단장으로 취임한 김준룡이었다. 그리고 김준룡이 보낸 신호에 응답한 사내들은 맹호특수전여단 1지역대 대원들이었다.

1지역대는 맹호특수전여단 대원 1,000여 명 중에서 정예만을 선발해 만든 특수 임무 부대였다. 말 그대로 특수 부대 속의 특수 부대였는데, 그들은 주로 납치, 암살, 테러, 요인 경호와 같은 임무를 수행했다. 오늘은 그중 납치 쪽에 가까웠다.

그로부터 1분쯤 지났을 때였다. 파리 방향에서 마차 다섯 대가 빠른 속도로 달려와 그들이 있는 곳을 통과하려 하였다.

한데 그때였다.

콰아앙!

맨 앞에서 달리던 마차가 굉음과 함께 산산조각이 나며 날아갔다.

당연히 두 번째 마차는 박살 난 마차의 잔해와 부딪히는 상황을 피하려고 속도를 급히 줄였다. 그러나 거리가 워낙 가까웠던 탓에 속도를 다 줄이기 전에 잔해와 충돌하고 말았다. 그리고 세 번째, 네 번째, 다섯 번째 마차 역시 차례대로 앞마차의 꽁무니를 들이받고 굉음을 내며 멈춰 섰다.

그때, 길 양쪽 관목 숲에 숨어 있던 1지역대 대원들이 번개처럼 튀어 나가 마차를 제압하기 시작했다. 마부들은 근처에 있던 칼과 권총을 이용해 정체불명의 적을 막으려 들었다.

그러나 마부가 칼과 권총을 손에 쥐기도 전에 나무 위에 올라가 잠복 중이던 1지역대 저격수가 쏜 탄환이 날아들었다.

1지역대 저격수들은 스코프와 긴 총열이 달린 천관으로 저격용 특수 탄환을 발사해 마부의 이마를 정확히 꿰뚫었다.

심지어 1지역대 저격수 네 명은 마부 네 명을 거의 동시에 저격하는 데 성공했다. 그리고는 재빨리 두 번째 탄환을 장전해 마부 옆자리에 앉아 있는 경호원을 추가로 저격했다.

마차에 탄 마부 4명과 경호원 4명이 머리에서 피를 흘리며 나가떨어지는 데 걸린 시간은 불과 5초에 불과했다. 그야말로 어하는 순간, 이미 상황이 끝나 있는 것과 마찬가지였다.

저격수가 위험 요소를 제거하는 동안, 마차에 접근하는 데 성공한 1지역대 대원들은 3명이 1조를 이뤄 행동했다. 즉, 3명으로 이뤄진 조 4개가 각자 마차 하나씩을 맡아 처리했다.

마차 옆문으로 접근한 각 조의 부조장이 어깨에 단단히 견착해 둔 뇌반으로 마차 안을 경계하며 문고리를 잡아당겼다.

그러나 안에서 누가 마차 문을 잠갔는지 열릴 기미가 보이지 않았다. 부조장이 수신호로 누가 안에서 문을 잠갔단 내용을 전달하는 순간, 다른 대원 하나가 주머니에서 천뢰 5호를 작게 축소한 것 같은 폭발물을 꺼내 문고리에 붙였다.

폭발물에 도화선을 연결한 대원은 조장과 부조장에게 피해 있으란 수신호를 보냈다. 조장과 부조장은 즉시 마차 옆으로 이동해 몸을 수그렸다. 잠시 후, 펑하는 소리와 함께 문고리에 부착해 둔 폭발물이 폭발했다. 그리고는 굳게 닫혀 있던 마차 문이 쿵하는 소리를 내며 바깥으로 홱 열렸다.

그 즉시, 조장과 부조장이 튀어 나가 어깨에 견착한 뇌반으로 마차 안을 겨누었다. 경호원으로 보이는 군인이 무기를 휘두르려다가 조장과 부조장이 쏜 탄환에 맞아 쓰러졌다.

마차 4대를 수색하는 일은 금방 끝났다. 잠시 후, 붉은색 추기경 복장을 걸친 리슐리외가 붙잡혀 길 밖으로 끌려 나왔다.

나무 밑으로 내려온 김준룡은 붙잡혀 온 리슐리외의 얼굴과 은호원이 제공한 리슐리외 초상화를 번갈아 살펴본 다음, 허리춤에서 연뢰를 뽑아 리슐리외의 머리를 겨누었다.

리슐리외가 프랑스말로 다급히 말을 걸었지만 알아들을 리 없는 김준룡은 무심한 얼굴로 연뢰 방아쇠를 힘껏 당겼다.

맡겨진 작전을 성공적으로 완료한 김준룡과 1지역대 대원들은 현장을 대충 수습한 다음, 파리 쪽으로 은밀히 이동했다.

한편, 그 시각 파리 왕궁에선 루이 13세가 초조한 모습으로 리슐리외가 도착하길 기다렸다. 그러나 잠시 후 나타난 시종장에 따르면 리슐리외는 이미 파리를 빠져나간 상태였다.

루이 13세가 낭패스러운 표정으로 입을 열었다.

"리슐리외 추기경은 이미 파리를 빠져나간 것 같소."

이준성은 상관없단 표정으로 루이 13세의 변명을 듣고 있다가 안으로 들어온 해병 1여단장에게 귓속말로 보고를 받았다.

"김준룡 장군이 임무를 성공적으로 마쳤단 보고를 해 왔사옵니다."

"알겠네."

이준성은 바로 일어나서 루이 13세에게 말했다.

"문서에 나와 있는 우리의 요구 조건을 성실히 수행하기만 하면 한국과 프랑스는 앞으로 사이좋게 지낼 수 있을 거요."

이준성은 그 말을 남기고 군대를 수습해 베네룩스로 돌아갔다. 프랑스 문제를 처리한 덕에 이제 대륙에서 한국과 프로이센 왕국의 동맹을 방해할 만한 요소는 모두 사라진 상태였다. 그러나 전쟁이 모두 끝난 것은 아니었다. 대륙은 정리했지만, 아직 도버 해협 건너에 영국이란 강적이 남아 있었다.

7장. 귀국

7장. 귀국

루이 13세는 뒤늦게 한국군 특수 부대가 리슐리외를 살해했단 사실을 알았지만, 그가 할 수 있는 일은 그다지 많지 않았다. 오히려 리슐리외를 죽인 한국군 특수 부대가 자신을 노리지 않았던 게 천만다행이란 생각마저 들 지경이었다.

한편, 베네룩스로 복귀한 이준성은 이번에 새로 얻은 네달란드 공화국의 영토를 한 차례 점검한 다음, 암스테르담에 새로 건설한 행궁에서 몇 달간 거주하며 다음 작전을 구상했다.

프랑스의 주요 항구를 포격해 프랑스 해군의 전력을 바닥까지 떨어트리는 데 성공한 한국 해군은 모항인 로테르담으로 돌아와 전열을 정비하는 중이었다. 날을 잡아 이순신 장군의 부고를 장병에게 알린 이준성은 각 부대와 관청에 당분간 조기를 게양해 장군의 업적을 기리란 지시를 내렸다.

프랑스와 네덜란드 공화국이 한국군의 반격에 속수무책으로 당하는 동안, 프로이센 왕국의 국왕 빌헬름은 이준성의 조언에 따라 신성 로마 제국을 통일하는 사업에 박차를 가했다.

빌헬름은 신성 로마 제국 국민에게 세 가지를 약속했다. 첫 번째는 종교의 자유였다. 그리고 두 번째는 신분제 철폐였으며, 세 번째는 중앙 집권화를 이룬 후에 법에 정해진 세금만 걷겠단 약속이었다. 신성 로마 제국 국민은 당연히 기뻐했다.

우선 종교의 자유를 약속한 게 가장 컸다. 신성 로마 제국이 이런 상황까지 몰린 데는 종교의 영향이 가장 컸기 때문이었다. 그동안 가톨릭 진영이 신교도, 특히 강경한 칼뱅파를 박해했기 때문에 덴마크, 스웨덴 등이 제국 내부의 문제에 간섭할 수 있는 빌미를 제공했다. 또, 가톨릭 진영이 구교 국가인 에스파냐에 지원을 요청하면 전쟁 규모가 커졌다.

그리고 영국, 프랑스처럼 직접 참전하지는 않았어도 뒤에서 은밀히 지원한 나라까지 합치면 말 그대로 유럽의 모든 나라가 신성 로마 제국의 이권을 차지하기 위해 덤벼든 것이다.

한데 빌헬름의 약속대로 국가가 종교의 자유를 보장하면, 이젠 더는 다툴 필요가 없었다. 수십 년간 신성 로마 제국을 전화의 소용돌이에 빠트린 전쟁 역시 끝날 수밖에 없단 뜻이었다. 전쟁이 지긋지긋해진 국민은 빌헬름의 약속을 믿고 빌헬름과 프로이센 왕국을 더 강하게 지지하기 시작했다.

그러나 신성 로마 제국 국민은 신분제 철폐나 중앙 집권화를 이룬 다음, 법으로 정해진 세금만 걷겠단 다른 약속은 믿지 않았다. 빌헬름 역시 어쩔 수 없는 귀족일 것이기 때문이었다. 신성 로마 제국 국민은 빌헬름이 한 다른 약속은 그들의 환심을 사기 위해 충동적으로 내뱉은 말로 치부해 버렸다.

그러나 빌헬름은 다른 약속마저 지켰다. 그가 점령한 영토에서 귀족제를 폐지했을 뿐 아니라, 강력한 중앙 집권화에 나서 영주나 왕가가 아닌 국가가 세금을 거두기 시작했다.

덕분에 인기가 하늘을 찌를 듯이 높아진 빌헬름은 반발하는 귀족을 제거한 후에 신성 로마 제국을 없애고 프로이센 왕국, 아니 프로이센 제국을 건국했다. 실제로 빌헬름은 수도로 정한 베를린에서 황제에 등극하는 성대한 대관식을 열었다.

이준성은 빌헬름의 간곡한 요청을 받고 베를린에서 열린 대관식에 참석했다. 이준성과 그를 수행하던 수행원 500명 전부가 각이 잡힌 정복을 입고 참석했기 때문에 제국 시민의 경외심과 두려움이 동시에 담긴 시선을 받아야 했다.

경외심이 담긴 눈빛을 보내는 이유는 동양의 이름 모를 나라에서 온 저 사람들이 빌헬름을 돕지 않았으면 오늘과 같은 경사가 없었을 거란 사실을 이젠 모두가 알기 때문이었다.

그리고 두려움이 담긴 눈빛을 보내는 이유는 저 사람들이 유럽 최강국에 속하는 에스파냐 제국, 프랑스 두 나라를 말 그대로 박살 내 버렸기 때문이었다. 심지어 그것도 상대보다 몇 배나 적은 병력을 동원해 이루어 낸 성과였기 때문에 자연히 두려움이 담긴 눈빛으로 그들을 쳐다볼 수밖에 없었다.

제국 시민들은 특히 이준성에게 많은 관심을 보였다. 그럴 수밖에 없었다. 웬만한 유럽 사내보다 체격이 더 좋은 이준성은 잡스러운 털이 전혀 섞이지 않은 거대한 흑마를 타고 베를린 시내에 등장했다. 옷차림은 더 특이했다. 그는 유럽에선 보기 힘든 몸에 꽉 붙는 하얀색 바지와 하얀색 와이셔츠, 하얀색 재킷을 걸쳤다. 그리고 재킷 위에는 검은색 가죽으로 만든 바람막이를 걸친 데다, 머리에는 검은색 가죽 챙이 달린 흰 모자를 착용했고 발에는 흰 구두를 신었다.

또, 모자와 어깨, 그리고 소매 끝에는 그가 한국의 국왕이란 사실을 알려 주는 커다란 별이 황금색 실로 수놓아져 있었다.

마지막으로 허리에 찬 검은색 벨트 양쪽엔 물소 가죽으로 만든 검은색 권총집과 황금 수실이 달린 세이버가 달려 있었다.

말 그대로 사람들을 압도하는 모습인지라, 한국 국왕의 행렬을 구경나온 많은 제국 시민에게 깊은 인상을 심어 주었다.

이준성은 가장 좋은 자리에서 빌헬름이 황제에 즉위하는 대관식을 지켜본 후에 빌헬름을 따로 만나 얘기를 나누었다.

이준성은 황제 등극 선물을 건네며 빌헬름에게 악수를 청했다.

"황제에 등극하신 것을 축하드리는 바이오."

빌헬름은 이준성이 내민 손을 두 손으로 잡으며 웃었다.

"하하, 고맙소. 사실 이곳에 우리만 있어 하는 얘긴데, 내가 제국을 세우고 황제가 될 수 있었던 것은 모두 귀공의 덕이 아니겠소? 오히려 감사를 드려야 할 사람은 짐일 것이오."

이준성은 소파에 앉아서 빌헬름과의 대화를 이어 나갔다.

"기세가 완전히 꺾인 합스부르크는 이제 오스트리아에서 나오기가 힘들 거요. 그리고 에스파냐 제국과 프랑스는 원기를 많이 상했기 때문에 당분간은 프로이센 제국을 건드리지 못할 것이오. 즉, 귀공이 크게 실정(失政)만 하지 않는다면 프로이센 제국은 앞으로 탄탄대로를 걸을 수 있다는 뜻이오."

빌헬름은 진지한 표정으로 고개를 몇 번 끄덕였다.

"귀공의 조언을 가슴 깊이 새기고 절대 어기는 일이 없도록 하겠소. 한데 한국이 영국을 칠 거란 소문이 정말 사실이오?"

이준성은 솔직하게 대답했다.

"사실이오."

"귀국이 영국을 치는 일을 우리도 돕겠소. 비록 우리 제국군이 한국군보다 여러 면에서 부족하긴 하지만 옆에서 도와주는 것 정돈 충분히 할 수 있소. 부디 거절하지 말아 주시오."

이준성은 단호한 표정으로 고개를 저었다.

"그럴 필요 없소. 영국은 우리 힘으로 충분히 해결할 수 있소. 그보다 내부를 정비하는 일에 힘쓰도록 하시오. 귀국의 진짜 적은 해협 너머에 있는 영국이 아니라 북방에 있으니까."

빌헬름은 약간 긴장한 표정으로 물었다.

"북방이라면 스웨덴이나, 폴란드-리투아니아를 말하는 것이오?"

이준성은 고개를 저었다.

"폴란드-리투아니아는 적보다 친구로 만드는 게 좋소. 그리고 스웨덴은 적당히 상대해 주시오. 그들이 지금 전성기이긴 하나 외부 요인 때문에 그 전성기가 길진 않을 것이오."

빌헬름은 의미심장한 눈빛으로 물었다.

"외부 요인이라면 러시아를 말하는 것이오?"

"그렇소. 내 예측이 맞는다면 지금부턴 러시아가 본격적으로 유럽에 영향력을 확대하려 들 거요. 한데 러시아가 유럽에 진출하기 위해서는 반드시 두 개의 장벽을 넘어야 하오."

빌헬름은 이해했다는 듯 고개를 끄덕였다.

"그게 스웨덴과 폴란드-리투아니아란 것이오?"

"그렇소. 폴란드-리투아니아는 힘이 약해 오래 버티지 못할 것이오. 그러나 프로이센 제국이 뒤에서 은밀히 그들을 지원한다면 러시아는 폴란드를 넘는 데 꽤 애를 먹을 것이오."

빌헬름은 눈을 반짝이며 대꾸했다.

"그래서 귀공이 폴란드-리투아니아를 친구로 만들라고 한 거였구려. 한데 스웨덴은 만만치 않을 텐데, 러시아가 과연 스웨덴을 제칠 수 있겠소? 비록 구스타프 2세가 저번 전쟁에서 전사하긴 했지만, 스웨덴군은 강군으로 유명하지 않소?"

"러시아가 동방으로 진출하면 두 나라의 국력에 차이가 생길 수밖에 없소. 스웨덴 역시 그리 호락호락하지 않아서 4, 50년 정도는 버틸 수 있겠지만 끝까지 버티진 못할 것이오."

이준성과 빌헬름은 밤을 새워 가며 양국이 협력하는 문제를 비롯해 프로이센 제국이 시급히 추진해야 할 정책들, 그리고 러시아의 유럽 침공을 막아 내는 방법에 대해 상의했다.

이준성은 떠나기 전에 한 번 더 악수를 청하며 말했다.

"여기서 이만 작별을 고해야 할 것 같소."

빌헬름은 당혹감을 감추지 못하며 물었다.

"그게 무슨 뜻이오?"

"영국 문제를 처리한 후에 바로 본국으로 돌아갈 예정이기 때문이오. 그런 고로 귀공과 만나는 일 역시 이번이 마지막일 것이오. 물론 우리 둘 다 장수한다면 다시 만날 날이 있을 테지만, 사람 일은 모르는 것이기에 작별을 고하는 것이오."

진한 아쉬움을 토로하는 빌헬름에게 작별을 고한 이준성은 암스테르담으로 돌아가서 보름 동안 준비한 후에 바로 영국으로 쳐들어갔다. 영국은 네덜란드 공화국, 프랑스 다음이 자신들임을 알았는지 물샐틈없이 준비를 해 둔 상태였다.

더욱이 영국은 프랑스, 네덜란드 공화국과 달리 섬나라였다. 즉, 상대가 영국에 쳐들어오기 위해서는 반드시 바다를 건너야 했다. 그리고 바다를 건넌 후에는 사람과 물자를 빠른 속도로 내릴 수 있는 커다란 항구를 차지할 필요가 있었다.

영국은 한국 해군과 다시 맞서 이길 자신이 없었다. 그러나 한국 육군이 항구에 상륙하는 것만은 막아 낼 자신이 있었다.

한국이 상륙을 시도할 만한 항구는 사실 뻔했다. 실제로 도버 해협을 건넌 한국 해군 상륙 함대는 영국군이 예상한 항구 중 하나인 사우스엔드온시라는 항구로 다가오는 중이었다.

사우스엔드온시는 런던을 동서로 관통하며 흐르는 템즈강의 물길이 바다와 만나는 곳에 세워진 항구였다. 무엇보다 사우스엔드온시는 런던과 가장 가까운 대형 항구였다. 즉, 한국군이 계획대로 사우스엔드온시를 손에 넣으면 불과 2, 3일 만에 영국 수도인 런던을 공격할 수 있단 뜻이었다.

사우스엔드온시 앞바다에 도착한 이준성은 이순신급 철갑선인 이순신함 선수에 서서 인드라망으로 주변 해역을 살폈다.

"흐음."

이준성은 미간을 살짝 찌푸렸다.

사우스엔드온시 앞바다는 지금 폐선박을 내다 버리는 폐선박 처리장처럼 변해 있었다. 부서진 폐선박 10여 척이 돛대나 선수를 물 밖에 내민 채 흉물스럽게 떠다니는 중이었다.

옆에 있던 이운룡이 망원경으로 살펴본 후에 조심스레 물었다.

"보셨사옵니까?"

이준성은 무심한 표정으로 고개를 끄덕였다.

"봤네."

"우선 정찰선을 보내 확인해 보겠사옵니다."

"그렇게 하게."

이준성의 허락을 받은 이운룡은 해병대원 10여 명을 태운 정찰선 3척을 파견하여 사우스엔드온시 앞바다를 정찰했다.

잠시 후, 해병대 특수 수색대 대대장이 돌아와 보고했다.

"예상대로 영국군이 사우스엔드온시 앞바다에 자국 전함과 선박을 자침시켜 우리 함대의 진로를 막고 있었사옵니다."

"고생했네. 다시 부르기 전까지 가서 쉬고 있게."

"성은이 망극하옵니다."

대대장이 돌아간 후 이준성은 피식 웃었다.

"귀중한 전함과 선박을 항구에 자침시켜 함대의 상륙을 저지하다니 저들도 꽤 고심해서 이번 작전을 준비한 모양이군."

이운룡은 담담한 표정으로 물었다.

"어떻게 하시겠사옵니까?"

"원래 실전보다 더 좋은 훈련은 없는 법이지. 함대에 있는 소해정, 기뢰함, 수중 폭파 부대를 내보내 폐선박을 제거하게."

"알겠사옵니다."

이운룡은 바로 이순신함 함교로 돌아가 명령을 수행했다. 잠시 후, 몇 달 전에 도착한 소형 철갑선 5척이 사우스엔드온시 앞바다로 천천히 나아갔다. 현재 한국 해군은 이순신급 철갑선을 건조해 각 함대에 배치하는 중이었는데, 벌써 30척 가까이 건조해 그중 5척이 북대서양 함대에 있었다.

또, 이순신급 철갑선을 약간 축소해 놓은 것 같은 정운급 철갑선을 새로 건조해 구축, 소해, 기뢰 부설, 특수 작전 등에 사용 중이었다. 이순신 장군의 오른팔이었던 정운 제독은 충무함대 사령관을 맡아 무수한 공적을 세운 해군 명장이었다.

이준성은 정운 제독이 병사한 후, 그가 생전에 쌓은 업적을 기리기 위해 그의 이름을 두 번째 내연 기관 철갑선에 붙였다.

목표 지점에 도달한 정운급 철갑선 5척은 우선 함포를 발사해 수면 위에 튀어나온 폐선박 잔해를 깨부수기 시작했다. 그리고 잔해를 어느 정도 부순 후에는 기뢰함 2척을 내보내 사우스엔드온시 앞바다 곳곳에 수중 기뢰를 부설했다.

제작하기 쉬운 편인 기뢰는 상대의 해군을 봉쇄하는 효과가 아주 뛰어나 해전을 벌일 때 필수적으로 쓰이는 지뢰였다.

기뢰함 2척은 선미에 쌓아 둔 드럼통 형태의 기뢰를 사우스엔드온시 앞바다 수중에 부설한 다음, 도폭선을 이용해 폭파했다. 곧 앞바다 여기저기서 수십 미터 높이의 물보라가 치솟았다. 기뢰함이 퇴각한 후엔 소해정이 앞으로 나갔다.

소해정은 앞서 말한 기뢰함이 바다에 깐 기뢰를 제거하는 군함이었다. 그러나 사실 소해정과 기뢰함이 임무를 수행하는 방법은 거의 비슷했다. 둘 다 기뢰를 이용하기 때문이었다. 기뢰함이 기뢰를 부설해 적함을 침몰시킬 때, 소해정은 기뢰로 기뢰함이 부설한 기뢰를 없애는 게 다를 뿐이었다.

소해정 2척이 기뢰 폭파용 기뢰를 부설한 다음, 도폭선을 이용해 폭파했다. 앞서 기뢰함이 터트린 기뢰에 부서지지 않은 선박 잔해가 이번 폭파로 인해 거의 산산조각이 났다.

물론 영국군이 가라앉힌 폐선박이 강철 선체였다면 쉽지 않았을 것이다. 그러나 폐선박 대부분이 목재로 이뤄져 있었기 때문에 기뢰가 만들어 낸 폭발 에너지를 견디기 어려웠다.

기뢰함과 소해정이 차례로 기뢰를 부설해 폭파한 다음에는 해난 구조대라고 불리는 수중 폭파 부대 대원들이 입수했다.

잠수 장비를 착용한 상태에서 바다에 뛰어든 그들은 튜브로 산소를 공급받으며 두 가지 임무를 수행했다. 첫 번째는 아군 기뢰함과 소해정이 부설한 기뢰 중에 터지지 않은 게 있는지 확인하는 작업이었다. 만약 기뢰가 터지지 않은 상태에서 그대로 남아 있다가 상륙 함대가 해안에 접근할 때 폭발하면, 말 그대로 재앙이나 다름없는 상황이 벌어졌다.

두 번째 임무는 기뢰가 터트리지 못한 잔해를 수중 폭약으로 터트리는 것이었다. 해난 구조대 대원 100명은 30명씩 번갈아 입수해 흙탕물이 많은 사우스엔드온시 앞바다에서 상륙 함대가 이동할 수 있는 통로를 구축하는 데 성공했다.

이준성은 즉시 이순신급 철갑선 5척을 항구 안쪽으로 보내 사우스엔드온시 항구에 있는 적을 포격했다. 곧 철갑선이 발사한 해룡탄이 항구의 방어 시설을 박살 내기 시작했다.

◆ ◈ ◆

군사 작전 중에서 가장 어려운 작전을 꼽으라면 역시 상륙 작전이 빠질 수 없었다. 상륙 작전에 성공하면 전황을 한꺼번에 바꿀 수 있는 엄청난 효력을 발휘하지만, 반대로 실패했을 땐 그 피해가 어마어마했다. 상대가 상륙 예정 지점을 알아내 방어를 강화하면 아군을 몰살시킬 수 있는 탓이었다.

지금의 영국군 역시 마찬가지였다. 그들은 우선 한국 해군이 보유한 상륙 함대가 상륙을 시도할 만한 항구를 몇 군데 선정했다. 한국군이 상륙을 시도한 사우스엔드온시를 비롯해 도버, 이스트본, 브라이턴, 본머스 등이 그러한 항구였다.

그 외에 항구의 규모가 작거나 일반적인 해안가는 후보에서 제외했다. 한국군의 상륙 능력이 아무리 훌륭해도 항구가 좁거나 일반적인 해안가로는 상륙하기 쉽지 않은 탓이었다.

상륙 작전의 성공 여부는 최대한 많은 병력과 물자를 가능한 한 신속하게 상륙시키는 데 달려 있었다. 즉, 항구가 상륙 함대의 규모를 감당할 수 있을 정도로 커야 한다는 뜻이었다.

한데 항구는 그냥 아무 해변이나 골라 만들 수 있는 게 아니었다. 배에는 흘수선이란 게 있었다. 흘수선은 선체가 물에 잠기는 한계선을 뜻하는데, 배는 뗏목처럼 바다에 둥둥 떠 있는 게 아닌 탓에 화물과 승객을 잔뜩 실어 무거워진 배가 안전하게 이동할 수 있는 적당한 수심이 필요한 것이다.

그러나 백사장으로 이뤄진 해변은 수심이 아주 얕았기 때문에 육지 가까이에 배를 댈 방법이 없어 항구를 만들지 못했다.

그리고 그런 이유에서 육지에 가깝지만, 수심은 아주 깊어 흘수선이 아무리 깊은 배라도 정박할 수 있는 바닷가가 항구를 만드는 데 적격인 장소였다. 거기에 그곳이 태풍과 해일, 강풍, 거센 조류로부터 배를 보호할 수 있는 만(灣)이라면 더 금상첨화였다. 한데 영국에는 그런 입지 조건을 가진 데다, 규모까지 큰 항구가 많지 않아 한국 해군 상륙 함대가 올 것 같은 항구를 선정하는 일이 그리 어렵지 않았다.

상륙 예상 지점 선정을 마친 다음에는 전함과 선박을 항구 앞에 자침시켜 상륙 함대가 항구에 배를 대지 못하도록 만들었다. 즉, 인공적으로 수심을 낮춰 배수량이 큰 한국 해군의 상륙 전함이 항구에 배를 댈 수 없게 강제한 셈이었다.

보통 이런 상황에서는 상륙 함대가 배를 댈 수 있는 새로운 항구를 찾아 나서기 마련이었다. 그리고 끝내 그런 항구를 찾아내지 못했을 땐 마지막 수단만이 남았을 따름이었다.

일단 넓은 해안을 찾아내 병력을 먼저 상륙시킨 다음 백사장을 파 수심을 확보하거나, 아니면 시간이 걸려도 작은 배에 사람과 물자를 실어 일일이 육지로 나르는 수밖에 없었다.

그리고 그러는 사이, 영국군은 해안가에 있는 단단한 요새와 성채에 틀어박혀 적이 런던으로 가지 못하도록 막는 것이다.

그러나 한국군은 영국군이 전혀 생각하지 못한 방법을 사용했다. 바로 전함과 선박을 자침시켜 수심을 얕게 만들어 둔 해역에 들어가 포탄과 폭발물로 잔해를 제거해 버린 것이다.

그리고는 주력 전함인 이순신급 철갑선 5척을 항구 앞에 일렬로 세워 놓은 다음, 해룡포 20여 문을 총동원해 포격했다.

주퇴복좌기가 달린 해룡포 20여 문이 어른 허벅지보다 굵은 해룡탄을 쏘아 올릴 때마다 항구에 불꽃이 크게 피어올랐다.

항구에는 기존에 있던 방어 시설에 이번에 새로 건설한 방어 시설까지 더해져 병력이 상륙할 수 있는 공간이 많지 않았다.

그러나 해룡탄이 떨어질 때마다 영국군이 고심해 건설한 방어 시설이 폭음을 내며 무너져 내렸다. 당연히 그 안에 들어가 있던 영국군 수백 명 역시 시설과 함께 최후를 맞았다.

그러나 영국군의 자존심은 다른 유럽 나라와 비교해 그리 뒤떨어지지 않았다. 아니, 오히려 더 높은 편에 가까웠다. 영국군 수천 명은 해룡탄을 뒤집어써 가며 항구를 사수했다.

해룡탄 300발을 발사해 항구를 초토화한 이순신급 철갑선 5척은 이내 포진을 바꿔 새로운 방식으로 포격을 시작했다.

바로 화력 통로를 만드는 포진이었다. 이순신급 철갑선 5척은 항구 북쪽, 서쪽, 동쪽에 포탄을 집중해 아군이 적의 공격을 받지 않은 상태에서 항구 남쪽으로 진입할 수 있는 화력 통로를 개설했다. 항구를 지키던 영국군은 쉴 새 없이 날아드는 해룡탄에 짓눌려 남쪽으로 넘어올 엄두를 못 냈다.

이순신함 함교에서 이를 지켜보던 이운룡은 즉시 상륙 작전을 실행하란 명령을 내렸다. 잠시 후, 상륙 전함 10여 척이 항구에 가까이 접근해 해병대원을 부두 위로 올려 보냈다.

가장 먼저 부두에 상륙한 홍염해병군단 특수 수색대 대원 300여 명은 곧장 상륙 지점 외곽에 목진지를 구성해 영국군의 돌격을 차단하는 작전을 펼쳤다. 특수 수색대 대장으로부터 목진지 건설을 마쳤단 보고를 받은 후엔 본격적으로 홍염해병군단 해병대가 1여단부터 차례로 부두에 상륙했다.

1여단은 특수 수색대가 구축해 둔 목진지를 기반 삼아 항구 방어 시설을 차례차례 점령해 나갔다. 우선 1여단이 보유한 화우 기관총과 백뢰로 영국군이 머리를 내밀지 못하도록 만든 다음, 해병대원을 보내 시설에 있는 영국군을 제거했다.

문과 창문 틈으로 투척용 소이탄과 천뢰 5호를 던져 넣어 영국군을 적당히 제거한 다음, 해병대원이 안으로 직접 들어가 소이탄과 천뢰 5호가 제거 못 한 영국군을 마저 제거했다.

그런 식으로 3시간쯤 작전을 펼쳤을 때였다. 사우스엔드온시에 있는 모든 방어 시설을 점거해 항구를 확보하는 데 성공했다.

항구를 확보한 다음에는 본격적으로 상륙에 나섰다. 천마기동여단을 위해 준비한 군마가 가장 먼저 내렸고, 그다음에는 천궁포병여단이 운영하는 홍뢰 수십 문이 기중기에 실려 부두에 내려섰다. 또, 화룡탄 수백 발이 담긴 중요한 팰릿 역시 기중기를 이용해 안전하게 하역하는 데 성공했다.

그 후에는 상륙 부대가 쓸 군량, 식수, 탄약과 같은 물자가 담겨 있는 팰릿 수백 개가 사우스엔드온시 부두에 내려졌다가 기존에 있던 창고와 임시로 만든 창고 등으로 옮겨졌다.

한국군이 사우스엔드온시에 사람과 물자를 하역하는 닷새 동안 외곽에 있던 영국군 수천 명이 다섯 차례에 걸쳐 공격해 왔지만, 외곽을 방어하는 1여단에 번번이 가로막혔다.

상륙을 어느 정도 마쳤을 무렵, 이준성은 슈메가 지휘하는 해병 3여단을 내보내 런던으로 가는 길을 뚫기 시작했다.

영국군은 사활을 걸고 맹렬히 저항했지만, 해병 3여단의 투지 넘치는 공격과 압도적인 화력 앞에 결국 무릎을 꿇었다.

해병 3여단 다음에는 휴식을 취한 해병 2여단을 내보내 런던으로 진격해 들어갔다. 10여 번의 전투에서 번번이 패한 영국군은 런던 외곽에서 사생결단을 내려는 듯 뒤로 후퇴했다.

영국군이 그런 생각을 하는 데는 그럴 만한 이유가 있었다.

런던 근교에는 런던을 지키기 위한 요새와 성채가 수십 개에 달했다. 그리고 그중 가장 유명한 것이 바로 롬퍼드였다.

롬퍼드는 깎아지른 절벽 위에 세워진 거대 요새로 동쪽에서 런던으로 들어가기 위해서 반드시 거쳐야 하는 곳이었다.

롬퍼드 요새는 3면이 100미터 높이의 절벽으로 이루어져 있었다. 그리고 유일한 출입구는 서쪽, 즉 런던 방향에 있었는데 그 출입구 역시 구불구불한 길이어서 올라가기가 아주 어려웠다. 또, 길 곳곳에 땅굴과 초소가 널려 있어 그 길을 뚫고 롬퍼드 요새를 장악하기란 하늘의 별 따기와 같았다.

무엇보다 가장 큰 문제는 롬퍼드 주위에 강을 이용해 만든 해자가 있단 점이었다. 영국군은 롬퍼드 주위를 빙 둘러 돌아가는 강의 물길을 해자 쪽으로 끌어들여 지름 100미터에 달하는 거대한 인공 해자를 만들어 내는 데 성공했다.

물론, 그래도 홍뢰의 사정거리에서 완전히 벗어나긴 어려웠다. 한데 문제는 절벽을 깎아 만든 요새라 홍뢰 포격을 상당

기간 견딜 수 있단 점이었다. 한 보름쯤 느긋하게 포격하면 롬퍼드에 있는 영국군 수천을 요새와 함께 순장시킬 수 있을 테지만, 이는 이준성이 원하는 결과가 아니었다.

이준성은 섬나라인 영국에 오래 있고 싶지 않았다. 대륙이라면 어떻게든 위기를 헤쳐 나갈 자신이 있었지만, 섬나라는 바다에 둘러싸여 있어 해군과의 연락이 끊기거나 해군과 합류할 수 없는 상황이 생기면 곤경에 처할 위험이 있었다.

그렇다면 가장 좋은 방법은 롬퍼드를 우회하는 것이었다. 롬퍼드에 주둔한 영국군이 후방을 어지럽힐 순 있을 테지만, 상황에 맞게 대처하면 어렵지 않게 넘길 수 있을 것이다.

그러나 롬퍼드를 우회하면 다른 문제가 생겼다. 미리 계획해 둔 보급선이 예상보다 수십 킬로미터가량 길어진단 점이었다.

"어차피 처음부터 롬퍼드를 떨어트릴 생각으로 온 거니까 굳이 피해 갈 필요는 없겠지. 그에 대한 준비도 충분히 해 왔고."

이준성은 고딕 양식으로 지은 교회 첨탑처럼 날카롭게 솟아 있는 롬퍼드 요새의 전경을 바라보다가 한 사람을 불렀다.

"정 장군!"

잠시 후, 비쩍 마른 중년 사내 하나가 그 앞으로 헐레벌떡 뛰어왔다. 얼굴에 곰보 자국과 버짐이 가득한 추레한 인상의 사내였는데, 복장이 특이해 주위의 이목을 끌고 있었다.

한국군은 복장을 통해 그 사람이 어느 군 소속인지 쉽게 알아볼 수 있었다. 우선 육군은 녹색 위장 무늬 군복을 입었고 해군은 흰색 군복, 해병대는 황토색에 가까운 사막복을 착용했다. 또, 맹호특수전여단은 검은색 군복을 착용했다.

한데 방금 나타난 중년 사내는 그동안 한국군 내에서 전혀 볼 수 없었던 군복을 입고 있었다. 바로 남색 군복이었다.

중년 남자의 남색 군복 명찰에는 정한동이라는 이름이 적혀 있었다. 그리고 그 명찰 위에는 독수리 휘장이 달려 있었다.

정한동은 바로 한국군이 설립한 첫 공군 전투 비행단인 제1비행단의 단장이었다. 이준성은 그동안 공군을 만들기 위해 엄청난 노력을 기울여 왔지만, 기술의 미비로 인해 글라이더와 열기구를 보유한 구식 공군을 보유하는 데서 그쳤다.

물론 비행선이나 동력 비행기에 관한 연구를 계속하는 중이라, 적어도 10년 안에는 획기적인 결과를 낼 수 있을 듯했다.

대한민국 공군 제1비행단의 단장이라는 영광스러운 자리를 차지한 정한동은 한 가지 능력 외에 다른 능력들은 다 별볼 일 없었다. 그러나 그 한 가지 능력이 다른 사람들보다 워낙 출중한 탓에 제1비행단의 단장을 맡는 영광을 안았다.

그 능력은 바로 천부적인 공간 감각이었다. 정한동은 칠흑 같은 어둠 속에서도 열기구를 타고 10킬로미터 떨어진 목표 지점에 정확히 도착할 수 있는 어마어마한 공간감을 지녔다.

이준성은 긴장한 것 같은 정한동의 어깨를 툭 치며 말했다.

"나는 사람 보는 눈 하나로 이 자리까지 올라왔네. 자네를 제1비행단 단장으로 임명한 것을 후회하지 않는단 뜻이지."

정한동은 감격한 듯 눈을 반짝거리며 대답했다.

"목숨을 걸고 이번 작전을 반드시 완수하겠사옵니다."

"좋아. 그 각오면 못할 게 없을 거야."

이준성은 정한동에게 작전을 시작하란 명령을 내렸다.

잠시 후, 정한동은 어두워지길 기다렸다가 유럽까지 어렵게 가져온 대형 열기구에 장비를 이용해 바람을 집어넣었다.

곧 바람이 빵빵하게 들어간 열기구 5개가 만들어졌다. 유리와 가죽으로 만든 고글을 착용한 정한동은 그중 한 대에 직접 올라타 공중으로 천천히 떠올랐다. 달빛이 약한 한밤중이었지만 정한동은 주저하는 빛 없이 롬퍼드 요새로 향했다.

제1비행단 장병들이 운영하는 다른 열기구 4대 역시 정한동의 열기구를 쫓아 롬퍼드 요새 방향으로 천천히 상승했다.

롬퍼드 요새의 영국군은 열기구를 아직 발견하지 못했는지 별다른 반응이 없었다. 곧 요새 상공에 도착한 정한동은 부하들에게 작전을 시작하라 일렀다. 고개를 끄덕여 대답한 부하들은 바로 준비해 온 강철 깡통을 요새 위에 투척했다.

다른 열기구 4대에 타고 있던 장병들 역시 가져온 강철 깡통을 롬퍼드 요새 곳곳에 투척했다. 롬퍼드 요새에 떨어트린 강철 깡통에는 충격 신관이 들어 있어 지면과 충돌하는 순간, 약한 폭발음을 내며 위아래 뚜껑이 떨어져 나갔다. 그리곤 깡통에 든 최루 가스를 사방으로 뿜어내기 시작했다.

상당히 독한 최루 가스였기 때문에 가스를 흡입하는 순간, 대부분은 눈을 뜨지 못한 상태에서 침과 콧물을 계속 흘렸다.

정한동을 비롯한 제1비행단 단원들은 롬퍼드 요새를 휩쓴 최루 가스가 바람에 흩어지지 않도록 계속해서 새로운 강철 깡통을 요새에 투척했다. 올라올 때 충분한 양의 깡통을 가져왔기 때문에 앞으로 2, 3시간은 충분히 버틸 수 있었다.

이준성은 인드라망으로 요새의 상황을 살펴보았다. 요새와 요새로 통하는 출입구 쪽은 마치 산안개가 낀 것처럼 뿌옇게 변해 있었다. 최루 가스가 요새를 완전히 덮었단 뜻이었다.

이준성은 최루 가스의 효과를 믿었다. 그가 몇 가지 화학 성분을 조합하여 만든 이 최루 가스는 살상률이 비록 3에서 5퍼센트에 불과하지만, 기침이나 두통, 구토 증세를 일으키는 효과가 뛰어나 병사를 무력화시키는 데 아주 큰 효과를 발휘했다.

더욱이 열기구를 이용해 위에서 내려다보며 투척했기

때문에 요새 요충지에 원하는 양의 최루 가스를 분사할 수 있었다.

이준성은 10분쯤 더 기다린 후에 정충신을 불렀다.

"준비는?"

"모두 마쳤사옵니다!"

"좋아. 날이 새기 전에 끝내도록 하지."

"알겠사옵니다!"

대답한 정충신은 바로 해병 1여단장인 정봉수를 불러 작전을 시작하라 명령했다. 잠시 후, 얼굴에 유리와 가죽, 정화통으로 이루어진 방독면을 착용한 해병 1여단 병력 3,000여 명이 요새 출입구로 조용히 진격해 상황을 살폈다.

아무리 어두워도 이런 거리까지 접근했으면 출입구에 있는 초소에서 화살과 머스킷 탄환이 날아들 법했다. 한데 지금까지는 조용했다. 정봉수는 즉시 1중대를 위로 올려 보냈다.

1중대는 출입구 초소를 순식간에 점령했다. 초소를 지키던 영국군 수십 명이 최루 가스에 당해 인사불성이었기 때문이었다. 이에 안심한 1중대장은 바로 정봉수에게 상황을 알렸다.

"역시 전하의 예상대로군."

정봉수는 바로 전 병력을 동원해 롬퍼드 요새를 장악했다. 가끔 교전이 벌어지긴 했지만, 상대의 숫자가 적은 탓에 쉽게 제압할 수 있었다. 다음 날 새벽, 해병 1여단은 롬포드 요새를 완벽히 점령했을 뿐만 아니라 별다른 교전 없이 영국군 포로 5,000여 명을 손에 넣는 성과까지 거두었다.

계획대로 롬포드 요새를 점령한 이준성은 그곳을 기반 삼아 마침내 영국의 수도인 런던을 향해 전속력으로 진격했다.

◆ ◈ ◆

이준성은 프랑스에 했던 것처럼 사신을 보내 항복을 정중히 권고했다. 그러나 영국 역시 프랑스처럼 항복을 거부했다.

더는 권할 생각이 없던 이준성은 바로 천궁포병여단을 전개해 포격을 가했다. 천궁포병여단은 가장 먼저 헨리 8세의 부인이었던 앤 불린이 참수당한 장소로 유명한 런던탑을 포격했다. 그리고 런던탑을 완전히 무너트린 다음에는 웨스트민스터 궁전을 불태웠다. 영국은 웨스트민스터 궁전이 불탔을 때도 버텼지만 웨스트민스터 사원과 세인트 폴 대성당을 차례로 포격했을 때는 더는 버티지 못하고 항복했다.

영국 왕 제임스 1세는 생각보다 걸물이었다. 그는 스스로 목숨을 끊은 다음, 이준성에게 보내는 유서 한 통을 남겼다.

베네룩스 대공국을 침공한 것은 모두 자신의 불찰에 따른 일이니 자기가 죽으면 거기서 끝내 달란 내용이 적혀 있었다.

이준성은 프랑스에서 했던 것처럼 차기 왕으로 즉위한 찰스 1세와 영국 의회 대표단을 차례로 만나 배상금 액수를 정했다. 그리고 책임자 처벌과 재발 방지를 요구해 관철했다.

마지막으로 런던 중심가에 한국 대사관과 한국무역공사 지사, 은호원 지부 등을 설립하는 문제를 처리한 후에 베네룩스로 돌아갔다. 프랑스에 이어 영국마저 확실하게 밟아 놓았기 때문에 당분간 베네룩스를 건드리는 세력은 없을 것이다.

일을 마무리 지은 이준성은 이경석을 베네룩스 대공 대리에 임명한 다음, 김홍욱, 랭커스터, 한스에게 이경석을 잘 보필해 베네룩스 대공국을 운영하면서 한국이 유럽에 추진 중인 사업이 원활하게 이루어질 수 있게 하란 명령을 내렸다.

또, 슈메가 지휘하는 해병 3여단을 남겨 혹시 있을지 모르는 적의 침공을 막고 내부의 소요 사태를 진압할 수 있게 하였다.

마지막으로 로테르담 행궁에 석 달간 머무르며 산적해 있는 문제를 모두 처리한 이준성은 케이트, 연이, 은게란, 최명길 등과 그를 태우고 돌아갈 철갑선이 도착하기를 기다렸다.

중병을 앓던 은호원장 강태봉이 병사했기 때문에 유럽지부장으로 큰 공적을 세운 최명길이 제2대 은호원장으로 부임을 마친 상태였다. 은호원장이 유럽에 머물 수는 없었기 때문에 이번에 이준성이 돌아갈 때 같이 돌아가기로 하였다.

지브롤터 해군 기지를 출발한 철갑선은 오래지 않아 로테르담 항구에 모습을 드러냈다. 그리고 모습을 드러냄과 동시에 항구와 부두에서 일하는 일꾼, 상인, 기술자의 시선을 끌었다. 심지어 부두 외곽에 거주하는 일반 시민까지 전부 몰려나와 눈앞에 펼쳐진 믿을 수 없는 광경에 감탄했다.

이준성을 태워 가기 위해 온 철갑선은 이순신급 철갑선의 거의 1.5배에 달하는 크기였다. 말 그대로 거대한 섬 하나가 바다 위를 떠다니는 것과 같아 전함과 무장상선을 지겹도록 많이 봐서 이젠 웬만한 크기의 전함에는 관심조차 보이지 않던 일꾼들마저 하던 일을 멈추고 쳐다볼 정도였다.

이 철갑선은 이를테면 이준성급 철갑선이었다. 말 그대로 이준성을 위해 건조한 철갑선으로 현재까지 2척을 완성했는데, 그 2척 모두 이준성을 태우기 위해 존재하는 전함이었다.

2척인 이유는 그중 1척이 언제든 고장 날 수 있기 때문이었다. 그리고 정기적으로 오버홀에 가까운 정비도 받아야 했고 철갑선에 타는 승조원을 훈련하는 데도 동원해야 했다.

이준성은 부두까지 마중 나온 이경석, 김홍욱, 한스, 랭커스터 등과 작별 인사를 나눈 다음, 가족과 수행단을 이끌고 이준성함에 올랐다. 이준성함은 이순신급보다 면적 대비 훨씬 많은 강철을 이용해 제작했기 때문에 이준성함을 좌초시킬 수 있는 것은 초대형 태풍과 5등급 허리케인 정도였다.

수행단 숫자는 생각보다 많은 편이었다. 일단 내명부만 쳐도 이준성의 아내인 케이트와 딸 연이, 그리고 연이의 유모를 비롯해 베네룩스 행궁에서 일하던 궁인 수십 명과 그 궁인들이 데려가는 가족까지 합쳐 거의 300여 명에 달했다.

또, 외명부에서는 비서실장 은계란과 은호원장 최명길을 필두로 200명이 넘는 수행단이 이번 귀국에 동행할 예정이었다.

다행히 이준성함은 승객 500명과 승조원 200여 명을 태워도 공간이 남을 정도로 컸기에 인원은 큰 문제가 아니었다.

이준성은 연이가 새로운 방과 새로운 환경에 적응할 수 있는 시간을 약간 준 후에 그를 찾아온 함장에게 출발을 명했다.

그로부터 10분쯤 지났을 때였다. 이준성함에 탑재한 엄청난 크기의 엔진 두 개가 후미 스크루 두 개를 힘차게 돌려 로테르담 항을 빠져나가기 시작했다. 그리고 이준성함이 로테르담 항을 나와 먼바다에 이르렀을 때, 미리 대기 중이던 호위함 20척이 곧장 따라붙어 물샐틈없이 호위했다.

그 호위함 안에는 해병 1여단, 해병 2여단, 천궁포병여단, 천마기동여단, 그리고 맹호특수전여단 대원이 타고 있었다.

로테르담을 떠난 함대는 다음 기항지인 지브롤터로 가지 않았다. 대신, 대서양을 가로질러 아메리카 대륙으로 향했다.

이준성은 함대 제독에게 특정한 장소에 정박할 것을 명령했는데, 그곳은 바로 아메리카 대륙 북동부에 있는 뉴욕이었다.

물론 17세기 초반에는 뉴욕이 아직 존재하지 않았다. 이준성은 미래에 뉴욕이 들어설 땅에 도착해 주변을 둘러본 다음,

맨해튼으로 이동해 그곳을 통치하는 현지 족장을 만났다.

족장에게 그들이 원하는 물건을 준 다음, 거의 방치 상태나 다름없는 맨해튼을 싼값에 구매했다. 그리고 그 맨해튼 섬에 한국 대사관과 한국무역공사 지사, 은호원 지부 등을 설립했다. 또, 해병 1개 중대를 남겨 맨해튼을 지키도록 하였다.

아메리카 대륙에 거주 중인 영국 출신 이주민은 3,000명에 불과했다. 그리고 그 3,000명마저 북동부 지역, 즉 지금의 뉴잉글랜드 지역에 흩어져 사는 터라 본국인 영국의 도움 없이는 맨해튼을 차지한 해병 1개 중대를 몰아낼 수 없었다.

이준성이 역사를 바꿔 놓는 바람에 미국이 지금처럼 초강대국으로 성장할진 알 수 없지만, 어쨌든 맨해튼을 선점해 미국의 핵심 지역에 말뚝을 미리 박아 두는 효과를 거두었다.

맨해튼에서 한 달간 머무르며 현지 원주민 부족과 교분을 나눈 이준성은 이내 대서양 연안을 따라 남쪽으로 내려가기 시작했다. 그러나 바로 내려가지는 않았다. 플로리다반도를 우회해 멕시코만으로 들어간 다음, 텍사스에 이르렀다.

그리고 그 텍사스에서 가장 큰 부족을 만나 선물을 주고 동맹을 체결한 다음 땅을 얼마 구매했는데, 바로 텍사스 중질유로 유명한 텍사스 유전 지대와 셰일 가스 매장 지대였다.

미국은 북동부 철강과 남부 유전을 바탕으로 성장했기 때문에 남부 유전을 선점하면 미국의 잠재력을 줄일 수가 있었다.

지금의 휴스턴에 해당하는 지역에 해병 1개 중대를 배치한 다음, 현지 부족과 연락할 수 있는 대사관, 한국무역공사 지사 등을 건설해 확보한 영토를 개발할 준비에 들어갔다.

그런 다음에는 다시 21세기 지명으로 치환하면 플로리다, 카리브해, 베네수엘라, 브라질, 아르헨티나가 들어설 곳을 거친 다음, 아메리카 대륙 최남단인 푼타아레나스에 도착했다.

다행히 푼타아레나스에는 이미 한국인이 거주 중이었다. 20년 전에 출발한 남태평양 함대가 푼타아레나스를 찾아 해군 기지, 대사관, 한국무역공사 지사, 숙영지, 거주지 등을 건설해 놓았기 때문에 그가 따로 뭔가를 할 필요가 전혀 없었다.

심지어 지금은 민관군을 합친 한국인 500명과 현지 주민 3,000여 명이 상시 거주할 정도로 도시 규모가 커져 있었다.

남태평양 함대는 푼타아레나스 외에도 칠레 산티아고, 페루 리마, 에콰도르 과야킬, 파나마와 같은 남아메리카 태평양 연안의 주요 도시뿐 아니라 오스트레일리아 시드니, 뉴질랜드 웰링턴, 파푸아뉴기니 포트모르즈비 등에 대사관과 한국무역공사 지사, 해군 기지 등을 건설하는 임무를 수행했다.

즉, 이준성의 귀환 함대가 아메리카 대륙 대서양 연안의 주요 도시에 대사관과 한국무역공사 지사, 해군 기지 등을 건설함에 따라 한국은 이제 전 세계 거의 모든 지역에 자국인과 자국 군인을 둔 그야말로 완벽한 글로벌 체제를 갖추었다.

푼타아레나스를 떠난 이준성은 남아메리카 대서양 연안에 있는 한국 대사관 몇 곳을 거쳐 파나마에 이르렀다. 파나마엔 다른 곳보다 많은 해병 2개 중대 병력이 주둔 중이었다.

이집트 수에즈 운하가 인도양과 지중해를 연결해 아프리카를 돌아가던 기존 무역로를 크게 단축한 것과 마찬가지로 파나마에 들어서는 파나마 운하는 대서양과 태평양을 연결해 푼타아레나스를 돌아가야 하던 기존 무역로를 단축했다.

이집트 수에즈 운하는 이집트인이 고대부터 지금까지 계속 운하를 건설해 왔기 때문에 현재는 거의 완공 단계에 있었다.

아마 내년부터는 한국무역공사 무장상선 함대가 희망봉을 도는 대신, 수에즈 운하를 이용해 유럽으로 갈 수 있을 것이다.

그러나 파나마는 지형이 좋지 않은 데다, 기술적인 문제 역시 상당해 당분간은 운하를 건설할 생각이 없었다. 다만 건설할 생각이 없다고 해서 그냥 비워 둘 순 없었기 때문에 해병 2개 중대를 주둔시켜 운하가 들어설 자리를 지켰다.

파나마에 주둔한 해병대는 5여단 소속이었다. 현재 홍염 해병군단은 기존에 있던 1, 2, 3여단에 5, 6, 7, 8, 9여단을 합쳐 거의 10만 명에 가까운 대규모 병력을 보유 중이었다.

이는 육군에 버금가는 규모였는데, 해병대 병력이 갑자기 늘어난 이유는 외국에 있는 수백 개의 해군 기지와 대사관, 한국무역공사 지사, 은호원 지부를 지킬 병력이 필요했기 때문이었다. 현재 5여단은 남아메리카를, 6여단은 북아메리카를, 7여단은 동남아시아를, 8여단은 아프리카를, 9여단은 중동과 인도양 방면을 담당하는 중이었다. 그리고 마지막으로 3여단이 유럽을 담당했기 때문에 본토에 주둔하는 해병대 병력은 이제 1여단과 2여단 두 개로 줄어든 셈이었다.

파나마를 떠나 샌디에이고, 샌프란시스코, 로스앤젤레스에 있는 한국 대사관을 방문한 이준성은 대사관을 방문할 때마다 현지 부족장을 만나 선물을 주고 동맹을 더 굳건히 했다.

또, 아예 로스앤젤레스에서는 무기 공장과 화약 공장을 설립해 현지에서 제작한 무기와 화약을 현지 부족에게 판매했다.

미국이 먼 훗날 서부를 개척하기 시작할 때, 현지 부족을 이용해 그들의 서부 진출을 차단할 계획이었기 때문이었다.

로스앤젤레스를 떠난 이준성은 하와이에 있는 한국무역공사 지사에 잠시 들렀다가 한국으로 돌아가는 긴 여정에 올랐다.

범선이라면 육지나 섬에 바짝 붙어 항해하는 게 안전했다. 그래야 태풍이나 폭우를 만났을 때 피할 수 있기 때문이었다.

그러나 이준성의 귀국 함대는 내연 기관을 이용하는 철갑선이었기 때문에 한국을 향해 거의 직선으로 내달리다시피 하였다.

중간에 폭풍우를 만나 잠시 고생하기는 했지만, 귀국 함대는 예상대로 큰 피해 없이 태평양을 횡단해 부산에 도착했다.

이준성은 점점 가까워지는 부산을 감회에 찬 눈길로 쳐다보았다. 그리고 그런 그의 옆에는 케이트와 연이가 서 있었다.

거의 25년 만에 다시 보는 부산은 완전히 달라져 있었다. 곳곳에 거대한 기중기가 거인의 팔처럼 우뚝 서 있었고, 그 옆에는 컨테이너처럼 생긴 화물 상자가 산처럼 쌓여 있었다.

부두 위쪽에 있는 건물들 역시 웅장하기 짝이 없었고 그 건물 사이를 바삐 돌아다니는 사람들은 아주 활기차 보였다.

그중 이준성을 가장 놀라게 한 것은 커다란 전구가 박혀 있는 등대였다. 아직 낮이어서 전구가 빛을 발하진 않았지만, 밤에 보면 아주 장관일 듯했다. 이준성은 고개를 끄덕였다.

부산에 전구로 빛을 발하는 대형 등대를 설치했다는 말은 전기를 일상생활에 사용하는 수준에까지 이르렀음을 뜻했다.

등대 다음으로 이준성을 놀라게 한 것은 자동차였다. 건물 주차장에는 검은색 자동차가 10여 대 서 있었다. 자동차를 만들기 위해서는 내연 기관을 만들 줄 알아야 했다. 또, 그 내연 기관을 보닛에 넣을 수 있게 작게 만들 수 있어야 했다.

무엇보다 석유를 연료로 가공할 수 있어야 했고 거기서 나온 부산물로 타이어를 만드는 고무를 만들 줄 알아야 했다. 또, 크랭크축, 샤프트, 트랜스미션과 같은 자동차의 구동 원리 완벽히 이해하지 않고서는 자동차를 만들 수가 없었다.

한데 자동차를 만들었을 뿐만 아니라 그 숫자가 최소 10대 이상이란 말은 자동차 역시 대중화를 앞두고 있단 뜻이었다.

이준성은 만족스러운 미소를 지어 보였다. 보고서를 읽어 이미 다 아는 내용이지만 직접 보는 것에 비할 수는 없었다.

이준성함과 귀국 함대가 부산항에 입항하는 순간, 부산에 있는 도지사, 시장, 법원장, 경찰서장 등 수백 명이 넘는 인사가 달려와 이준성의 귀국과 케이트 모녀의 방문을 환영했다.

그리고 그들 뒤에선 부산 시민 전체가 모인 것 같은 어마어마한 인파가 이준성과 그가 맞이한 새 부인의 얼굴을 보기 위해 까치발을 들거나 나무에 올라가 환영식을 구경했다.

케이트와 연이는 사람들의 엄청난 인파에 조금 놀란 것 같았지만 연습한 대로 우아한 미소를 지으며 국민의 환대에 감사를 표시했다. 몰려든 인파 중에는 유럽인, 아프리카인, 동남아시아인, 중동인, 인도인, 심지어 아메리카 대륙에서 온 듯한 아메리칸 인디언까지 있어 눈이 휘둥그레졌다. 이는 부산이 세계적인 국제 교역 도시로 탈바꿈했음을 의미했다.

떠들썩한 환영식을 마친 다음에는 부산에 있는 행궁에 가서 여독을 풀었다. 이준성은 한국에 있을 때도 자주 전국을 돌아다녔기 때문에 웬만하면 국왕이 머무는 행궁이 있었다.

이준성은 행궁으로 가기 위해 케이트 모녀와 함께 부두에 대기 중인 자동차에 올랐다. 자동차는 그의 예상보다 훨씬 더 뛰어났다. 승차감이 아주 부드러워 마치 클래식 세단을 타는 것 같았다. 이준성의 입꼬리가 위로 살짝 올라갔다.

도로 역시 석유 정제 부산물인 아스팔트로 깨끗하게 포장을 마친 터라, 행궁으로 가는 동안 덜컹거리는 일이 없었다.

당연히 자동차를 이번에 처음 본 케이트 모녀는 창문에 바짝 붙어 차창 밖으로 지나가는 풍경에서 눈을 쉽게 떼지 못했다.

부산 행궁에서 이틀을 머물며 여독을 충분히 푼 후에는 곧장 행궁 근처의 부산역으로 이동했다. 부산역에는 상행선과 하행선 두 개가 있었는데 당연히 이준성과 그의 가족, 그리고 수행원단은 상행선을 타고 도성이 있는 서울로 올라갔다.

케이트는 강철 차체를 가진 거대한 기차에 또 한 번 놀랐다. 그리고 기차가 400킬로미터에 가까운 거리를 하루 만에 주파했을 때는 놀라서 거의 기절하기 직전까지 이르렀다.

서울역에 도착한 이준성과 케이트 모녀, 수행단은 역사에서 국무총리 김육 등의 열렬한 환영을 받은 후에 궁으로 향했다.

그리고 궁 앞까지 나와 있는 세 부인과 세 자녀, 그리고 그새 8명으로 불어난 손자, 손녀들과 감격스러운 해후를 하였다.

8장. 영원으로

8장. 영원으로

무려 28년 만이었다.

강산이 두 번 바뀐 후에 세 번째로 변하기 직전이었다.

28년은 삼단처럼 윤기 나던 아내들의 머리카락에 흰 머리가 나게 만들 수 있는 긴 시간이었다. 그리고 고무처럼 팽팽하던 눈가에는 주름이 자리 잡고 눈빛에는 진짜 어른만이 보여 줄 수 있는 현숙함이 깃들 수 있게 하는 긴 시간이었다.

그러나 그를 진짜 놀라게 만든 것은 자녀들이 성장한 모습이었다. 사진으로 보던 것과 실제는 차이가 날 수밖에 없었다.

왕세자는 마치 20년 전의 그를 보는 듯했다. 커다란 체구에

떡 벌어진 어깨, 두툼한 가슴, 단단한 턱, 차분하지만 깊어 보이는 눈을 갖고 있었다. 둘째 성이는 조금 말랐지만 병약해 보일 정도로 마르지는 않은 탄탄한 체구에 안경을 썼다. 그리고 친모인 수빈을 닮아 맑은 눈빛과 미녀를 연상시킬 정도의 수려한 외모를 지닌 미남으로 성장해 있었다.

또, 막내 령이는 활달하면서도 아주 유쾌해 보이는 아가씨로 자라 있었다. 이준성은 아내들, 아이들, 그리고 손자, 손녀들과 끌어안고 어깨를 다독이고 건강하게 지내 주어 고맙단 말을 하였다. 손자, 손녀들은 처음 보는 할아버지가 약간 무서운지 부모 뒤에 숨어 잘 나오지 않으려 했지만, 그가 도착하기 전에 엄한 교육을 받은 듯 인사만은 제대로 하였다.

이준성은 손자, 손녀와 일일이 눈을 맞추며 볼과 머리를 쓰다듬었다. 어색한 거야 시간이 지나면 자연스레 좋아질 터였다.

이준성은 이어 왕세자빈, 왕자빈, 그리고 부마를 차례로 만났다. 다들 인물이 좋고 인성도 괜찮아 보였다. 이준성이 워낙 기가 센 인물이라 처음부터 며느리, 사위처럼 살갑게 대하지는 못했지만, 이 역시 시간이 알아서 다 해결해 줄 터였다.

이번에는 반대로 이준성이 케이트와 연이를 다른 가족들에게 소개해 주었다. 케이트와 연이 모두 우리말을 능숙하게 했기 때문에 외모가 좀 다른 것 외에는 별 차이가 없었다.

중전, 수빈, 무빈 모두 케이트를 친자매처럼 환영해 주었다. 속마음이 어떤지까지는 알 수 없지만, 어쨌든 건네는 말과 보여 주는 몸짓에는 그녀를 질투하거나 꺼리는 기색이 전혀 없었다. 케이트 역시 이를 눈치 챘는지 감동한 눈치였다.

아이들은 아이들끼리 바로 친해졌다. 비록 연이가 한 항렬 높은 고모이기는 하지만 나이는 비슷했기 때문에 금세 어울려 돌아다녔다. 아마 연이에게 궁궐을 안내해 주는 것 같았다.

이준성과 케이트 모녀는 중전이 교태전에 마련한 연회장으로 이동해 술과 맛있는 음식을 먹으며 그동안의 회포를 풀었다.

저녁에는 상선의 안내를 받아 앞으로 케이트 모녀가 지낼 처소를 방문했다. 이준성은 일전에 외국에서 온 무빈과 케이트를 위해 궁궐 일부를 개축하란 지시를 내린 적이 있었다.

지금은 완공이 끝나 무빈의 처소인 무빈궁은 일본풍 정원을 가진 일본식 저택으로 변모했고, 다른 궁을 개조해 만든 케이트의 처소는 네덜란드풍에 가까웠다. 이준성은 케이트 모녀가 머물 새 궁에 화란궁이란 명칭을 내렸다. 화란은 홀란트를 한자로 음차한 것이기 때문에 궁 이름에 적당했다.

경복궁, 창덕궁 등 도성에 있는 궁궐 역시 5년 전에 대대적인 개축을 하여 궁궐마다 전기와 상하수도가 완벽히 구비되어 있었다. 방엔 백열전구로 만든 조명을, 타일을 붙인 화장실에는 샤워부스, 욕조, 좌변기를 들여놓아 컴퓨터나 TV와 같은 전자 제품만 없을 뿐이지, 생활 방식은 21세기였다.

화란궁은 외관부터가 유럽풍이라 아주 특색이 넘쳤다. 그리고 고급스럽게 꾸며진 거실에는 테이블과 소파 등을 들여놓았고, 각 방에는 비단 이불이 깔린 푹신한 침대가 놓여 있었다. 또, 앞으로 연이가 유모와 함께 살 건물은 화란궁 옆에 편전처럼 붙어 있어 언제든 케이트를 만나 볼 수 있었다.

이준성이 경복궁 외곽에 베네룩스에서부터 따라온 궁인과 그들의 가족이 머물 공간까지 미리 마련해 두었던지라, 케이트 모녀는 낯선 땅에서 시작하는 새로운 삶에 쉽게 적응할 수 있었다.

사실 한양, 아니 이젠 이준성의 왕명으로 서울로 이름이 바뀐 대한민국의 수도는 21세기 서울보다 훨씬 국제화가 잘 이뤄져 있었다. 종교의 박해를 피해 한국으로 이주한 유럽 출신만 거의 10만 명에 육박했다. 그리고 그들은 서울 근교에 자신들만의 마을을 만들어 놓고 살았기 때문에 그곳에 들어서면 이곳이 한국인지 유럽인지 헷갈릴 정도였다.

유럽뿐만이 아니었다. 서울 근교에 일본, 북청, 남명, 몽골, 시베리아 남부에서 이주해 온 국민이 사는 마을만 100여 개에 달했다. 그리고 그보다 숫자는 적지만 인도, 동남아시아, 중동, 아프리카, 아메리카에서 이주해 온 국민이 조성한 마을 역시 수십 개에 달해 말 그대로 전 세계가 모여 있었다.

이준성은 외국에서 이주해 온 국민이 우리말과 우리글을 익히고 한국 정부가 지정한 교육 과정을 준수하고 헌법과 법률만 지키면 거의 완벽에 가까운 자유를 주었다. 또, 종교는 물론이거니와 직업 선택, 임금 등에서 차별을 받지 않았다.

아내들이 머무르는 궁을 이리저리 옮겨 다니며 28년 동안 쌓인 여독을 푼 이준성은 일부러 며느리, 사위, 손자, 손녀들과 많은 시간을 보내 그들과 익숙해지는 시간을 가졌다.

그리고 그로부터 3개월이 지난 후에야 처음으로 근정전에 등청해 국무총리 김육 등으로부터 몇 가지 보고를 받았다. 대부분 아는 내용이라 그리 새로울 것은 없었지만, 어쨌든 오랜만에 돌아왔기 때문에 신하들을 대면할 필요가 있었다.

이준성이 며칠 동안 옥좌에 앉아 신하들의 보고를 받는 내내 왕세자는 조금 떨어진 자리에 있는 왕세자 옥좌에 앉아 보충할 것은 보충하고 가르침 구할 것은 가르침을 구했다.

이준성은 마지막 보고를 받은 직후에 벌떡 일어나 공표했다.

"지금부터 난 상왕으로 물러나겠소! 물론 내가 물러난 뒤에는 왕세자가 즉위해 지금처럼 정부의 대소사를 관장할 것이오!"

왕세자와 신하들이 깜짝 놀라 근정전 맨바닥에 엎드렸다. 그리고는 어명을 거두어 달라 간곡히 요청했다. 그러나 이준성은 하루, 이틀 생각해 내린 결정이 아니었기 때문에 그들의

청을 받아들이지 않았다. 왕세자는 거의 닷새 동안 곡기까지 끊어 가며 이준성의 결심을 돌리려 했지만 끝내 받아들이지 않음에 따라 결국 2대 국왕에 즉위할 수밖에 없었다.

물론 이준성이 새로운 왕에게 전부 물려준 것은 아니었다. 국방부와 은호원 두 곳은 여전히 중요한 사안이 발생했을 때, 그에게 먼저 보고한 다음에 새로운 국왕에게 보고했다.

어쨌든 업무 대부분을 새로운 국왕에게 이양한 이준성은 남은 시간을 가족과 함께 보냈다. 그리고 가끔은 연구소에 들러 한국이 개발 중인 여러 신기술의 진행 상태를 확인했다.

가장 먼저 성과를 확인한 분야는 전기였다. 그리고 전기에서도 수력 발전과 화력 발전 분야였다. 남한강 상류에 수력 발전에 사용할 댐을 건설한 이준성은 거기서 만들어 낸 전기를 변전소를 이용해 전압을 낮춘 다음, 그 전기를 강남에 짓기 시작한 새로운 도시에 공급하는 계획을 직접 지휘했다.

새로 만든 강남 신도시에 전기 공급망을 완성한 다음에는 각 가정을 연결해 주는 상하수도 공급망을 추가로 집어넣었다.

또, 신도시 근교에는 하수도에서 나온 오수를 정화하는 정화 시설을 만들었다. 그뿐만이 아니었다. 둘째 성이가 개발을 주도한 전화와 전화선까지 설치했는데 전기선, 전화선 상관할 것 없이 모든 선을 땅속에 묻었기 때문에 도시 외관이 아주 깔끔했다. 마지막으로 신도시 각 지역을 운행하는 전철과 선로를 만든 다음엔 본격적으로 건물을 지어 올렸다.

주거용 건물은 전통을 살리기 위해 한옥 외관에 양옥의 시설을 가진 집을 설계해 대단지로 지어 나갔다. 또, 상업용 건물은 유리와 강철, 콘크리트를 이용해 현대식 빌딩처럼 지었다.

아직은 기술적인 경험을 더 쌓아야 해서 가장 높은 상업용 건물이 10층 높이에 불과했지만, 위아래를 오가는 정식 엘리베이터까지 갖춘, 말 그대로 20세기 현대 빌딩과 같았다.

또, 각 관청과 학교 등은 전통을 유지하면서도 특색이 넘쳐나는 디자인을 선택해 건설에 들어갔다. 물론 신도시를 막무가내로 지은 건 아니었다. 철저한 도시 계획을 세워 진행했기 때문에 지하철이 들어설 자리, 통신선이 들어설 자리, 도시가스가 들어설 자리를 미리 확보한 후에 진행했다.

5년에 걸친 대공사 끝에 강남 신도시를 완성한 이준성은 이 신도시를 모델로 하여 다른 도시를 개발해 나가기 시작했다.

언제 끝날지 알 수 없는 대공사였지만 어쨌든 첫발을 성공적으로 디딘 셈이라, 적어도 100년 안에는 끝날 것 같았다.

그렇다고 이준성이 단순히 인프라만 신경 쓴 건 아니었다.

이준성은 문화 시설을 만드는 데도 노력을 많이 기울였다. 극장, 동물원, 식물원, 박물관, 전시관, 미술관, 도서관을 만들어 국민이 높은 수준의 문화생활을 영위할 수 있게 하였다.

그런 문화 시설 중에 가장 성대하고 웅장하게 지은 건물은 단연 국립 중앙 박물관이었다. 경복궁 동쪽에 자리 잡은 국립 중앙 박물관을 짓는 데 쓴 대리석 기둥만 1,000개에 달했다.

이준성은 고고학과 소속 교수와 연구원에게 한민족의 자취가 닿아 있는 한반도와 만주의 유산을 대대적으로 발굴하게 하였다. 뭐 혹자는 유산은 유산이 있어야 할 곳에 보관하는 게 좋다고 말할지 모르지만, 전쟁과 화재, 홍수, 도굴과 같은 일로 훼손되거나 잃어버리는 것보다 차라리 빨리 발굴해 안전한 장소에 보관하는 게 후손을 위한 배려라 생각했다.

이준성은 국립 중앙 박물관 개관식에 참석해 전시물을 둘러보았다. 고조선, 고구려, 신라, 백제, 발해 유적에서 발굴한 수십만 점에 달하는 유물이 강철과 대리석으로 지어진 전시관 내부에 각 시대와 왕조별로 분류하여 전시 중이었다.

전시품 중에는 현재는 다른 나라에 빼앗겼거나 이런저런 이유로 있었단 기록만 남은 유산이 엄청 많았는데, 가장 대표적인 것이 바로 화랑세기, 고려실록, 백제본기, 고구려 신집 등이었다. 또, 조선 시대로 들어오면 세종대왕과 문종대왕 때 편찬한 훈민정음 해례본 다섯 종류가 있었고 지금은 일본에 있는 안견의 몽유도원도가 바로 그러했다.

그가 역사를 바꿨기 때문에 이후에 등장하는 정선과 김홍도, 신윤복의 작품이 세상에 빛을 보지 못할 수도 있지만, 어쨌든 그는 선조의 유산을 발굴해 안전하게 보관하는 데 힘썼다. 아마 후대 역사가는 지금처럼 다른 나라의 기록이나 역사서를 이용해 우리 역사를 연구하는 일이 없을 것이다.

이준성은 한편으론 국외의 안정을 도모하는 일에 힘썼다. 무빈의 친정인 시마즈 왕실의 일본 왕국에 대규모 반란이 일어났을 때는 해병대를 보내 지원했다. 그리고 북청이 남명을 기습 공격해 남명이 풍전등화의 위기에 빠졌을 때는 남명군에 신무기를 은밀히 지원해 위기를 넘기게 해 주었다.

또, 위구르와 몽골, 티베트, 베트남을 지원해 남명과 북청이 지금 가진 영토 이상의 영토를 획득하지 못하도록 조치했다.

그 외에도 해외에 주둔 중인 해병대를 이용해 한국 대사관과 해군 기지를 위협하는 세력을 정리했으며, 서구 열강이 아메리카, 아프리카, 아시아를 넘보지 못하도록 견제하였다.

이준성은 본국으로 돌아온 후, 딱 한 번 더 전장에 나섰는데, 그건 바로 러시아의 동방 진출을 막기 위해서였다. 로마노프 왕조가 자리를 잡은 러시아는 유럽과 아시아 양쪽으로 팽창해 나가기 시작했다. 이는 캄차카반도를 소유한, 그리고 남부 시베리아의 보호자를 자처하는 한국과 필연적으로 부딪힐 수밖에 없다는 뜻이었기에 그는 곧장 대군을 일으켰다.

전투는 모두 세 차례에 걸쳐 발생했지만 모든 전투에서 한국군이 대승을 거두었다. 심지어 여름에 벌어진 3차 전투 때는 한국 육군 일부 부대가 모스크바 크렘린궁까지 불태웠다.

이준성은 남부 시베리아로 러시아 차르를 불러 배상금을 받지 않는 조건으로 한 가지를 제안하였는데, 그건 바로 러시아 남부에 한국군과 한국무역공사가 사용할 철로를 건설하는 데 있어 러시아가 도움을 주는 게 어떻겠냐는 제안이었다.

러시아는 아직까진 재정적으로 그리 풍족한 나라가 아니었던 탓에 이준성이 내건 강화 조건을 수용할 수밖에 없었다.

이준성은 속으로 쾌재를 불렀다. 사실 모스크바까지 가서 크렘린궁을 불태우는 강수를 둔 이유는 바로 러시아가 이준성이 내건 강화 조건을 군말 없이 수용하게 하기 위해서였다.

현재 한국의 철도는 한반도, 만주에 거미줄처럼 깔려 있었다. 심지어 북쪽으로는 캄차카반도 끝까지 이어져 있을 정도였다. 그리고 서쪽으로는 몽골 정부의 허락을 얻어 몽골 서쪽에 있는 울기란 지역까지 수천 킬로미터를 뻗어 있었다.

한데 이번에 러시아의 협력을 얻음에 따라 그 철도 노선을 유럽까지 연결할 준비를 완벽히 마친 셈이었다. 물론 러시아보다는 중앙아시아를 관통하는 쪽에 더 가까워 러시아가 태도를 바꿔도 철도 자체에는 큰 문제가 없는 상황이었다.

이준성은 바로 한국 건설공사 소속 기술자와 인부, 각종 장비를 철도를 이용해 몽골 울기로 수송했다. 그리고 그 울기에 철도공사 지사를 세우고 유럽으로 가는 철도를 건설했다.

철도는 단순히 철로만 까는 데서 끝나는 게 아니었다. 땅도 다져야 하고 침목도 미리 깔아야 했다. 그리고 철로를 뚫기 힘든 지역에선 교량을 세워야 하고 터널도 뚫어야 했다.

한데 가장 큰 문제는 그게 아니었다. 철로를 깔아도 지킬 방법이 마땅치 않다는 것이 가장 큰 문제였다. 몽골까지는 몽골 정부의 전폭적인 지원을 받고 있었기 때문에 기차를 습격하는 마적이나 비적 떼가 많지 않았다. 그러나 중앙아시아는 아직 치안이 안정적이지 않았기 때문에 비적과 마적 떼가 들끓었다. 한데 그런 비적과 마적에게는 값비싼 화물이 실린 기차야말로 그들만의 엘도라도일 수밖에 없었다.

이준성은 어쩔 수 없이 철로 좌우에 강철로 만든 펜스를 설치해 마적과 비적을 막기로 하고 자금을 추가로 투입했다.

거기다 일정한 거리마다 승객이 내려 휴식을 취하거나, 아니면 필요한 물자를 보급받을 수 있는 역과 도시를 세워야 했다. 말 그대로 나라 몇 개를 세우는 것과 같은 작업이었다.

다른 나라였으면 재정의 압박 때문에 꿈도 꾸지 못할 테지만 한국은 전 세계를 상대로 교역을 하고 있었기 때문에 재정에 무리가 가지 않았다. 현재 한국무역공사는 300여 개에 달하는 국가, 부족, 사회 공동체와 교역을 하는 중이었다.

그리고 한국무역공사가 운영하는 무장상선의 수는 3,000척에 달했으며 이집트 수에즈 운하를 개통한 다음에는 한국에서 유럽까지 가는 기간을 거의 반년으로 줄여 놓은 상태였다.

당연히 수익 역시 늘어 전 세계에서 생산하는 금과 은의 30퍼센트 가까이가 한국으로 모여든다는 통계까지 존재했다.

이준성은 20년 동안 12번에 걸쳐 대륙 횡단 철도 건설 현장을 찾았다. 그리고 마침내 울기에서 서쪽으로 철도를 놓기 시작한 지 21년째 되던 날, 철길이 프로이센 제국에 닿았다.

이준성이 반세기에 달하는 50년에 걸쳐 계획하고 추진한 동서양 대륙 횡단 열차가 마침내 성공적으로 마무리된 것이다.

◆ ◈ ◆

이준성은 40대에 접어들면서 한층 더 농염해진 케이트와 성실한 사내와 결혼해 아들 둘을 낳은 연이와 함께 기차에 몸을 싣고 케이트의 고향이며, 연이가 태어난 곳인 베네룩스 대공국을 방문하기 위해 대륙 간 횡단 열차에 올랐다.

그는 가는 곳마다 열렬한 환영을 받았지만, 특히 프로이센 제국에 도착했을 때는 그를 보기 위해 엄청난 환영 인파가 베를린역을 둘러쌌다. 현재 프로이센 제국의 황제는 빌헬름이 아니었다. 빌헬름은 그보다 30살이나 어렸지만 벌써 세상을 떠나 그의 아들인 프리드리히 빌헬름 1세가 황제로 즉위한 상태였다. 그는 빌헬름 1세와 만나 승하한 빌헬름 황제와의 추억을 떠올리는 한편, 양국의 협력을 좀 더 강화하는 협정문에 서명했다. 베를린에 있는 제국 황궁에서 3일을 더 머무른 이준성은 가족과 함께 베를린에서 베네룩스 대공국 암스테르담으로 곧장 이어진 철로를 따라 베네룩스 대공국으로 이동했다. 그리고 암스테르담, 브레다, 로테르담, 브뤼셀, 룩셈부르크 등을 반년 동안 여행하며 행복한 시간을 보냈다. 여행을 마친 다음에는 다시 브뤼셀로 돌아가 1년 전에 베네룩스 대공 대리로 부임한 송준길을 만나 몇 가지 보고를 받은 후에 한스, 랭커스터 등과 대화를 나누었다.

한스, 랭커스터 두 명 다 관록이 쌓일 대로 쌓여 아직 적응을 못 한 송준길을 옆에서 잘 보좌하는 중이었다. 특히, 랭커스터는 마치 유럽 의장처럼 유럽 각국을 돌아다니며 유럽 내에서 발생한 분쟁이나 다툼을 중재하는 일을 즐겼다.

렘브란트 역시 아직 살아 있었기 때문에 그를 만나 그림을 몇 점 더 구매했다. 그 외에도 16살에 불과한 프랑스 국왕 루이 14세를 만나 몇 가질 조언하였고 영국을 방문했을 땐 찰스 2세를 만났다. 원래 역사에서는 찰스 2세가 올리버 크롬웰에게 쫓겨나 있을 시기지만 그가 역사를 바꾸는 바람에 찰스 2세는 찰스 1세의 뒤를 이어 순조롭게 즉위했다.

1년간 유럽 각국을 방문해 친교를 다진 이준성은 다시 대륙 간 횡단 열차를 이용해 본국으로 돌아갔다. 이준성은 20여 년 동안, 대륙 간 횡단 열차를 완성하는 일에만 몰두하지 않았다. 국력은 결국 강력한 국방에서만 나온다는 사실을 누구보다 잘 알았기 때문에 신무기 개발에 심혈을 기울였다.

이준성은 가장 먼저 지상전의 왕이라 할 수 있는 탱크, 즉 전차를 개발했다. 물론 처음부터 완벽한 형태의 전차를 만들 순 없었기 때문에 기존에 있던 자동차에 강철 장갑을 두껍게 장착한 다음, 차체 위에 소해룡포를 탑재하여 완성했다.

위력이 꽤 뛰어나 러시아와 벌인 3차 전쟁에서 큰 재미를 볼 수 있었다. 러시아군은 그전까지 자동차를 본 적이 없었다. 한데 난생처음 보는 자동차가 차체에 두꺼운 강철 장갑을 두른 데다, 소해룡포로 포탄을 쏘고 화우 기관총으로 사격까지 하는 터라, 그들로서는 말 그대로 당해 낼 재간이 없었다.

이준성은 이어 전차에 캐터필러, 즉 무한궤도를 장착했다. 그리고 탱크용으로 만들어진 회전식 포탑과 대구경 주포를 개발해 탑재했다. 그렇게 프로토타입, 1차 양산형, 1차 개량형, 2차 양산형, 2차 개량형을 거쳐 현재는 3차 양산형 전차를 생산 중이었는데, 그는 그 전차에 권율이란 이름을 붙였다. 현재 한국 육군 기계화사단이 쓰는 MBT, 즉 메인 배틀 탱크인 3차 양산형 전차의 이름이 권율전차인 것이다.

이준성은 그 외에도 차기 제식 소총인 뇌진과 차기 제식 기관총인 철우 기관총을 제작해 일선 부대에 보급했다. 심지어 신무기 중엔 휴대용 로켓포까지 있어 그가 세상을 뜬 후에도 한국 육군은 계속 세계 최강의 명성을 누릴 것이다.

그러나 뭐니 뭐니 해도 공군이 가장 중요했다. 공군이야말로 적과의 격차를 가장 크게, 그리고 가장 넓게 벌릴 수 있는 분야였다. 세상 사람 대부분이 사람이 도구나 기계의 도움을 이용해 공중을 날 수 있을 거란 상상조차 하지 않을 때, 한국 공군은 글라이더와 열기구를 이용해 공중을 날았다.

그리고 20여 년이 지난 지금은 비행선과 동력 비행기를 개발하는 데 성공해 마침내 육군, 해군, 공군이 힘을 합쳐 적을 공격하는 진정한 의미의 제병 합동 전술을 사용할 수 있었다.

그러나 공군은 한계가 명확했다. 아니, 지금과 같은 환경에선 한계가 명확하단 것이 맞을 듯했다. 현재 한국 공군의 작전 반경은 50킬로미터를 넘지 못했다. 일단, 공중에서 연료를 공급하는 공중 급유기가 없을뿐더러, 연료가 담긴 포드를 추가하는 방법 역시 아직 모르기 때문이었다. 그저 프로펠러 하나를 단 단엽기에 기관총을 장착한 게 전부였다.

그러나 공군의 활동 반경을 늘릴 방법이 전혀 없지는 않았다. 바로 항공모함이었다. 항공모함에 전투기를 탑재하면 작전 반경을 몇십 배 더 넓힐 수 있었다. 이준성은 곧장 항공모함 건조에 들어가 대륙 간 철도를 완성할 즈음에는 항공모함을 완성할 수 있었다. 그는 공군 주력 전투기에 초대 공군참모총장으로 재직하다가 병사한 정한동의 이름을 붙였다.

그리고 대한민국이 건조한 첫 항공모함에는 해군참모총장에 이어 합참의장, 국방부장관을 거친 이운룡의 이름을 붙였다.

이준성은 정한동 전투기 50대를 탑재한 이운룡급 항공모함 10대를 건조해 세계 각 지역에 있는 해군 기지에 배치했다.

그러나 좋은 일만 있지는 않았다. 대륙 간 횡단 열차를 완성하기 약 3년 전에 몸이 약한 수빈이 갑자기 세상을 떠났다.

수빈은 몇 년 전부터 몸이 좀 안 좋기는 했지만, 곧 자리를 털고 일어나곤 하였다. 그러나 이번에는 아니었다. 상태가 급격히 나빠진 데다 예후까지 좋지 않아 손쓸 틈이 없었다.

그와 아들, 며느리, 손자, 손녀들의 지극한 간호를 받았음에도 수빈은 자리에 누운 지 불과 나흘 만에 세상을 떠났다.

수빈은 숨이 끊어지기 직전, 이준성에게 나지막한 귓속말로 고맙단 말을 하였다. 그러나 이준성은 뭐가 고마운지 알 수 없었다. 그리고 그녀는 그렇게 그와 아이들 곁을 떠났다.

이준성은 큰 충격을 받았다. 물론 그는 그와 부인들이 나이가 들면 병이 들고 병이 들면 언젠가는 죽을 거란 사실을 모르진 않았다. 하지만 그 시기가 이렇게 빠를 줄은 몰랐다.

유교 국가이던 조선이 망하고 다양한 종교와 다채로운 사상을 가진 한국이 그 자리에 들어서긴 했지만, 아직도 관혼상제를 비롯한 사회 각 분야에서 유교의 관습이 남아 있었다.

이준성은 수빈의 사십구재를 지낼 때까지 멍했다. 그리고 탈상하자마자 바로 의학 연구에 몰두했다. 수빈이 죽은 이유가 아직 한국의 의료 수준이 낮기 때문이라 생각한 것이다.

그러나 그가 케이트, 연이, 막내 사위, 두 손자와 함께 유럽 여 행에서 돌아온 지 불과 열 달이 채 지나기 전에 이번에는 무빈이 병에 걸렸다. 무빈을 진료한 어의에 따르면 불치병이라 치료할 방법이 없었다. 그저 죽을 때까지 강력한 진통제로 고통을 줄여 주는 게 최선일 따름이었다. 21세기에도 불치병이 있는 마당에 17세기야 더 말할 필요가 없었다.

무빈은 죽기 전에 고향에 가 보고 싶다고 하였기 때문에 그는 하는 수 없이 무빈과 무빈의 무남독녀인 령이, 그리고 령이의 남편과 령이가 낳은 세 손자, 두 손녀와 함께 일본으로 건너가 반년을 살았다. 일본 왕국을 다스리는 현 국왕은 무빈의 장조카였기 때문에 국왕 역시 이준성 일행을 정성을 다해 모셨다.

무빈은 일본 왕국의 원류이며 성지이기도 한 시마즈 가문 저택 다다미방에서 이준성의 어깨에 머리를 기댄 채 정원을 보았다.

잘 가꿔진 정원에서는 그녀의 손자들과 손녀들이 신나게 뛰어노는 중이었다. 그리고 손자, 손녀들 뒤에는 령이와 그녀의 남편이 그 광경을 흐뭇한 모습으로 지켜보는 중이었다.

무빈이 고개를 돌려 그의 얼굴을 보았다.

"나 같은 여자는 이 세상에 얼마 없을 거예요."

이준성은 무빈의 가냘픈 손을 어루만지며 물었다.

"어떤 여자 말이오?"

"사랑하는 남편 옆에서 손자, 손녀들이 뛰어노는 모습을 지켜보며 행복하게 죽을 수 있는 여자요. 내가 이 세상의 모든 여자를 다 아는 건 아니지만 몇 안 된다는 건 알 수 있어요."

이준성은 고개를 저었다.

"부인은 손자, 손녀들이 결혼하여 증손자와 증손녀를 낳을 때까지 살아 있을 거요. 그러니 나쁜 생각은 이제 그만하시오."

그러나 무빈은 대답이 없었다.

이준성은 한숨을 내쉬며 눈을 감았다. 무빈이 떠났단 사실을 직감했기 때문이었다. 수빈에 이어 무빈마저 그를 떠났다.

이준성은 무빈의 유언에 따라 수빈의 묘 옆에 그녀의 시신을 안장했다. 무빈과 수빈은 자매처럼 사이가 좋았기 때문에 죽어서도 나란히 묻히길 원했다. 이준성은 그녀의 마음을 이해할 수 있었다. 그가 떠나 있는 28년, 아니 그보다 훨씬 긴 기간 동안 그녀가 의지하던 건 그가 아니라 중전과 수빈, 그리고 령이였을 것이다. 이준성은 책임을 절감했다.

이미 늦어도 한참 늦었지만 남은 삶은 가족과 보내겠다고 결심한 그는 중전, 케이트 등과 시간이 날 때마다 여행을 떠났다. 여름에는 캄차카반도와 사할린, 알류샨열도를 여행했고, 겨울에는 대만과 베트남, 싱가포르, 스리랑카를 여행했다.

유럽이나 중동, 아프리카, 아메리카도 가 보고 싶었지만 이젠 중전의 나이가 적지 않은 터라, 아주 먼 곳은 일부러 피했다.

그러나 그렇게 3년쯤 여행을 다녔을 무렵, 중전, 아니 대비는 대마도에 있는 어느 행궁 안에서 병이 들어 몸져누웠다.

대마도는 소 요시토시의 손자가 마땅한 후사 없이 일찍 요절함에 따라 한국 정부가 파견한 도주가 통치하는 중이었다.

이준성은 병이 든 대비를 서울에 있는 국립 병원으로 옮기려 했지만, 그녀가 병원에서 죽긴 싫다고 거절했다. 그리고 그녀의 주치의들 역시 먼 거리를 이동하기에는 대비의 체력이 너무 떨어져 있다며 대마도 병원에서 치료하길 권했다.

그렇게 반년쯤 지났을 무렵, 그녀는 좋아졌다가 나빠졌다가를 반복했다. 아니, 좋아진 척하는 것에 더 가까웠다. 서울에서 국왕과 중전, 왕자와 공주들이 방문했을 때는 좋아 보였다가 그들이 떠나면 다시 원래 아픈 모습으로 돌아왔다.

이준성은 눈이 나빠진 대비를 위해 그녀의 머리맡에 앉아 책을 읽어 주었다. 영국의 대문호 윌리엄 셰익스피어가 지은 로미오와 줄리엣을 우리말로 번역한 첫 작품이었다. 그는 영국에 들렀을 때, 셰익스피어의 초판 전질을 가져왔다. 그리고 그걸 국립 출판사에 명해 우리말로 번역해 보급했다.

미소를 지은 채 로미오와 줄리엣이 사랑하는 대목을 조용히 듣고 있던 대비가 손을 뻗어 이준성의 손을 슬며시 잡았다.

"로미오라는 청년과 줄리엣이라는 처녀는 끝에 이어지던가요?"

"결말부터 읽는 건 그리 좋은 습관이 아니라오."

"둘이 어떻게 되었을지 궁금해하면서 죽을 수는 없으니까요."

이준성은 왼쪽 입꼬리를 슬쩍 올렸다가 내린 후에 대답했다.

"난 둘이 이어지는 것으로 알고 있소."

"거짓말이군요."

"어떻게 알았소?"

"당신은 거짓말을 할 때 입꼬리를 슬쩍 올렸다가 내리거든요."

"하하, 이젠 당신을 속여먹긴 틀렸군."

그때, 대비가 이준성의 얼굴을 쓰다듬었다.

"당신은 여전히 눈이 좋군요. 젊은이처럼요."

"하하, 내가 좀 특이하잖소."

"신첩은 보기 싫은 쭈그렁 할망구가 되었는데 당신은 여전히 멋있어요. 마치 환갑을 지난 후에 전혀 늙지 않은 것처럼요."

이준성은 그의 얼굴을 쓰다는 대비의 손에 입술을 맞추었다.

"내겐 여전히 아름다울 뿐이오. 당신을 처음 만났던 때처럼."

미소를 지으며 고개를 저은 대비가 고통스러운지 숨을 크게 몰아쉬었다. 대비의 손목에 박힌 바늘로 흘러 들어가던 마약성 진통제가 더는 효과를 발휘하지 못하기 때문이었다.

그때, 대비가 그의 팔을 힘을 주어 잡으며 말했다.

"사실 당신이 읽어 주기 전에 로미오와 줄리엣을 읽은 적이 있어요. 로미오가 죽은 후에 줄리엣이 따라 죽는 내용이더군요. 하지만 당신은 그러지 말아요. 당신은 하늘이 허락한 수명이 끝날 때까지 살아요. 그리고 우리가 보지 못한 미래를 봐 줘요. 그리고 우리가 다시 만날 때 당신이 본 것을 이야기해 줘요. 그때가 언제가 될진 알 수 없지만 말이에요."

대비는 남은 힘을 전부 쥐어짜 유언을 남겼다. 그리고 그로부터 이틀 만에 결국 세상을 떠났다. 대비마저 떠나보낸 이준성은 크게 낙심했다. 그러나 그 뒤에는 더 끔찍한 일들이 그를 기다리고 있었다. 셋째 령이가 갑자기 세상을 떠난 것이다. 그리고 셋째가 떠난 지 얼마 지나지 않아 국왕마저 병으로 승하해 왕세자이던 맏손자가 3대 국왕에 즉위했다.

아들의 장례와 손자의 즉위식까지 치른 이준성은 마치 이 모든 게 하늘이 그에게 내린 천형(天刑) 같다는 생각을 하였다.

그가 역사를 바꿨기에, 그리고 세상의 순리를 거스르는 짓을 했기에 하늘이 그에게 혹독한 벌을 주는 거란 생각이 들었다.

이준성은 결국 은거에 들어갔다. 그리고 케이트와 조용히 여생을 보냈다. 그러나 케이트 역시 3대 국왕이 10년쯤 한국을 통치했을 때, 결국 그 곁을 떠났다. 다시 몇 년 후엔 둘째 성이마저 세상을 떠나 이제 남은 자식은 연이 하나였다.

이준성은 연이마저 먼저 떠나보낼 수 없었다. 만약 연이가 그보다 먼저 떠나는 모습을 본다면, 그땐 정말 견디기 어려울 거 같았다. 그는 어느 날, 거울에 자기 얼굴을 비춰 보았다.

왕대비의 말처럼 그는 60대가 접어든 순간부터 더는 늙지 않았다. 마치 텔로미어가 더는 작동을 하지 않는 것 같았다.

이준성은 돌아서서 유진에게 물었다.

"난 언제 죽을 수 있지?"

유진은 한참 만에야 조용한 목소리로 대답했다.

-나도 몰라요. 당신, 아니 우리에게 어떤 미래가 기다리고 있을지. 어쩌면 오늘 당장 세상이 끝날 수도 있어요. 그리고 어쩌면 인간의 한계를 넘어 수십 년, 아니 수백 년을 더 살지도 모르죠. 하지만 확실한 건 아무것도 없어요. 그저 살아가면서 직접 경험해 보는 수밖에는요. 우린 자연의 섭리를 거슬렀으니까요. 그게 축복인지, 천형인지는 모르겠지만.

"그래, 그렇군."

이준성은 그날 그의 맏손자임과 동시에 한국의 3대 국왕 앞으로 당분간 여행을 떠날 테니 찾지 말란 부탁을 하였다.

그로부터 한참의 시간이 흘렀을 무렵, 중절모를 깊이 눌러쓴 중년인이 하얼빈에서 심양으로 가는 기차를 기다리며 대기실에 앉아 있었다. 대기실 한편에는 흑백 TV가 놓여 있었는데, 손님 서너 명이 그 앞에 둘러서서 TV에서 나오는 영상과 말소리에 집중하고 있었다. 중년인은 그 모습을 잠시 지켜보다가 다음 기차가 온다는 안내에 자리에서 일어났다.

열차에 타기 직전 대기실 TV에서 흘러나온 뉴스 앵커의 목소리가 메아리치듯 울려 퍼지며 중년인의 귓가까지 들려왔다.

-조금 전 대한민국 제7대 국왕께서 즉위하셨습니다. 제7대 국왕께서는 취임사에서 앞으로 세계 연합을 창설하는 문제와 우주 개발 사업에 역점을 두겠다는 포부를 밝히셨습니다.

그러나 다음 소식은 열차가 달리는 소리에 묻혀 더는 들려오지 않았다. 햇볕이 따뜻하게 내리쬐던 어느 봄날의 일이었다.

〈완 결〉